本书由辽宁大学新闻与传播学院学科经费资助出版

Research on the
Communication of
Exotic Travels
in Late Qing Dynasty

晚清异域游记
传播研究

叶璐 著

中国社会科学出版社

图书在版编目（CIP）数据

晚清异域游记传播研究／叶璐著. -- 北京：中国社会科学出版社，2024.10. -- ISBN 978-7-5227-4324-0

Ⅰ．I207.62

中国国家版本馆 CIP 数据核字第 2024JW1943 号

出 版 人	赵剑英	
选题策划	宋燕鹏	
责任编辑	王正英	宋燕鹏
责任校对	李　硕	
责任印制	李寡寡	

出　　版	中国社会科学出版社	
社　　址	北京鼓楼西大街甲 158 号	
邮　　编	100720	
网　　址	http://www.csspw.cn	
发 行 部	010-84083685	
门 市 部	010-84029450	
经　　销	新华书店及其他书店	

印　　刷	北京明恒达印务有限公司	
装　　订	廊坊市广阳区广增装订厂	
版　　次	2024 年 10 月第 1 版	
印　　次	2024 年 10 月第 1 次印刷	

开　　本	710×1000　1/16	
印　　张	16.5	
插　　页	2	
字　　数	256 千字	
定　　价	89.00 元	

凡购买中国社会科学出版社图书，如有质量问题请与本社营销中心联系调换
电话：010-84083683
版权所有　侵权必究

目录
Contents

绪　论　/ 1

第一章　从边缘走向政治中心的异域讲述者　/ 23
　　第一节　被动走上外交舞台的使官群体　/ 24
　　第二节　因缘际会中的口岸知识分子　/ 37
　　第三节　洋务、维新派中的骨干力量　/ 39
　　第四节　新政潮流下的政治考察与留学生　/ 43
　　第五节　异域游记作者的群体特征与职业走向　/ 49

第二章　刊行天下：近代印刷技术助力下的异域游记传播　/ 57
　　第一节　异域游记刻印的基本情况　/ 58
　　第二节　异域游记在近代报刊中的传播　/ 70

第三章　书写文明：异域游记中以"器"载"道"的符号　/ 86
　　第一节　拓展空间的"轮船""火车"与"电报"　/ 87
　　第二节　晚清异域游记中的"博物院"　/ 94
　　第三节　异域游记中的"新闻业"　/ 106
　　第四节　异域游记中的"学校"　/ 121

第四章　异域游记的读者　/ 129
　　第一节　读者阅读异域游记的动机　/ 130
　　第二节　阅读行为　/ 138
　　第三节　读者的阅后心态　/ 156

第五章　作为中日交往媒介的晚清异域游记　/ 163
　　第一节　中国行纪的主要内容及晚清印象　/ 167
　　第二节　游记中记载的中日文人交流　/ 170
　　第三节　行游、交往、集会：晚清中日文人互访的政治诉求与历史走向　/ 177
　　第四节　中日异域游记叙事的框架与逻辑　/ 180

第六章　思想史视域下的晚清异域游记　/ 187
　　第一节　异域游记折射出的对外交往观念变迁　/ 188
　　第二节　异域游记中关于世界地理观念的建构与传播　/ 204
　　第三节　异域游记中的世界历史观念与文明比较　/ 212

余　论　/ 227

附　录　/ 237

参考文献　/ 250

后　记　/ 260

绪　　论

晚清时期，社会变动剧烈，传统思想观念面临巨大挑战，在"现代化"的宏大范式下，线性前进被认为是思想史发展的必然。从中世纪迈向近世的儒家思想并非骤然间土崩瓦解，它在经世致用的大原则下吸纳调整，体现出超强的灵活性和适应性，最终真正成为独树一帜的"中国学说"。晚清时期的思想界首当其冲地面对来自新世界的冲击与挑战，士绅阶层中的精英人士主动应对变化，走出国门，行游异域，是当时了解世界最直接的选择。

异域游记写作的动因部分出于官方的指令要求，更多还是来自文人书写日记、撰写游记的传统。除了专项的调查报告外，异域游记多记载游踪琐碎之事，即使有各类知识的介绍也难以谈得上系统专业。异域游记的内容传播还停留在信息传递层面，与真正的建构新式知识库还有差距，那么晚清异域游记的存在价值与意义究竟在哪里呢？

编纂《走向世界丛书》的钟叔河先生认为，"走向世界绝不是什么地区性和阶段性的活动，而是不断出现在全人类发展进步过程中并与之同步的历史现象"[1]，"19世纪的中国人走向世界，不仅仅是为了扩大眼界，增进知识，而是为了学习先进，救国救民"[2]。对晚清异域游记的历史意义学界已从多方论证，特别强调其在中国近

---

[1] 钟叔河：《走向世界丛书》丛书新序，岳麓书社2016年版。
[2] 钟叔河：《走向世界丛书》总序，岳麓书社1985年版。

代化历程中的重要作用。以"异域游记"为研究对象，不同学科、不同视角的研究面向自然各有不同。研究晚清异域游记，除了关注其文本内容外，还应关注的是其作为媒介在中西方文化交流重要转折时期所充当的角色与承担的职责。当我们将"晚清异域游记"看作一个整体，考察其媒介性时，就会更加关注这类文本的"中介性"，这种中介性主要体现在异域游记在搭建中西新旧之间的关系上。"从清末到民初，一方面新旧中西之间的紧张在持续，另一方面也有一些读书人试图淡化或超越其间的认同色彩。……那时，文化竞争的意识逐渐明晰，中西'学战'一度成为读书人的口头禅。在这样的语境下，为了有利于西学的流行，读书人也有各式各样的创新举措。"[①] 晚清异域游记可以算作创新举措之一，同时又在营造增强这种语境。

异域游记的书写者、传播者、阅读者是大变局时代直面新旧思想文化冲突的先锋者，以游记为媒，个体精神世界与外部世界交流，搭建了沟通中西思想的桥梁，并通过代际传承，形成媒介记忆，共同书写了中国近代思想史。异域游记的传播也是关系的建构，写作与阅读联系着君臣、僚属、师生、亲朋等传统人际关系，又构建着社群、党人、同志等新型社会关系。异域游记虽说是由行游者个人书写，但受政治、文化环境影响，还是不能直抒胸臆，甚至为了规避风险，行游者会反复修改自己的稿本，呈现出某种自我规训。

传统士人面对复杂的外部环境，不安于现状而寻求突破，富国强民的共同愿景下也掺杂个人奋斗动机。晚清时期，乘槎泛海、远渡重洋充满风险，一方面旅途充满艰辛，另一方面还有可能存在政治、伦理和舆论风险。因此，处于士绅阶层中的边缘人（早期使官同样是官僚中的边缘或"异类"）率先做出尝试。异域游记的作者在很多场合中或多或少表达过"壮志难酬"的慨叹，但在某种程度

---

① 罗志田：《中国的近代：大国的历史转身》，商务印书馆2019年版，第101页。

上，他们又是幸运的。他们或栖身于洋务权臣幕府，或生活、供职于城市化建设飞速的口岸地区，远离传统顽固排外势力，所承受的压力也更多是来源于内心的"道统"。自鸦片战争至甲午战争，一败再败的颓势证明着"旧"的思想体系与政治制度必须做出改变，在思想界能够引领潮流，被奉为"名士"的途径也由道德学问转向能识洋务，游学海外也成为晋身的上佳路径。异域游记的读者日见增多，更多的年轻人走出国门，走向世界。

"道统"动摇，"心灵"的旁逸自然在所难免，异域游记展示出的奢华的日常用品、便捷的交通工具、高效的西医西药最先在口岸城市中被引入并普及，当人们对西物习以为常时，似乎对遥远一点的"议会""立宪""共和"便也耳熟起来。无论是异域游记的写作者还是阅读者的个人精神世界都在经历着激荡，变革成为必然，差异只在于速度。寿数颇长的王闿运从同治年间就与郭嵩焘争论夷夏之防，到了光绪十五年（1889），还对薛福成、马建忠提议的修建铁路不明就里。然而这些终不能阻止门下弟子、家中子侄远渡重洋求学异邦，而他本人最终也坐上火车，进入谘议局看投票、闻拍掌[①]。先行者所遭遇到的误解与委屈终在二十年后烟消云散，而共鸣者恰恰是阅读他们游记成长起的一辈新人，对于西方世界的认知与集体记忆通过异域游记的传播逐渐生成。

进入 20 世纪后，仅仅告知中国人外面有个繁华世界已远远不能满足读者的需求，"优胜劣汰""亡国灭种"刺激着国人的神经，"富强"成为文明的单一取向，"新政"对出游者有了新的期待与要求。以异域游记为媒，西方的政治制度、军事制度、经济制度、文化制度具象化为"学校""监狱""农务""工场""矿务""兵学"等关键词。后来居上的日本在明治维新中全面学习西方，处于末世的清政府又选择仿效日本施行新政，赴日考察的士绅的游记忠实记

[①] 参见（清）王闿运《湘绮楼日记》，岳麓书社 1997 年版，第 5、1532、2507、2982 页。

录着各项规制，成为西政传入中国的重要媒介。报有"兴亚"意愿的日本人借助中国纪行联络官员士绅，来抨击时弊、传授"经验"、谋图利益。

清末，东渡日本求学的人数规模激增，除了官派留学生外，自费留学生成为异域行游的主力，他们不再被强制要求汇报异域经历，也不再驯服于朝廷，思想普遍更加激进。留日学生受资产阶级革命派的影响更大，更加积极投身于社会变革中。他们多修习法政、军事与师范专业，大量创办报刊、翻译图书，介绍各种社会思潮，报刊在信息传递上更具优势。留学生除了持续介绍西方与日本的情况，更关注政治动向、社会思想和政治知识。《伦理学》《法政汇编》《政治学》《社会主义》《社会主义神髓》《社会党》《近世社会主义评论》等先后被翻译介绍到国内，留日学生成为欧美新思想传入中国的"架桥铺路人"①。国家民族的衰落、列强的瓜分危机、民众的一盘散沙都使得知识分子在寻求救国的道路上每每"茫然四顾"，迫切需要寻找某种坚强而又具有指导性的精神支柱聚合群体力量。观念、信仰、主义成为20世纪初异域行游知识分子最关注的话题，思想成为解决各种社会问题的要旨，寻找中国道路也成为时代最迫切的问题。

晚清异域游记批量出现的时期恰逢近代印刷技术快速发展时期，石印术的普及与推广降低了图书印刷的成本，低廉的价格推动异域游记的商业传播，近代报刊的连载更在无形间使异域游记的读者呈几何倍增长。因而在研究异域游记的传播情况时不能忽视媒介技术变革的力量，这种力量可以从异域游记的版本情况、销售价格、售卖渠道等处获得印证。印刷业的发展与文化发展有着直接关联，研究作为中介的异域游记出版的物质性，亦能反映其在文化与观念传承中的现实作用。

---

① 李喜所：《甲午战后50年间留日学生的日本观及其影响》，《社会科学研究》1997年第1期。

异域游记中的文字符号是传递海外见闻的直接载体，早期游记的符号选择与西人提供的游览场景与标志事件密切相关，后来的游记不可避免地受前人作品影响，对相同的意象符号反复书写。这种重复书写虽不免被诟病为落入窠臼，但从另一角度说来，重复亦是某种程度的强化。晚清时期的异域行游不是现代意义上的观光旅游，也不是西方的殖民探险游历，因此在游记写作中主要表现为对西方历史发展、现实场景与科学新知的介绍。最早一批异域游记仅靠文字符号描述西方，在没有共同意义空间的情况下，少人理解也就在所难免。随着这些文字符号的反复复制传播，越来越多有海外游历经验的人一再验证，抽象的文字与现实世界逐渐联系在一起，西式舰船、枪炮、兵工厂、学校、报社、博物馆等相继在中国建设，异域游记中的符号愈发成为现代化建设的对标，形成异域行游中的集体凝视。

异域游记传播流程中还有读者这一重要环节，阅读是个人行为，但也受社会环境影响。晚清士人接触外界，了解信息的主要渠道即为阅读书报，而阅读史研究的重心则在读者反映上。异域游记的读者是如何接触到此类书籍，读者在日记、札记中是如何记录他们的阅读认识与感悟，异域游记阅读中是否存在阐释群体，这些都是本研究兴趣点所在。受现有收集材料所限，读者阅读的宏观情况难以把握，挖掘鲜活个案亦可窥见一斑。

自晚清起，异域游记即被纳入西学书目，推荐给广大士人学子。一方面，游记因所记录琐碎浅薄为人诟病，而另一方面，时人也承认它们在介绍新事物和新知识层面的作用。鸦片战争后，西学持续输入的70年间，异域游记的这种传播方式并非建构系统的西学知识库，也没有完整阐释近代哲学思想体系，异域游记在传播中最大的作用应为西学"议题"的设置，其传播效果也更多集中于认知层面。因此，异域游记的影响力也就更多体现在新事物与新观念是如何融入中国传统文化的。观念的现代化是晚清时期思想层面最大的变化，这种变化并不是骤然发生的，也不是同步更替的，而是由诸多现代性观念聚合而成的。异域游记传播效果的展现与中国现代化进程紧密相连，为研究聚焦考虑，本书选择具有直接相关且具代表性的观念进行分析。

一　晚清异域游记概述

清中期以前的漫长古代社会中，中外人员沟通往来常有发生，也有国人零星记录海外经历的文字传世，但这些游记与本书所界定的"晚清异域游记"尚有不同。本书研究的晚清异域游记是指1840年鸦片战争至清王朝覆亡的七十余年时间内，出使官员、文人行游海外记录见闻的作品。晚清时期是中国现代化的起点，又是"三千年未有之大变局"时期，人心之变恰是诸多变化中最为核心和关键所在。因此，晚清时期异域游历人员的行游目的、游踪、情感体验既有别于传统意义上的文人寄情山水，也不同于现代意义上的旅行，行游者普遍背负着挽救国家危亡的责任，忧患意识与自卑心理无法令旅程轻松畅快。官派出使、游历、考察、留学带有艰巨而复杂的任务，他们足迹遍及王宫议院，结交高官显贵，出入学校工厂，游记主线呈现出明显的学习愿望，如实反映了这批知识分子由中世纪思维向近代思维转变的过程。这些异域游记作者，多秉持忠君报国信念，但在面对西方的富强与先进时，内心也会发生动摇，清醒者更已看到末世衰微，维新变革是他们为王朝所做的最后努力。当王朝体系终结后，异域行游者终于可以无挂碍地全方位学习模仿、考察选择适合中国的发展之路。

晚清异域游记历来被认为是"新学"的重要组成部分，但斌椿、张德彝、郭嵩焘等人迈出国门时，面对更多的是国人的疑虑、不解乃至谩骂。两次鸦片战争后的五十年时间内，西方列强步步紧逼，走上西化道路的日本屡屡挑起战端，学习西方、寻找对策以挽救危机成为知识分子的普遍诉求，原本文人眼中不甚重要的游记在这一时期作为"新学"而洛阳纸贵。异域游记中游踪细节与生活场景书写背后所蕴藏的经验与心态变化通过印刷出版传递给部分趋新的精英知识分子，再由近代报刊等大众传媒向一般民众扩散普及。探寻晚清异域游记的传播路径与传播方式，分析其在近代中国观念现代化进程中的作用与影响，并非简单地判定因果关系，而是要揭示历史发展进程中的复杂面向。思想观念的变迁既不能一蹴而就，也不能完全与传统切割，对于个体而言，建构世界观是每代人生命中的必修课，因此这批异域游记历久弥新，当下依然在被阅读思考，因此该研究亦有现实意义。

行游活动古已有之，文人记述游踪、抒发情志、书写游记，留下传世名篇佳作。柳宗元的《小石潭记》、苏轼《石钟山记》《前赤壁赋》、王安石的《游褒禅山记》、欧阳修的《醉翁亭记》都是古代游记中脍炙人口的精品。对于古代游记的研究，文学领域开展较早，已从游记文学发生、文体要素和作品形式等方面展开深入研究，王立群、梅新林，崔小敬认为游踪、景观、情感（游程、游观、游感）是游记文体的三大文体要素[①]，游记文体的演进与文体要素密切相关，直接关系到游记文类的划分。游记属于散文类别，作者可以采用笔记、日记、书信、诗歌等多元形式来记游。中国古代游记有文人游记和地志游记之分，文人游记不光描绘山水景物，更在此基础上抒发个人心绪情怀，寄予诗情与哲理；地志游记则侧重于地理考察、厘定地志史料，具有求真求实的科学性。相比于中国传统游记，西方游记文体则跨越文学的界限，兼容其他学科的特性。近代西方国家通过地理探险实现崛起，这股风潮深刻影响着西方文化的各个方面，而对西方游记文学的研究也已成为当代西方文化批评的热点。此类游记研究注重揭示殖民扩张在整个西方文化中的重要性，揭示了欧洲中心论、种族主义影响、殖民话语的内在矛

[①] 参见王立群《游记的文体要素与游记文体的形成》，《文学评论》2005年第3期；梅新林、崔小敬《游记文体之辨》，《文学评论》2005年第6期。

盾以及西方科学与文学之间的联系等。①

中国人域外行游的经历和由此产生的游记作品可追溯至《穆天子传》《山海经》等,古代帝王对外宣抚、遣使,民间宗教、商务等活动也留下诸如法显的《佛国记》、玄奘的《大唐西域记》、陈诚的《西域行程记》、张鹏翮《奉使俄罗斯日记》等作品,这种持续而又平缓的对外交往一直持续到清朝中期。进入19世纪,西方商人、传教士与殖民者纷至沓来,而出洋谋生的华工华商也逐渐增多。生活在嘉道年间的谢清高,青年时期随商人出海贸易,遇风浪而被外国船只救起,后随船游历世界。1793年,谢清高回到澳门定居,碰到来澳游玩的杨炳南,向其讲述了所历西洋情状,杨炳南笔录后写出了《海录》一书。《海录》介绍了亚洲和欧美九十多个国家,虽然记录中难免讹误,但毕竟是亲身所经历的关于世界的描述。谢清高非官非士,但他的《海录》通过刊刻传世,影响了林则徐、魏源等人,魏源将《海录》收入《海国图志》。此外,《海录》还被收入道光二十二年(1842)王蕴香辑《域外丛书》(静观斋刊本)、道光二十三年(1843)郑光祖辑《舟车所至》(琴川郑氏青玉山房刊本)以及1897年王锡祺辑《小方壶斋舆地丛钞》等。鸦片战争后,越来越多的中国人走出国门,而此时出行目的与心境已大不相同,异域出行远非简单的游山玩水,出现以"游历、出使、考察、留学、经商、旅行"等多种目的的行游活动,行游者通过记录目见耳闻的游记为国人普及世界知识,讲述陌生又复杂的世界。

"晚清异域游记"包括记、诗、赋、报章等多种文体形式,与中国古代游记相比,其并非以文学造诣和艺术表现力见长,应属于纪实性文学作品,真实性是其价值所在。这些异域游记见证了晚清社会以来,中国人从"天朝上国"的盲目自信中走出,开眼看待西方世界先进的物质文明与精神文明,萌发全面学习以富强国家的历史进程。晚清异域游记内容涉及面广,除文学外,多学科均以其作

---

① 参见王小伦《文化批评与西方游记研究》,《国外文学》2007年第2期。

为基本史料展开研究工作，而本研究立足于晚清异域游记文献整理的基础上，讨论在西学东渐进程中，该文类创作的政治背景、文体特征变化、在媒介技术助力下的出版传播方式以及通过"写作—阅读"建立的社会关系影响社会观念变迁等问题。

在前辈学人搜集考证的基础上，笔者统计并列入研究范畴的晚清异域游记 286 部①（中国作者），游踪遍及近百个国家，不过游记写作的主要对象还是集中于欧美国家与日本，西行与东游构成晚清异域游记中书写的世界。从游记数量分布来看（见表 1–1），旅日游记数量最多，这与甲午战后兴起的赴日考察留学热潮相辅相成，目前列入研究范畴有 149 部。

表 0–1　　　　晚清异域游记涉及的主要国家

国家	数目（部/篇）
日本	149
美国	22
英国	32
法国	34
德国	22
意大利	15
俄国	14
比利时	16
西班牙	7

晚清时期，官民实现异域远行主要依赖远洋轮船，通往欧美的海运路线有二：一是从上海出发经香港、新加坡、苏门答腊、亚丁，入红海至埃及，由苏伊士运河（未开通时乘火车）至意大利，最终抵达巴黎、伦敦；二是从上海出发至日本横滨，再至美国旧金

---

① 仅指列入本书研究的异域游记数量，作为后文作者情况、出访国等数据统计来源。

山，通过铁路至纽约等各大城市，也可抵达欧洲。游记写作者多数使用官费或受人资助旅行，总会尽可能游历更多的国家，欧美地区铁路四通八达，旅行便利，因此经常出现一部游记记述多个国家的情况。东南亚是西行往来的重要路径，多部游记中也对途经的英国各殖民地的发展状况屡有提及。至于南美洲、非洲等国受各方面条件所限，专门的游记并不多见。

人在旅行活动中势必牵涉"偏离常轨"，人可以有限度地摆脱例行事务和日常活动，让感官投入一连串刺激活动，与平日的平凡无奇形成强烈对比。① 异域游记，尤其是早期各部中因行游者乍出国门，诸事新鲜，对西方生活记录无微不至，而后来者逐渐熟悉西洋事务，游记写作转向政治、经济、军事、文化等方面的深入考察。从时间来看，1890—1911年间，是异域游记写作与出版的高峰时期，现已搜集到229部，这与国人积极旅外活动的现实情况相符。不过，诞生于19世纪60、70年代的异域游记因其版本多、流传时间长，单本影响力反而特别强。

二　晚清异域游记的整理情况

晚清异域游记不仅是文学研究领域中的文本，更是重要的近代史料文献，材料是研究的基础，关于晚清异域游记的整理从19世纪末期已经开始，重要的整理成果有：

（一）王锡祺辑《小方壶斋舆地丛钞》

王锡祺（1855—1913），江苏清河人，祖上经营盐业，家资雄厚，18岁考中秀才，庚寅（也可能是庚辰）赴日本求学②。王锡祺

---

① 参见［英］约翰·厄里、乔纳斯·拉森《游客的凝视》，黄宛瑜译，格致出版社2016年版，第4页。
② 参见（清）张斯桂《使东诗录》，岳麓书社1985年版，第153页。

因喜好研究中外舆地之学，又有财力支持，故连续整理出版《小方壶斋舆地丛钞》。罗振玉在讲述王氏整理该丛钞的原因时说："（王氏）尝一至京师，日读（邸钞），知海禁既通，外交孔亟，而朝野士大夫罕留意者，以为此乱徵也，乃遍读译籍，备知各国情势。……虑世且多事，乃搜集各国行政之书，舆地之记，以及輶轩使者所录，为《小方壶斋舆地丛钞》。"①

《小方壶斋舆地丛钞》是清代舆地丛书巨著，分为初编（12帙1211种）、《补编》（12帙55种）、《再补编》（12帙175种）及《三补编》，光绪十七年（1891）、光绪二十年（1894）、光绪二十三年（1897），由上海著易堂小字排印了《丛钞》《补编》和《再补编》；《小方壶斋舆地丛钞三补编》成书于光绪二十七年（1901），12帙96种，与前三部体例相同，当时未能付印，该稿本存藏于大连图书馆，2004年，西泠印社出版影印本。该套丛钞共计1537种，收录异域游记84种，是后来很多刊行游记的版本来源，但是因其未注明出处，且有增删，研究使用时尚需核对。

《小方壶斋舆地丛钞》收录的作者明确的异域游记有：谢清高《海录》、斌椿《乘槎笔记》、张德彝《航海述奇》《随使日记》《使英杂记》《使法杂记》《使还日记》、志刚《初使泰西记》、孙家毂《使西书略》、郭嵩焘《使西纪程》、刘锡鸿《英轺日记》、李凤苞《使德日记》、曾纪泽《初使英法日记》、钱德培《欧游随笔》、徐建寅《欧游杂录》、邹代钧《西征纪程》、蔡钧《出洋琐记》《出使须知》、薛福成《出使英法义比四国日记》、袁祖志《瀛海采问纪实》《西俗杂志》《涉洋管见》《出洋须知》、王咏霓《归国日记》、张自牧《瀛海论》、王韬的《日本通中国考》《扶桑游记》《漫游随录》、何如璋《使东述略》《使东杂记》、黄遵宪《日本杂事》、王之春《东游日记》《东洋琐记》《瀛海卮言》、姚文栋《东槎杂著》、陈家麟《东槎闻见录》、黎昌庶《游日光山

---

① （清）罗振玉：《罗雪堂先生全集续编》，台北：文华出版公司1968年版，第506页。

记》、傅云龙《日本山表说》《日本河渠志》、黄楙材《西辅日记》《游历刍言》《印度劄记》等，这些异域游记主要分布在第十帙和第十一帙。

（二）沈粹生辑《西事类编》与《各国时事类编》

沈纯（字粹生）编辑《西事类编》16卷，取自郭嵩焘的《使西纪程》、李圭的《环游地球新录》、邝其照的《航海笔记》、黄楙材的《西辅日记》《游历刍言》《印度劄记》、袁祖志的《西俗杂志》、钱德培的《欧游随笔》。沈纯还编辑了《各国时事类编》18卷，选取了斌椿的《乘槎笔记》、郭嵩焘的《使西纪程》、刘锡鸿的《英轺日记》、李圭的《环游地球新录》、黄楙材的《印度劄记》、袁祖志的《西俗杂志》等18种出使游历日记。[①] 1884年申报馆出版了仿聚珍版《西事类编》，而《各国时事类编》于1895年由上海书局出版了石印本。

（三）江标辑《灵鹣阁丛书》

江标（1860—1899），江苏人，进士，历任翰林院编修、湖南学政等职，提倡新学，戊戌政变后被议去职。1894年担任湖南学政，时以"变风气，开辟新治为己任"整顿校经书院；以舆地、掌故、算学、方言试士，选拔真正有科学知识、有真才实学的人才。1897年后，他积极协助湖南巡抚陈宝箴规划新政，赞设矿务、学堂、报馆、南学会、保卫局等，并与谭嗣同、黄遵宪、唐才常等在长沙创办时务学堂，成立校经学会，办《湘学新报》，以介绍西学。《灵鹣阁丛书》刊于1897年，6集，57种，93卷，其中泰西政治学术风俗之书有8种，包括李凤苞的《使德日记》、徐建寅《德国议院章程》、刘锡鸿的《英轺私记》、李钟珏《新加坡风土记》等异

[①] 参见中国历史大辞典·史学史卷编纂委员会编《中国历史大辞典·史学史卷》，上海辞书出版社1983年版，第160页。

域游记。

(四) 沔阳李世勋辑《铁香室丛刻续编》

李世勋，清代学者、藏书家，《铁香室丛刻》是综合类丛书，分为"初集"和"续集"两编，1898年出版的续编中有斌椿《乘槎笔记》、郭嵩焘《使西纪程》、何如璋《使东述略》、蔡钧《出洋琐记》、无名氏的《日本记游》。

(五) 席裕琨辑《星轺日记类编》

席裕琨是扫叶山房开创人席世臣的后世子孙，扫叶山房在其父席威主持下，在上海重开，逐步发展到顶峰时期。席威归隐后，将业务交由儿子席裕琨打理。席裕琨虽早逝，但仍辑有《星轺日记类编》一书，1903年由丽泽学会出版。该书包含斌椿的《乘槎笔记》、郭嵩焘《使西纪程》、刘锡鸿《英轺日记》、何如璋《使东述略》、李圭《环游地球新录》、黎庶昌《拙尊园丛稿》、黄楙材的《西辅日记》《印度劄记》《游历刍言》《西徼水道记》、曾纪泽的《使西日记》、李凤苞《使德日记》、徐建寅《欧游杂录》、邹代钧《西征纪程》、缪佑孙《俄游汇编》、崔国因《美日秘日记》、薛福成《四国日记》《四国日记续刻》、黄庆澄《东游日记》、吴宗濂《随轺游记》、宋育仁《泰西各国采风记》、谢西傅《归槎丛刻》。

1898年前后是戊戌维新高潮时期，具有新学思想的士人大量汇编西学图书，异域游记成为获知西学的重要途径，也是西学汇编中不可缺少的部分。《富强新书》是关于西方科学与政治的多卷本百科全书，小万卷楼主辑订，海外乘槎老人鉴定，1898年三渔书局出版了石印本；陈炽所辑《自强斋时务丛书》由振兴新学书局1898年刊行，其中游记仅有黄楙材所著《西辅日记》《印度劄记》《游历刍言》；1897年新学书局所刻《游记汇刊》，汇辑光绪年间游记著作14种、24卷，包括《使西纪程》《西征纪程》《使德日记》《英法日记》《游历刍言》《西徼水道》等。西学兴盛下，各书坊书局争相辑录出版，其中难免盗印转载，选本大同小异，余者不一一列述。

民国时期，继续对晚清异域游记进行了整理出版，据贾鸿雁统计，民国时期再版清以前及清代游记、游记集38种[1]，但仅列出谢清高的《海录》和梁启超的《新大陆游记》可以算在晚清异域游记中。

（六）1949年以后进行的异域游记整理

中华人民共和国成立后，文献整理工作系统性开展，众多学者勤力搜集，广泛发掘，一批尘封已久的异域游记刻本和手抄本重见天日。20世纪80年代，钟叔河先生组织搜集整理晚清异域游记文本资料，点校排印，汇集出版，命名为《走向世界丛书》，收录清代异域游记36种；2016年，岳麓书社又出版了《走向世界丛书》续编，收入异域游记65种，完成了最初百种游记的出版计划。1999年，王宝平主持系统整理晚清东游日记，计划出版《晚清中国人日本考察记集成》，包括《教育考察记（上、下）》《政法考察记》《军事考察记》《农工商考察记》《综合考察记（日本国志）》《综合考察记（游历日本图经）》《综合考察记（东游分类志要等四种）》《综合考察记（日本统计类表要论等四种）》《中日唱和集》。2004年，由上海古籍出版社出版《晚清东游日记汇编》，继续完成上述计划。《教育考察记》上下两部共收日本游记26部，《政法考察记》收录游记15部，《军事考察记》收录游记6部。

除专门的游记整理外，晚清文人所撰写的日记也为异域游记搜集整理提供了线索，陈左高的《晚清二十五种日记辑录》[2]中包含了张德彝、志刚、王之春、邹代钧等人的异域游记片段。1983年福

---

[1] 参见贾鸿雁《中国游记文献研究》，东南大学出版社2005年版，第110页。
[2] 陈左高：《晚清二十五种日记辑录》，上海人民出版社1990年版。

建师范大学历史系华侨史资料选辑组编辑的《晚清海外笔记选》①，按地域摘选多部异域游记；虞坤林搜集了 1900 年以来的日记，写成《二十世纪日记知见录》②，提供了部分异域游记的简介、作者情况和版本信息等，可以作为研究线索。

三 晚清异域游记的研究现状

以晚清异域游记作为研究对象，考察东西文明交流的研究历史悠久。钱锺书较早关注了中国文学作品中涉及西方文明的作品，他收集、阅读了大量晚清异域游记，并做了摘录、批注和整理，相关研究可参见钱锺书的《七缀集》《中文笔记》《外文笔记》《谈艺录》《容安馆札记》中。③ 钟叔河及丛书编辑者在整理晚清异域游记的基础上，充分利用丰富的史料资源，对百部游记进行了深入研究，这部分研究立足个案，着力考证异域游记的写作情况，分析其内在价值和历史意义，极具参考性。

进入 21 世纪后，近代文人游记、日记、笔记资料不断被发掘整理出版，关于晚清异域游记的研究得以持续开展，其中既有整体性考察，又有针对单独作品的个案讨论，据笔者初步匡算，相关研究（包含硕博论文）有四百余部（篇）。研究者来自文学、史学、文化、艺术等多学科领域，研究呈现融合态势，并围绕以下几个问题形成研究热点。

（一）晚清异域游记中的空间生产与知识转型

域外新世界给行游者带来的首先是感官和认知层面的冲击，张

---

① 福建师范大学历史系华侨史资料选辑组：《晚清海外笔记选》，海洋出版社 1983 年版。
② 虞坤林：《二十世纪日记知见录》，国家图书馆出版社 2014 年版。
③ 钱锺书的具体研究情况可参见张治《西洋器物文明中的感觉修辞：钱钟书阅读视野中的近代"游记新学"》，《上海文化》2020 年第 6 期。

治认为晚清国人的海外游历是认识世界、接受新知的重要途径,创作主体被西方文明激发出的理想和情绪是延续至今的文化主题。① 章清认为晚清域外游记的书写颠覆了传统的"天下观",在实际经验的基础上进行新的空间生产。除了在空间层面感知世界外,旅行写作还是晚清知识生产的重要组成部分。② 孙青认为近代中国对空间的认识是在知识转型和印刷资本、消费文化的共同影响下发生的,文章从梳理"新"游记汇编的文章来源、编辑分类体例等具体问题出发,讨论汇编的编纂者们如何把"游记"作为一种"新"知识门类和叙述形式来进行自身时代的空间表述的,极具启发性。③ 陈室如在《晚清(1840—1911)域外游记的西学诠释》一文中强调晚清旅人在时势压力下走出国门,接触陌生异域文化,透过游记的再现,向读者传递了大量西方新知、旅人对西方物质文明的诠释,逐渐由无法言说的失语窘境、传统知识的比附,转向科学化的具体表述与比较分析。④

(二) 异域游记书写与中国现代性的发生

杨汤琛《晚清异域游记现代性研究的逻辑起点》认为域外行游不仅带来了空间上移位,也在时间维度上完成了行游者心灵层面从古典向现代的跃进。⑤ 周宪《旅行者的眼光与现代性体验:从近代游记文学看现代性体验的形成》认为自然景观和都市景观是旅行文学的两大主题。当旅行家的眼光遭遇自然景观时,新的空间体验造就了新的联想和意识,尤显现代性。作者认为异域游记中异域行游者在时空交错中发现了西方文化的现代形态,又反思检讨了本土传

---

① 参见张治《异域与新学:晚清海外旅行写作研究》,北京大学出版社 2014 年版。
② 参见章清《近代中国的旅行写作:空间生产与知识转型》,章清主编《新史学》第 11 卷,《近代中国的旅行写作》,中华书局 2019 年版。
③ 参见孙青《"新"游记汇编与近代中国"空间"表述转变初探》,章清主编《新史学》第 11 卷,《近代中国的旅行写作》,中华书局 2019 年版。
④ 参见陈室如《晚清(1840—1911)域外游记的西学诠释》,《旅游学刊》2021 年第 8 期。
⑤ 参见杨汤琛《晚清域外游记现代性研究的逻辑基点》,《中国现代文学研究丛刊》2017 年第 9 期。

统问题。认知格局和范式所经历的变化，正是现代性体验的生成和发展。① 黄继刚《晚清域外游记中的空间体验和现代性想象》提出域外游记空间上的游移和"越界"更易将自我置于他者的镜像中进行文化认同和身份建构，这种文化对照势必会导致对自身文化的重新认知和反思判断。而晚清域外游记中令人眼花缭乱的景观书写又建构出一个具有明显"共时性"的地理空间和文化空间，这种空间认知突破了文化的"线性"叙事，为晚清现代性体验的生成提供了可能性。②

陈义华《晚清粤人出洋游记中的异域书写与中国现代性的发生》③指出，处于东西方接触前沿的晚清广东知识分子离开故国，出走西洋或东洋寻求救国救民之道。出洋粤人经历了从现代文明的观察者到自身文化传统的反思者的角色转换，也历经了对现代文明由怀疑抗拒到主动接受学习的心理嬗变过程。……处于转型期的广东知识分子在书写中还带有浓厚的儒家传统意识，但在西方文明的冲击下，他们对于儒家传统表现出的是极大的矛盾性与复杂性。广东知识分子的出洋游记以及他们在书写中对于传统与现代的思考，对中国知识界产生了重大影响，在中国开启现代化的历史进程中扮演了举足轻重的角色。

（三）异域游记中描绘的西方形象及由此引发的文明比较

异域行游者到达西方后，炫目于五光十色的现代物质文明，将之记录于游记中，不同作者对同一事物的反复书写，使其成为具有隐喻性质的符号。研究者选取游记中具有代表性的"灯光""博物馆""博览会""图书馆""剧院"进行讨论。杨波将巴黎大剧院与戏曲改良相联系，认为剧场可以被塑造成文艺救国的文

---

① 参见周宪《旅行者的眼光与现代性体验：从近代游记文学看现代性体验的形成》，《社会科学战线》2000年第6期。
② 参见黄继刚《晚清域外游记中的空间体验和现代性想象》，《内蒙古社会科学（汉文版）》2015年第6期。
③ 陈义华：《晚清粤人出洋游记中的异域书写与中国现代性的发生》，《广东社会科学》2016年第3期。

化符号。① 杨汤琛认为西方博物馆不再是地理意义上的游览场所,而是承载多重文化意味的想象空间。② 张一纬认为"煤气灯""电灯"可被视为中国人"开眼看世界"后心态调整的标志物,城市灯光具有隐喻性,代表了现代物质文明与科技进步。欧美城市被晚清时代的中国旅行者描绘为带有现代奇观色彩的地方。其中最具直观性和代表性的审视对象之一,即与旅行者的视觉经验密切连接在一起的城市灯光景观。③

见识了西方的物质与精神文明后,出行人员会有意或无意地对中西方文明进行比较。辛德勇考证了异域游记中的关于北欧的游记文献,揭示国人对该地区的最初认识,并对该地区做了较高的评价。④ 尹德翔讨论了郭嵩焘使西日记中的西方形象,为其强大和文明所打动,转而认同西方国家的价值理念。⑤ 陈荣阳认为《西洋杂志》反映出黎庶昌看到了中西文明的客观差距,提出既要积极学习,又不可全盘西化的理性观念。⑥ 王铭铭以康有为的《意大利游记》作为个案,回望 20 世纪 20 年代之前中土知识人对同一主题(文明)的论述,认为康有为的异域志书写亦是某种程度的"深描",建构了自身的文明观念,并做出跨文明比较。⑦

(四) 晚清异域游记中知识分子观念的近代化历程

晚清异域游记中还记录了知识分子认知西学后,思想观念层面

---

① 参见杨波《晚清域外游记中的巴黎大剧院》,《寻根》2010 年第 6 期。
② 参见杨汤琛《文化符号与想象空间:晚清域外游记中的西方博物馆》,《江西社会科学》2012 年第 3 期。
③ 参见张一纬《清末中国人欧美游记中的灯光书写及其文化意义》,《武陵学刊》2019 年第 6 期。
④ 参见辛德勇《从晚清北欧行记看中国人对北欧各国的认识》,《中华文史论丛》2013 年第 2 期。
⑤ 参见尹德翔《郭嵩焘使西日记中的西方形象及其意义》,《社会科学战线》2009 年第 1 期。
⑥ 参见陈荣阳《黎庶昌〈西洋杂志〉的中心文化比较观》,《文教资料》2016 年第 8 期。
⑦ 参见王铭铭《升平之境:从〈意大利游记〉看康有为欧亚文明论》,《社会》2019 年第 3 期。

发生了不同程度的变化，钟叔河《走向世界：近代中国知识分子考察西方的历史》①、朱维铮《晚清的六种使西记》② 等在持续整理晚清异域游记的基础上对早期使臣的旅西记述进行了介绍，分析了游记背后蕴藏的朝局关系与知识分子的观念转变。异域游记以翔实的西学新知扩大了国人的文化视野，推动了士林思想变革，尹德翔强调"近代化"或"现代化"是考量和研究使西日记的主要标准。③众多学者还就"世界观""国家观""文化观""海洋观""教育观""神道观""医疗观"等展开研究。温泉认为虽然这一时期的异域游记在文学创作上称不上精品，但却直观具体反映出世人对"世界"的想象。④ 陈晓兰讲述旅行者们经历了漫长的海上行程后对海洋文化有了深入认识，进而思考海权与主权、海洋与文明的关系，海洋观念成为现代世界观念的组成部分。⑤ 周立英以边吏陈荣昌为例，讨论了来自边境地区思想僵化落后的官员通过赴日考察学务，眼界思想大开后形成的日本观有助于他们求新自强，以解救日益深重的边疆危机。⑥ 代祥、葛维春认为清末官绅赴日考察教育，吸取西方教育理念，革新了中国传统教育观念，为中国新学制的建立及普及教育权做了努力。⑦ 张涛发现赴日考察的官绅对日本警政系统倍加赞赏，从而深入考察理解近代警察理念，并在随后的清末新政中率先推动了警政变革。⑧

---

① 钟叔河：《走向世界：近代中国知识分子考察西方的历史》，中华书局1985年版。
② 朱维铮：《晚清的六种使西记》，《复旦学报（社会科学版）》1996年第1期。
③ 参见尹德翔《东海西海之间：晚清使日日记中的文化观察、认证与选择》，北京大学出版社2009年版。
④ 参见温泉《洋务运动时期游记中的世界观念》，《兰州教育学院学报》2019年第9期。
⑤ 参见陈晓兰《面海的经验与世界的想象：以晚清与民国时期海外游记为中心》，《中国比较文学》2020年第1期。
⑥ 参见周立英《晚清中国边吏眼中的日本：陈荣昌〈乙巳东游日记〉评介》，《史学月刊》2008年第9期。
⑦ 参见代祥、葛维春《清末赴日考察官绅的教育思想述略：以"东游日记"为中心》，《江西社会科学》2012年第7期。
⑧ 参见张涛《晚清东游官绅的警察观浅析》，《江苏警官学院学报》2013年第9期。

(五) 关于异域游记的出版研究

晚清异域游记写作完成后,出版传播情况不尽相同。围绕郭嵩焘《使西纪程》的毁版问题,钟叔河认为郭嵩焘远超多数洋务派的思想,已具备维新意识,是时代孤独的先行者,因此日记遭到毁版。① 杨锡贵系统梳理了《使西纪程》编印及毁版的经过,认为该事件是晚清两大政治派系斗争的结果,清流党的攻击则是直接原因,充分反映出传统华夷观对新观念的压制。②

李长莉分析了黄遵宪的《日本国志》没有获得李鸿章及总理衙门的首肯、未能以官刻向士人传播的深层次原因,认为李氏并未认同黄遵宪在《日本国志》中提出的对日之道,皇权政治体制仍是官方思想舆论不可动摇的底线。应总理衙门要求写就的日记最终不能获得官方的认可,转而凭借民间传播深入人心,亦反映了晚清官方在舆论管控上已渐趋无力。③ 关于这个方向上的研究论文数量虽然不多,但在史料挖掘深度及论证思路上都显示出深厚的研究功力,从一般意义上的版本学研究转向历史考辨和社会分析,极具现实意义。杨波则考证了《万国公报》中刊载的域外游记,强调它是刊载域外游记最多、时间跨度最长、也最系统的近代报刊,对域外游记的兴起与传播起到了重要作用。域外游记与报刊的结合,真正将文字、传播和观念融为一体,既有思想启蒙、传递新知的合法性,又暗含着建构新世界、颠覆旧秩序的力量,共同参与到近代中国思想启蒙、知识更新和文学吐故纳新的大潮中。④

---

① 参见钟叔河《论郭嵩焘》,《历史研究》1984 年第 2 期。
② 参见杨锡贵《郭嵩焘〈使西纪程〉毁版述评》,《船山学刊》2013 年第 4 期。
③ 参见李长莉《黄遵宪〈日本国志〉延迟行世原因解析》,《近代史研究》2006 年第 2 期。
④ 参见杨波《〈万国公报〉与域外游记的传播》,《郑州轻工业大学学报(社会科学版)》2022 年第 4 期。

（六）研究述评

如前所述，在多学科学人的共同努力下，晚清异域游记获得到了较多学术关注，研究涉及领域异常广泛。与数量颇多的学术论文相比，专门性著作略显单薄，除了钟叔河先生的《走向世界：近代中国知识分子考察西方的历史》[1]、《从东方到西方：走向世界丛书叙论集》[2] 外，还有陈室如的《近代域外游记研究》[3]、尹德翔《东海西海之间：晚清使西日记中的文化观察、认证与选择》[4]、张治《异域与新学：晚清海外旅行写作研究》、苏明《域外行旅与文学想象：以近代域外游记文学为考察中心》[5]、王文娟《跨文化视野下晚清中国人欧美游记研究》[6]、杨汤琛《晚清域外游记的现代性考察》[7] 等专著，整体研究尚未充分展开。在以往研究中，研究者选取游记文本集中于斌椿的《乘槎笔记》（29篇）、郭嵩焘的《使西纪程》（44篇）、黄遵宪的《日本国志》（148篇）、王韬的《扶桑游记》（52篇）、《漫游随录》（29篇）、李圭的《环游地球新录》（31篇）等作品，而其余200余部游记，研究涉猎较少，有待深入挖掘。

以往异域游记研究在"西学东渐""现代化"等宏大历史进程和社会思潮的影响下展开，从微观入手，探求其在历史发展中的地位与作用，取得了重要成绩。近年来，更多学者尝试将空间理论、媒介环境理论、观念史研究引入异域游记研究中来重新审视与思考，取得的成果令人耳目一新。这种研究思路值得借鉴，使后来学

---

[1] 钟叔河：《走向世界：近代中国知识分子考察西方的历史》，中华书局2000年版。
[2] 钟叔河：《从东方到西方：走向世界丛书叙论集》，岳麓书社2002年版。
[3] 陈室如：《近代域外游记研究》，台北：文津出版社有限公司2008年版。
[4] 尹德翔：《东海西海之间：晚清使西日记中的文化观察、认证与选择》，北京大学出版社2009年版。
[5] 苏明：《域外行旅与文学想象：以近代域外游记文学为考察中心》，中国社会科学出版社2016年版。
[6] 汪文娟：《跨文化视野下晚清中国人欧美游记研究》，广陵书社2016年版。
[7] 杨汤琛：《晚清域外游记的现代性考察》，中国社会科学出版社2020年版。

者拥有更高起点，拓宽了研究视野。

以往研究中，学者多从文本内容入手，侧重揭示异域游记"讲述了什么"，而在"如何讲述"方面，尤其是"使用何种媒介，通过什么渠道，传播到哪些人群"诸问题上不够重视。异域游记能够在晚清时期受到青睐，跻身于代表新学的书目之中，除为读者提供了解西方的内容外，更是在认知方式、观念形成方面有重要影响。关注异域游记文本内容是所有异域游记研究的起点和基础，探讨文本创作背后复杂的历史背景与社会关系、考察特定时段异域游记整体呈现出的媒介特征，思辨走向世界后晚清士人观念层面中变与不变的矛盾心态与现实选择，是本书试图解决的问题。

本书的创新点在于从传播角度分析晚清异域写作在国人认知层面所起的重要作用，此类文体是如何借助现代印刷技术与大众传媒完成文明的传播；处于时代变局期的行旅如何秉承经世致用传统成为知识分子寻找自强道路之旅。个人的直观体验与思考是如何通过媒介成为群体意识与记忆；观念现代化又是如何通过象征符号和意象传递，并在知识分子圈层中逐级扩散的。

受个人能力所限，本书资料收集必定还存在疏漏失当的情况；在材料整理过程中也会存在文字语句误判的问题。研究晚清读者的阅读情况需参阅大量清代文人笔记、日记、书信，检索浩如烟海的近代报刊材料，受目力所限，研究展开尚不够充分。随着后续研究的进一步开展，研究者还将在异域游记阅读史、异域游记与晚清思想观念变迁、中西方文化交流等方面持续深入，努力整理系统性材料，解决核心问题，争取推进晚清异域游记的研究工作。

第一章

从边缘走向政治中心的异域讲述者

　　行游活动古已有之，文人记述游踪，抒发情志，书写游记，留下传世名篇佳作。不过，在中国传统文化的大环境中，秉持"安土重迁""父母在，不远游，游必有方"观念的仍占据多数。此外，大海、沙漠、高山等自然屏障，也为国人行游增添了阻碍，清中期以前，能够走出国门并留下记录的行游者寥寥可数。1707年，樊守义跟随耶稣会士艾若瑟赴罗马神学院学习，1721年归国后撰写了欧洲游记《身见录》，这部反映欧洲社会风情的游记当时并未在国内获得刊行，自然也没有实现向国人讲述世界的目的。

　　清前中期，朝廷实行较为严格的海禁政策，东西之间的人员交往受到极大限制，直至19世纪，西方商人、传教士与殖民者纷至沓来，而出洋谋生的华工华商也逐渐增多。嘉道年间，谢清高的异域行游仅属中西民间交往中的个案。鸦片战争后，越来越多的中国人走出国门，而此时出行目的与心境已大不相同，他们通过游记讲述陌生又复杂的世界，记录亲身行游中的观感与体会。

　　走出国门，远渡重洋对晚清人士而言仍不是一件容易事，朝廷的反对、高昂的旅费、艰苦的旅程都是对自由流动的限制。因此，晚清的异域行游最大程度地排除了无钱无势的平民（劳工除外），异域游记作者依然集中于精英知识分子群体中。不过，早期的异域行游并非美差，不论是官员还是文人都远离权力中心，是各自圈层中的"边缘人"。如果说第一次鸦片战争的战败只刺激到少部分国人的神经的话，战后通商口岸开埠，租界设立，传教士深入内陆传教、外商资本涌入各行业等则持续地改变着传统社会生活。三千年未有之大变局人人都在感知，但首当其冲，必须不断解决问题的清政府的确是被动地加入更加频繁的世界交往中。朝廷上下在对待"外夷"的态度上始终不能达成一致：出身于传统儒学教育的士绅阶层出现分化，一部分从经世致用的角度出发，愿意接触、理解并学习西方；而另外一部分则出于对"以夷变夏"的担忧，坚守"道统"，排斥西方的一切。晚清时期的异域行游在这种普遍的社会矛盾心态中展开。革新与保守观念的比重随着时代的发展而不断变化，异域行游者是西方文化的早期接触者和接受者，他们在当时的文化观念中被归为另类，"中洋毒""成鬼奴"等是他们遭受到的恶意评价。"边缘"不仅指出游者的身份、官职、地位，同指他们在同时代的主流思想面前，亦是不被认可和重视的少数派。

第一节　被动走上外交舞台的使官群体

经历了鸦片战争失败的清廷对于来势汹汹的西方世界依然充满着陌生感，这种陌生既源于知识匮乏造成的无知，也源于傲慢自大的排拒。被武力敲开的大门无法关闭，处理内外夷务，融入近代外交体系，成为其迫在眉睫的任务。正式派出驻各国使臣前，清廷尝试性地派出了斌椿使团和蒲安臣使团。奕䜣在奏报派遣斌椿、广英及同文馆学生张德彝、凤仪、彦慧跟随赫德游历一折中要求他们"沿途留心，将该国一切山川形势，风土人情，随时记载，带回中国，以资印证"①。出使人员需呈递游记是朝廷的明确要求。由此，后续的出使人员保持了这种记录的习惯，使臣游记写作从最初便带

---

① 李书源整理：《筹办夷务始末》，中华书局 2008 年版，第 1621 页。

有了公文汇报的印记，与私人写作的传统游记已有分别。

晚清时期是传统夷夏观念向现代世界观念转型的重要时期，在频繁国际交往的现实环境下，"使臣"观念首先受到剧烈冲击。清朝统治者处理国家关系时最重礼仪。同治之前，清廷向朝鲜、安南、琉球等宗藩国派出特使，主要完成颁诏、册封、致祭活动。两百多年的宗藩关系中始终强调"礼"的秩序，坚持严谨的礼仪程序，在使臣选择上，以旗人为主，而且是拥有文名的重臣，以彰显对藩属国忠诚的重视与褒奖。曾出使朝鲜的柏葰（1844年）、花沙纳（1845年）、魁龄（1866年）、崇礼（1890年）的奉使日记中都就出使的各项礼仪进行了详细的描述。礼仪规范是宗藩关系的重要体现，使臣地位优越尊崇，满足了朝廷与臣民的上国心态。

传统宗藩时代，使臣代表国家的至高尊严，清廷挑选使臣人选会考虑朝中德高望重之臣，尤其以旗人为主，这种思路延续到鸦片战争后使用琦善、耆英等人处理外交事务。然而日渐增多的外事纠纷、繁难的通商事务，再加上国内此起彼伏的农民起义，使得清政府不得不考虑启用汉人处理洋务。以曾国藩、李鸿章为代表的"湘淮集团"凭借军功快速崛起，在剿灭太平天国和各地起义的过程中，汉人督抚数量猛增，成为朝廷军事倚重，中央与地方权力发生逆转。出于战争需要和处理涉外事务现实情况，督抚们初步理解了外交事宜的重要性，也产生了学习西方技术的愿望。19世纪60年代，清政府刚刚经历两次鸦片战争的失败，对内忙于镇压太平天国起义，对于列强各种需索疲于应对。李鸿章甫一进入高级官僚阶层即抛出变局观，认为"天下事穷则变，变则通。中国士大夫沉浸于章句小楷之积习，武夫悍卒又多粗蠢而不加细心，以致所用非所学，所学非所用，无事则嗤外国之利器为奇技淫巧，以为不必学，有事则惊外国之利器为变怪神奇，以为不能学……鸿章以为中国欲自强，则莫如学习外国利器，欲学习外国利器，则莫如觅制器之器，师其法而不必尽用其人"①。

然而，洋务派在朝中依然受到较大阻力。一方面，与西方国家交往无可避免；另一方面，礼仪之争长久不能解决。总理洋务的奕䜣等早就有意派员前往各国，然碍于礼仪一层，迟迟不敢奏请，无奈之下，派出斌椿等微末之员随赫德出游。斌椿（1803—1871），内务府汉军正白旗人，做过江西赣县的知县，之后一直担任类似的地方官职。1864年，斌椿开始担任赫德的文案，接触西方信息，才有机会进入使团，成为选拔人选。斌椿一行虽然官职不高，但是依然保持了旗人班底，除斌椿和其子广英外，张德彝和彦慧是汉军镶黄旗人，凤仪则是蒙古正黄旗。随后出国游历的蒲安臣使团中的志刚、同文馆学生塔克什讷、桂荣、联芳、廷俊（还有张德彝、凤仪）都在旗。早期游历西方使臣的选择反映了当时清廷在遣使问题上的矛盾心理。对于西方列国提出的派驻使臣的要求，众臣认为理当可行，但使才难选，除了路途艰难、语言不通、耗费银钱外，更担心所派使臣在面见外国君主时，应对不当，有辱国格。在没有合适人选的情况下，选择低级官员与同文馆学生既能保证对朝廷的绝对忠诚，又可以减少大员受辱贻患国家的潜在风险。

向西方派设常驻使臣一直到1875年才真正得以实施，而形成这一机制的触发点则是"马嘉理事件"。光绪元年正月十六日（1875年2月21日），英国翻译官马嘉理在云南蛮允户宋河边被杀，酿成了中英之间严重的外交事件。事件发生后，马嘉理同行的武官柏郎立即草拟电报发往仰光，1875年2月23日电报经加尔各答传递至伦敦，②光绪元年二月初四（3月11日）威妥玛从印度官员发来的电报中得知情由，③随后于二月初六（3月13日）照会总理衙

---

① 顾廷龙、戴逸主编：《李鸿章全集》，第29册，安徽教育出版社2007年版，第313页。
② 参见王绳祖《中英关系史论丛》，人民出版社1981年版，第93页。
③ 参见王彦威、王亮《清季外交史料》卷1，沈云龙主编《近代中国史料丛刊》第三编二辑，台北：文海出版社1985年版，第26页。

门。从马嘉理被杀到《烟台条约》签订，纠纷解决历时1年8个月，英方意图利用此案为借口，讹诈清政府以获取更多在华利益；而清廷从防范角度考虑，既不能激怒英人引发战争，又要防止对方无度索取。在这种局面下，郭嵩焘于光绪元年八月接上谕充任出使英国钦差大臣。郭嵩焘（1818—1891），湖南湘阴人，进士，历任翰林院编修、苏松粮储道、两淮盐运使、广东巡抚。罢官八年后，1875年起复任福建按察使、兵部侍郎、礼部左侍郎，由于滇案处理几度延宕，郭嵩焘实际上直至光绪二年（1876）十月才被放洋出行。

出自曾国藩幕的郭嵩焘早年就留心洋务。1853年2月，郭嵩焘受曾国藩之托，到上海购办洋器，采买风雨表、双眼千里镜、洋布；参观了位于上海的领事馆，叹其"穷极奢靡"；火轮船、货船、兵船，泊江中者无数，郭嵩焘亲自上船参观，研究其工作原理；后又前往墨海书馆，结识麦都思、伟烈亚力、王韬、李善兰等人，获赠《遐迩贯珍》数部。[①] 上海之行，让郭嵩焘领略到大不相同的西方文明，心生警醒，因此特别留意夷务。此后，在担任广东巡抚、福建按察使期间则被推到办理洋务的一线，处理对外换约、海关税收、海军、电报建设等具体事务，博得精通洋务之名。

滇案发生后，郭嵩焘上折严厉弹劾岑毓英。奏疏中特别提到"窃维《周官》一书，尤重宾礼。其时久服夷蛮，朝会以时，迎劳宿卫，各有职司，辟远无礼，允为三代之盛轨"。郭嵩焘认为岑毓英办案拖延，造成中外纷争，难辞其咎。岑毓英是位高权重的封疆大吏，在西南边疆经营三十余年，是赫赫有名的"同光中兴名臣"，在对待帝国主义觊觎边疆问题上，他一贯采取强硬的抵抗态度。处理滇案的总理衙门未必不知晓内情，但在处理此案中，必须考虑官员民众的情绪，对英人提出的严惩岑毓英并刊刻邸报的要求含糊应对。郭嵩焘的奏折在官员阶层引起轩然大波，如他本人所述"鄙人

[①] （清）郭嵩焘：《郭嵩焘全集》，第8册，岳麓书社2018年版，第29—32页。

横遭訾毁，为京师士大夫所不容，所据为罪状者，即此疏也"，军机章京"以发端引《周礼》为立言不伦"。郭嵩焘事后辩解"士大夫徒以岑公杀毙一洋人，力谋保全。此疏不独保全岑毓英，并杨玉科、李珍国皆极力为之洗刷以保全之，而以未能先事预防议处岑毓英，科罪极轻，借以稍平洋人之气，议罪一二兵丁有余"①。郭嵩焘的出发点在于减少中外纠纷，不给西方国家发动侵略战争以口实，但言语之间不知转圜，因而得咎，在所难免。同治九年（1870），曾国藩处理"天津教案"时，同样饱受清流訾议，传统清议具有天然的正确性，"一玷清议，终身不齿"的压力是个体所无力承受的。

郭嵩焘于光绪元年八月接上谕充任出使英国钦差大臣，② 但实际上直至光绪二年十月才放洋出行，在这一年多的时间里，他饱受非议，几次萌生退意，除了在京官员不能认可外，家乡湖南的士子亲朋也无法理解他。圣谕下达不久后的八月廿日，湖南家乡就"俱论郭筠仙出使英夷事"③，多数人对他同意出使表示反对，子侄辈有为其写论夷务书，即遭到父辈呵斥，认为此事关"立身大节"④；坊间流传一联专骂郭嵩焘："出乎其类，拔乎其萃，不容于尧舜之世；未能事人，焉能事鬼，何必去父母之邦！"好友王闿运感慨道："筠仙晚出，负此谤名，湖南人至耻与为伍。余云众好众恶，圣人不能违。"⑤ 面对谤议，郭嵩焘总结为"窃见办理洋务三十年，中外诸臣一袭南宋之后之议论，以和为辱，以战为高，积成数百年气习。其自北宋以前，上推之汉唐，绥边应敌，深谋远略，载在史册，未尝省览。……朝廷设立总理衙门专办洋务，亦不能不内惜人言，周章

---

① （清）郭嵩焘：《郭嵩焘全集》，第4册，岳麓书社2018年版，第786页。
② （清）朱寿朋编：《光绪朝东华录》，中华书局1958年版，第102页。光绪元年八月十二：谕候补侍郎郭嵩焘二品顶戴，直隶候补道许钤身派充出使英国钦差大臣。应行随带人员并中国翻译官著与李鸿章妥商拣派。
③ （清）王闿运：《湘绮楼日记》，岳麓书社1997年版，第432页。
④ （清）王闿运：《湘绮楼日记》，岳麓书社1997年版，第434页。
⑤ （清）王闿运：《湘绮楼日记》，岳麓书社1997年版，第460页。

顾盼，无敢直截办理。臣以愚庸，为众论所诟讥……"① 在这样的舆论环境下，郭嵩焘的《使西纪程》被百般挑剔，也在意料之中。

同光年间，"清流"声势凌厉，使臣们往往被认为是"浊流"，清浊之争，同样反映在游记的传播命运上。郭嵩焘自上海启行后，将沿途五十余日见闻及与诸随员谈话悉数记载于日记之中，稍加润色整理上交，定名为《使西纪程》。总理衙门接到稿本后，在1877年农历三月交由同文馆刻印出版。日记出版后，虽也受到李鸿章的肯定，认为"议论事实多未经人道者，如置身红海、欧洲间，一拓眼界也"②；但更多遭受的则是指责谩骂。"《使西纪程》记道里所见，极意夸饰，大率谓其法度严明，仁义兼至，富强未艾，寰海归心。……迨此书出，而通商衙门为之刊行，凡有血气者，无不切齿。于是湖北人何金寿以编修为日讲官，出疏严劾之。有诏毁板，而流布已广矣。嵩焘之为此言，诚不知是何肺肝，而为之刻者又何心也。"③ 何金寿上折参劾的背景和动机尚待考证，郭嵩焘认为"何金寿至文致其言词陵蔑攻击，竟似有意媒蘖。副使刘锡鸿因据何金寿一折取日记所录，一一传致其罪。自臣在京师与何金寿往来交好，此奏必不可少是其交通情状悍然一无隐讳……"④ 但"文人学士动以崇尚异端，光怪陆离见责"⑤ 亦是实情，朝廷不得不将《使西纪程》毁版了之。毁版之后，清流言官张佩纶仍不罢休，认为毁其书而用其人，仍是人心之大患。最终，郭嵩焘于1878年被撤换回国，其撰写的《伦敦与巴黎日记》也未能在清末公开问世。

驻外公使中另外一位饱受弹劾之苦的则是李凤苞。李凤苞（1834—1887），精通历算测绘，得丁日昌赏识，捐官为道员，后受李鸿章重用，担任福州船政局赴欧留学监督。选择驻派使臣之初，

---

① （清）郭嵩焘：《郭嵩焘全集》，第4册，岳麓书社2018年版，第792页。
② 《李鸿章全集》，第32册，安徽教育出版社2007年版，第25页。
③ （清）李慈铭：《越缦堂日记》，广陵书社2004年版，第7453—7455页。
④ 王彦威、王亮：《清季外交史料》卷12，沈云龙主编：《近代中国史料丛刊》三编第二辑，台北：文海出版社1985年版，第236页。
⑤ 《李鸿章全集》，第32册，安徽教育出版社2007年版，第75页。

朝廷高官大员视之如畏途，只能倚重总理衙门，尤其是李鸿章的推荐，能够懂得洋务、可以远渡重洋、实在办事即为上佳人选。至于学历出身、官职操守等皆退而求其次。因此，首批驻外公使在品德操守方面也更容易受到攻击。1882年12月，监察御史陈启泰弹劾李凤苞"不过一负贩小夫，略通西语，钻营保荐，遽赋皇华，闻其装学外夷，不带薙发，罔遵定制，私带武弁而且挟妓出游，恣情佻达，背本辱命，莫此为尤"①。李凤苞背负了贪污向德国购舰银60万两的罪名最终被革职，不过据李喜所、贾菁菁《李凤苞贪污案考析》一文考析，李凤苞并无贪污60万两的可能性，李鸿章调查之后回奏朝廷，述其并无陈启泰所述劣迹，但是弹劾之声仍不绝于李凤苞的生前身后。②

同样经受非议的还有清廷派出的第四任驻美大使崔国因，他在美期间治财吝啬，纵容家丁索取门包、减免随行人员的薪俸以及诸如洗衣、叫车等琐事见诸报端，虽自认为俭省，但在士林眼中其所作所为因小失大，有损国体，连累对其游记评价不高。追究因缘，还是部分官员从根本上不认同洋务之举，而李鸿章及其选择的洋务官员在操守上的劣迹很容易被清流抓住痛击，而这些使臣们的域外见识因此也就更不值一提。

使臣的出身、功名也可以成为清流的攻击点。庚子前，16位存有游记的常驻公使中，崇厚、张德彝和李家驹是旗人，五位正使出身进士，举人两位，其余使臣虽大多也是正途出身，但功名不高。陈兰彬、李凤苞、黎庶昌、薛福成都是贡生，刘瑞芬是附生，伍廷芳的学历是英国留学生，张荫桓则以捐官小吏走向公使之位。在翰林言官们的眼中，学识与操守紧密相连；而在李鸿章眼中，能办洋务，有实才才是使臣的上佳人选。比如陈兰彬（1816—1895），进士出身，曾任翰林院庶吉士，后任刑部主事。太平天国运动时期入

---

① 军机处光绪朝录副奏折，中国第一历史档案馆，档案号：03—5172—077。
② 参见李喜所、贾菁菁《李凤苞贪污案考析》，《历史研究》2010年第7期。

曾国藩幕，但在较长一段时间内并没有突出的作为。1871年，由曾国藩和丁日昌倡导的幼童出国留学计划选择了陈兰彬，1872年8月11日，陈兰彬作为留美学生监督带领第一批30名幼童由上海赴美。虽然，陈兰彬在美任留学监督时，与容闳在观念上差异巨大，矛盾不断，但其恪守本分，老成持重，坚守圣人之道得到了朝廷的信赖。1873年，陈兰彬受命赴古巴调查华工受虐情况，后调回国内协助李鸿章与古巴等国议约。1875年，当朝廷选择派驻使臣时，自然选择了已有海外经验的陈兰彬。再比如何如璋（1838—1891），幼年家贫而好学不倦，1868年中进士，选庶吉士，散馆授翰林院编修。何如璋喜治桐城古文，但也讲求时务，受李鸿章青睐，李氏曾语"不图翰林馆中亦有通晓洋务者也"[1]。在早期使才选拔上，李鸿章起到了至关重要的作用，而被选拔的正使又凭借个人的判断保举副手、亲眷充任参赞、随员等，形成了错综复杂又彼此勾连的人际圈层。

相比于保守的顽固派官员，洋务官员学习新知识、新事物的愿望与能力更强，中西接触越频密，新思想与新观念扩散得就越快。从19世纪80年代起，风气渐变，出洋游历不再是千夫所指，担任出使官员逐渐成了热门差使。晚清官员的任用和升迁，除科甲正途外，还有捐纳和军功保举等途径。同光之际，科举考试的频率和录取数量大幅提升，捐纳和保举人员壅滞，造成大量官员补缺、升迁的障碍；担任各级出使官员，在官职、俸禄等方面会有大幅度的提升，任满归国，还有升迁的优先途径，这些都成为吸引使才的重要砝码。清人陈康祺将官场中的美差概括为"帝师、王佐、鬼使、神差"[2]，其中"鬼使"即驻外人员。朝廷规定出使各国大臣月给俸薪照现在实职官阶支给，惟原拟二、三品充二等钦使者，月给俸薪一千二百两；三、四品充三等钦差者，三品一千两、四品八百两；其

---

[1] 温廷敬：《茶阳三家文钞》，沈云龙主编：《近代中国史料丛刊》初编第三辑，台北：文海出版社1966年版，第8页。

[2] （清）陈康祺：《郎潜纪闻二笔》，中华书局1984年版，第485页。

四品充二等者，未经议及，今酌中定拟，月给一千两。至各国副使俸薪月给银七百两。公使之下，总领事五百两，副领事四百两；头等参赞五百两，二等参赞四百两，三等参赞三百两；头等翻译四百两，二等翻译三百两，三等翻译二百两；随员医官二百两，武弁、供事、学生一百两内。①

　　使才的选择不再捉襟见肘，"近则翰林参赞，曹郎游历，推而更广，皆向来所无。窃喜风气日开，则人才辈出。然前则悬利禄以为招，后则设资格以相限，保举则严，经费则节，视为常法"②。提升选材标准，严格保举制度提高了驻外人员的素质，也培养了一批优秀的外交人员。曾纪泽（1839—1890），曾国藩长子，承袭父亲侯爵，为父守孝期间无师自学英语，出身尊贵还略通外语，在早期公使中出类拔萃。1878 年赴法，接替郭嵩焘担任出使英法大臣，1880 年，兼任出使俄国大臣，1884 年不再兼任驻法国大臣，1885 年被召回，出使时间长达 7 年。在任期间，曾赴俄谈判，修改前任外交大臣崇厚（1826—1893）所签订的《里瓦几亚条约》，改签《中俄伊犁条约》，挽回领土与经济的大量损失，受到朝廷上下一致赞扬。曾纪泽留有《出使英法俄国日记》，该日记记载时间长，体量巨大，涉及政治外交、社交礼仪、行游生活等方方面面。曾纪泽的出使日记在清末出版都是节选本，"初出洋时，写日记寄译署。不知沪人何由得稿，公然刷印"③，这部分是指从光绪四年（1878）九月初一至光绪五年（1879）三月二十六日的日记，《申报》以《曾侯日记》命名，印行售卖。出使大臣的名声日隆，进士出身的翰林也越来越多地加入游历官员队伍中。

　　从派设常驻使臣的 1875 年到庚子前，使臣选择主要靠保举推荐，除崇厚、张荫桓外，其余公使皆出自曾国藩、李鸿章幕或受李鸿章推荐。办理洋务，秉持向西方学习以自强是这批使臣的普

---

① 参见《总理衙门条陈出使外洋事宜疏》，《申报》1879 年 1 月 2 日第 4 页。
② 《李鸿章全集》，第 34 册，安徽教育出版社 2007 版，第 243 页。
③ 《曾纪泽集》，岳麓书社 2005 年版，第 183 页。

遍心态，后人以"洋务派"称之。曾国藩和李鸿章都是晚清时期朝廷倚重的权臣，各自拥有的幕府人员数量惊人，曾幕人数约为 300 人①。李鸿章幕中中外幕友达到 566 人②，李鸿章本人为曾国藩弟子，在曾幕服务 10 年，曾国藩去世后，曾幕许多人才转移至李幕，再加上血亲、姻亲与密友，盘根错节。曾幕中的郭嵩焘、陈兰彬、容闳、薛福成、黎庶昌、徐建寅、吴汝纶；李幕中刘瑞芬、伍廷芳、马建忠、张德彝、荫昌、张荫桓、罗丰禄、崔国因、盛宣怀等都留有出使游历日记。

据《清代职官年表》及《清季中外使领年表》统计，1875 年至 1911 年间清廷共派驻 67 人次担任出使正使，去除前后任重复后有 57 位。现能收集撰写游记的常驻正使有 16 位，其中 14 位公使都是在庚子事变之前派驻各国的，尚能严格按照朝廷要求记录出使日记，他们是驻英公使郭嵩焘、曾纪泽、刘瑞芬、薛福成、张德彝；驻美公使陈兰彬、张荫桓、崔国因、伍廷芳；驻德公使刘锡鸿、李凤苞；驻俄公使崇厚、许景澄；驻日公使何如璋、黎庶昌、李家驹。

除驻外公使外，必要的外交人员还有参赞、领事官、翻译官、随员、供事与学生。他们拥有外交人员身份，各有专长，协助公使处理外交事务，也是朝廷的使才储备。张德彝、李凤苞、黎庶昌、蔡钧、钱恂、吴宗濂等都属于这种情况。现收集到这部分外交人员中有 26 人撰写游记。

此外，还有部分出使人员肩负特殊使命，也写有游记留存。如 1874 年，护送第三批赴美幼童监祁兆熙撰写的《游美洲日记》；1880 年赴英接舰的池仲佑撰写的《西行日记》；1885 年考察边防的曹廷杰撰写的《西伯利亚东偏纪要》；1894 年赴俄考察的王之春撰写的《使俄草》；1899 年赴日特使刘学询撰写的《考察商务日

---

① 参见朱东安《关于曾国藩的幕府和幕僚》，《近代史研究》1991 年第 5 期，第 17—36 页。

② 参见马昌华《淮系人物列传》，黄山书社 1995 年版，第 419—433 页。

记》等。

　　出使人员是晚清第一批异域游记的作者群体，早期的出使日记应朝廷要求写作，回程后需上交总署呈递皇帝，因此虽为游记，但兼有公文汇报的意思。不过，公使臣僚处理外交事务时，还是要撰写奏折公函，二者不能相互替代，两相比较，游记文体更为自由，以叙述和白描见长。不同游记作者选择和擅长的语体也不相同，因而形成作品的风格也千差万别。

　　虽然使官们的游记写作受多方限制，但初步介绍了西方世界的样貌，从不同侧面触及了中西的政治、文化差异。异域游记应该如何写作在此之前并没有标准样本，前行者的游记（日记）作品无形中成为样本，后来者在写作中有意无意地进行了模仿。

　　道咸之际，桐城文派备受冷落，在汉学与宋学之争中处于下方。曾国藩师承宋学，但是能够跳出门户之见独立思考，大量阅读汉学家著作，因此他的学术态度是以宋学为主，以汉学为补充。伴随着曾氏权力和地位的不断提高，他在学术领域的影响力也与日俱增。曾国藩开创了晚清湘乡文派，湘乡派是桐城别派，在继承桐城文论基础上又对其进行了创新改造。曾国藩对姚鼐的文论主张"义理、考据、辞章"作了新解及改造，在此基础上，添加了"经济"。早期行游异域者不少出自曾国藩幕，或本就是曾国藩的入室弟子，因此在写作风格上呈现相似风格。

　　郭嵩焘的文论属于桐城派，"嵩焘生十有三年，从伯父受学，……望溪方氏言义法，《易》所谓'言有物'者，义也；所谓'言有序'者，法也。曲折往复，不相凌越，斯所谓序；荡涤稗垢，而其精者存，斯谓之物"①。这说明郭氏从小就接受了桐城派"义法"这一理论。除了贯彻桐城派在散文语言上要求的"雅洁"外，在散文创作实践上，郭嵩焘为适应向西方学习的需要，反复强调要"明

---

① 《郭嵩焘全集》，第 5 册，岳麓书社 2018 版，第 427 页。

理"，坚持经世致用和实事求是的态度。① 他在出使英国期间的日记中，吸收了大量的西方社会、自然科学新知识，运用了大量的新名词、新术语。"郭嵩焘这类散文，已在很大程度上打破了桐城古文的框框，成为近代新体散文的先声。……嵩焘目睹海外光怪陆离、五彩缤纷的现代生活，要想真实而形象地反映这些新事物、新生活、新气象，就会自觉不自觉地冲破传统古文的模式，从摄取题材、基本构思到语言表达，都必须来一个变革。"②

曾国藩门下的四位弟子：薛福成、黎庶昌、吴汝纶、张裕钊，前三位都曾留洋海外写有游记。薛福成的《出使英法义比四国日记》写就后，朝野争相传阅，不断翻印，梁启超将之列为"言西事之书"的佳作。1901年，朝廷推行新政，将这部日记列入新政应试必读的指定书目。薛福成日记写于郭嵩焘和曾纪泽之后，为免重复前人，薛福成就出使日记的写作做了深入的思考，确定要"据所亲历，笔之于书；或采新闻或稽旧牍，或抒胸臆之议，或备掌故之遗。不敢谓折中至当，要不过于日记中自备一格"③。在日记的凡例中，薛福成首先研究了日记的体例，"日记及纪程诸书，权舆于李习之《来南录》、欧阳永叔《于役志》，厥体本极简要。后世纂日记者，或繁或简，尚无一定体例。窃谓排日纂事，可详书所见所闻；如别有心得，不妨随手札记，则亭林顾氏《日知录》之例，亦可参用"，在出使日记写作中"当但就四国所见闻，随事详书。然中国所以遣使之故，在默察西国之情势，亦期裨益中国之要务也。……是以此书于四国之外，所闻关系中国之事，必详记之；即所闻关系各国之事，亦详记之"。至于日记的格式，"中国遣使，本系创举，求之古书，并无成式可循。兹编于国书颂辞，无不详载，以存体制。至与外部往返洋文照会书信，间亦译登一二，用示格式，并可

---

① 参见王兴国《郭嵩焘评传》，南京大学出版社1998年版，第609页。
② 郭延礼：《中国近代文学发展史》，山东教育出版社1990年版，第447页。
③ （清）薛福成：《出使英法义比四国日记》，岳麓书社1985年版，第59页。

征中西文法之稍有不同"①。

薛福成在出使日记写作中精心裁切,在深厚的桐城古文功底上又有所突破,在古文审美与实用两大方面更侧重实用。日记中的《观普法战争油画记》《游巴黎蜡人馆记》《游阿尔卑斯山》均以美文之名而传世。

黎庶昌的《西洋杂志》则突破了游记日记体样式,采用分类主题的方式记录见闻。黎所记录的是当时英、法、德、西等国的社会和文化,既有呈递国书,接见公使的外交场景,有德法议院、英法阅兵的观察;又有跳舞会、宴会类社交交际;有各国工厂、圜法的设计实施方案,也有俄皇遇刺等时事记录。

吴汝纶(1840—1903),1865年中进士,先后入曾国藩、李鸿章幕,重视教育,提倡经世致用之学。1889年,受李鸿章之聘,主讲保定莲池书院,力倡桐城古文,但思想开明,对西方学术持积极态度。1901年,清政府决定重开京师大学堂,管学大臣张百熙推荐吴汝纶担任总教习,吴氏接任后,请求先赴日本考察。1902年吴汝纶东渡日本,白日参观访问,到文部听讲,晚间整理当天日记。9月,将考察成果汇编,命名为《东游丛录》,1903年由东京三省堂出版。吴汝纶继承曾国藩的观点,并进一步发展,明确提出反对"文以载道""文道合一"的文学主张,更加重视文学的特性,"说道说经,不易成佳文。道贵正,而文者必以奇胜。经则义疏之流畅,训诂之烦琐,考证之赅博,皆于文体有妨"②。

异域游记中涉及大量新鲜事物,增添了古文中从未包含的新语词,表达方式必然要做出相应的调整,内容与形式的协调性问题在异域游记中表现尤为明显,游记作者们所做出的选择固然是个人文风的调整,客观上也有利于游记整体的传播。

---

① (清)薛福成:《出使英法义比四国日记》,岳麓书社1985年版,第63—65页。
② (清)吴论纶:《吴汝纶全集》,第3册,黄山书社2002年版,第52页。

第二节　因缘际会中的口岸知识分子

除了官方派遣外，晚清时期亦有文人自行出洋，他们的个人际遇、行游旨趣、游历所感皆与官样文章大有不同。他们多是居住于口岸城市、较早接触西方文化，但功名蹭蹬，不得不另谋生计的边缘知识分子。

林针（1824—?），福建闽县人，父丧随母投奔伯父，在厦门居住。1843年厦门开埠，林针因为会英语，得以在洋商处获得"通事"职位，1847年林氏受聘赴美担任译员。林针在美工作一年多时间，游历美国南部，并为解救26位潮州同胞而身陷囹圄，后得美国友人相助最终昭雪。这番海外奇遇被他写成《西海纪游草》而流传后世。罗森，生平不详，广东人，1854年参加柏利舰队的第二次日本之行，罗森随船队途经琉球，泊于横滨。幕府将军派人与柏利谈判立约，罗森也参与其中，观察了整个谈判过程，并与日本人接触、笔谈，《日本日记》虽篇幅不长，却是日本开埠的真实记录。

王韬（1828—1897），早年家境贫寒，屡试不第，不得已佣书沪上，在墨海书馆翻译西书为生，后因上书太平军获罪逃亡香港。1867年，四十岁的王韬应理雅各之邀往游欧洲，两年的泰西生活，王韬近距离观察了西方近代文明成果，并就中西文化进行比对思考，形成了独到的世界观念。王韬归国后，随即投身报刊出版业，与沪港两地报人建立密切联系，并通过撰写论说名气日增。1879年，王韬受日本文人邀请赴日游历，在日期间，王韬饱览东瀛景致并与日本文人唱和交流，写下《扶桑游记》，这本游记于当年在东京报知社印行。敏锐感知出版市场热点的王韬和申报馆于1887年开始在《点石斋画报》连载《漫游随录》，追忆20年前的旅欧之行，使之一举成为畅销之作。

同属海上文人的袁祖志（1827—1899），在1883年获得了异域出行的机会，他随轮船招商局总办唐廷枢赴欧洲考察商务、船务。袁祖志为袁枚之孙，在上海文人圈大有诗名，1876年担任《新报》主编，也经常在《申报》上发表诗词文章。历经十个月的欧美考察后，袁祖志写作了《瀛海采问纪实》（又名《谈瀛录》）。

广东人潘飞声（1858—1934），1887年受德方邀请赴德讲学。潘飞声在德国东方语言学院讲学三年，在德三年中，潘飞声以文字、诗词缓解自己的思乡之情，归国后结集为《西海纪行卷》《柏林竹枝词》《天外归槎录》。自费或受人资助完成海外行游的文人李筱圃、叶庆颐、力钧、黄庆澄、但焘、蒋煦、单士厘（女）、林汝耀、张元济等也都撰写了各自的行游日记。

与固守科举道路，严树华夷大防的传统知识分子不同，口岸知识分子凭借地缘优势较早接触世界，在举业无门之际，能够变通选择其他职业以维持生计。口岸知识分子多数作为出使官员或者西人随行人员出洋，相较于出使官员，文人们的游踪更为自由，在游记中的表达也更包罗万象，往往更具有奇观性。他们撰写的异域游记特别注重主观体验，受传统叙事影响，书生怀才不遇、才子落难佳人搭救的桥段也屡有出现，文学创作混杂在客观纪实中，虚实相间，引人入胜。

文人行游归来后所撰写的异域游记更愿意通过商业渠道进入市场，一来可以完成著书立说的夙愿，另一方面也可获得不菲的报酬。除了结集出版外，近代报刊也刊载大量游记。篇幅较长的游记必须剪裁成若干单篇，且每篇都需要围绕一个主题，要有能够吸引读者的起承转合。以《申报》为中心，不但聚拢了一批文人进行异域游记的创作，还登载文人关于迎送出洋人员的酬唱之作。欧洲归来后，王韬着手创办《循环日报》，并与《申报》保持密切联系，当他返归上海后，凭借在报界积累的声望成为"名士"，沪上文人争相结交。王韬利用这个机会，广泛传播西学思想，讲述关于世界的故事，而此时的《申报》也逐渐成为文人交往的公共空间。

1876年，李圭奉命前往美国费城参加美国建国100周年博览会，当时李圭在宁波海关税务司供职，与《申报》众主笔相熟，因此出发之前与报馆约定"凡经过之处，必有日记随时寄示"，相当于海外特约通讯。李圭将自己在外的耳闻目见详细记录，分别命名《游览随笔》和《东行日记》，后通名为《环游地球新录》①。1876年6月7日至1877年2月6日期间，《申报》登载了15篇自海外发来的稿件，其中10篇冠以《东行日记》之名，另外还有《论美国各事、费里地费城纪略》《美国寄居华人缘起并叙近日情形》（分两日刊载）《中国会事纪略》《记哈佛幼童观会事》四篇。

至于王韬、袁祖志等报业经验丰富的作者，在写作中自会惯性添加普通读者感兴趣的内容，《漫游随录》甚至配以精良的中国画图片刊登在《点石斋画报》上，虽然画师因未曾目见西方世界，仅凭叙述与想象绘制，不求形似，传播效果打了折扣，不过画报形式生动，阅读门槛低，在增长新知方面的效果显著。

第三节　洋务、维新派中的骨干力量

晚清士人都有与世运相连的苦心和忧患，寻求富强道路成为知识分子相当长时间内的共性选择。"复古"与"师夷"并非不能兼容，第二次鸦片战争后，洋务思潮兴起，成为一时的舆论风向。洋务派思想家中既有从顽固派中分化出来的高级官僚，也有从"经世派"转化而来的知识分子。未入仕途但谋求变革的知识分子以"入幕"作为施展抱负的手段，影响当权者以推进变革的进程。

薛福成（1838—1894），早年在曾国藩幕和李鸿章幕出谋划策，1890年出使英法意比四国，高波认为薛福成是站在曾国藩思想的延长线上，曾氏的中体西用、晚年对道家的亲近和试图调和儒道的努

---

① （清）李圭：《环游地球新录》，岳麓书社1985年版，第194页。

力都在薛福成的思想中有所体现。① 薛福成在出使之前就主张向西方学习，亲历西方世界后，主动进行中西文化比较，反对夷夏观念，在承认西方富强的前提下，努力在本民族文化传统中寻找西方文化的位置。他的使西日记记录翔实，文字量大，征引材料广泛，除时事外，商务、经济、人口、矿产、地理与科技均有涉及。

宋育仁（1857—1931），1894年作为龚照瑗公使的参赞出使英、法、意、比四国，写成《采风记》四卷，对西欧各国社会风俗、文教制度、政治生活等进行了考察。宋育仁认为两院制的资产阶级民主政体、英国君主立宪制都是理想的政体形式，与他倡导的政治理念相吻合。

转变更为彻底的黄遵宪（1848—1905），1877年受何如璋邀请赴日担任使馆参赞，在日期间正是明治维新初始时期。黄遵宪耳濡目染日本革新进步的潮流，亲历日本发生的深刻变化，写出了第一部中国人撰写的日本通志——《日本国志》，以及纪游诗集《日本杂事诗》。《日本杂事诗》于1879年由同文馆印书处印行，而《日本国志》则延宕至1895年方印行面市，切中甲午战后士人了解日本、谋变图强的心理，一时风行天下，成为后来维新变法的重要思想来源之一。

早期的维新派也是"商民"的代言人马建忠（1845—1900）出生于江苏一个天主教家庭，因战乱避居上海，在教会学校修习外语和西学。1870年，马建忠入李鸿章幕，帮办洋务。1876年，李鸿章派其前往法国学习国际法，同时兼任驻法公使郭嵩焘的翻译。1879年获博士学位后归国。1881年受李鸿章之命赴印度，拜会印度总署和相关高级官员，就鸦片专售问题进行商谈。此行往返三个多月，写有《南行记》，记录了在印度的见闻与观感。马建忠本属洋务派，但在海外游历和处理商务中开始批判"官督商办"，提出

---

① 参见高波《薛福成论中西文明盛衰——以〈出使英法义比四国日记〉为中心的探讨》，章清主编《新史学》第11卷，《近代中国的旅行写作》，中华书局2019年版，第238—249页。

了早期维新派重商富民的思想，发表了《富民说》，对洋务派"求富"思想有继承也有批判性发展。

张謇（1853—1926），1894年中状元后受张之洞委派在通州兴办纱厂，加入上海强学会。1896年创设大生纱厂，走实业救国的道路。1903年，张謇应邀参观日本第五次国内劝业博览会，同时考察日本教育和宪政，东游七十余日的见闻记录为《癸卯东游日记》。张謇在日考察期间，十分关注旅日华商，思考商人与政治间的关系。通过观察，张謇对日本明治维新后的情况作了客观评价，认为日本各项发展中教育第一，而商业最下。

中日甲午战争和随后的庚子之乱注定民族资产阶级无法凭借单纯的商战来挽救国难，思想层面的分化更趋激烈。"戊戌变法"中除走在前台的康有为、梁启超外，文廷式与张荫桓也是不可轻视的维新力量。张荫桓（1837—1900），广东南海人，捐官出身，在处理马嘉理案时为李鸿章赏识，建立了师生关系。在李鸿章的支持下，张荫桓于1887年出任清廷驻美国、秘鲁和西班牙大臣。在出使期间，张荫桓写作的日记命名为《三洲日记》，日记中除了记录中美谈判的详细情况外，对民主之国的总统、官员作风也十分欣赏，西方制度对他思想上有所触动，这些观感直接成为归国后向光绪皇帝报告讲述的内容。时人苏继祖在《清廷戊戌朝变记》中记载"南海张侍郎曾出使外洋，晓然于欧美富强之机，每为皇上讲述，上喜闻之，不时召对"[1]，"启诱圣聪"使张荫桓成为推动戊戌变法的关键性人物。

戊戌政变后，维新党人为免于朝廷抓捕，纷纷出走避祸。文廷式（1856—1904），出生于广东潮州，1890年殿试榜眼，授职翰林院编修，遇事敢言，列名"清流"，与张謇等被称为"翁门六子"，中日甲午战争中主战反和。1895年，与陈炽等出面资助康有为，倡

---

[1] 翦伯赞等编：《中国近代史资料丛刊·戊戌变法》，第一册，上海人民出版社1957版，第331页。

立强学会。1896年，被杨崇伊弹劾革职，回归乡里后，倾向变法。1900年2月，应日本同文会之邀乘船赴日，4月9日离开日本，所撰写的《东游日记》记录了文廷式在东京拜访接见政坛文坛人士，参观学校、议院、图书馆以及访书的情况。

康有为和梁启超作为"祸首"，长期被朝廷缉拿，滞留海外，获得了长时间环游世界的机会。康有为（1858—1927），广东南海人，出生于官僚家庭，1879年开始接触西方文化。1891年在广州设立万木草堂，收徒讲学。1895年联合千名举子上万言书，1898年推动戊戌变法，失败后逃往海外。在逃亡的16年间，康有为环游地球，游历了42个国家和地区，撰写了大量异域游记。康有为本打算将欧洲游历文字编成《欧洲十一国记》，但后来只有《意大利游记》和《法兰西游记》成书，其他则发表在报章杂志上，有部分仅为手稿未面世。作为近代著名思想家，康有为的游记着重考察各国政治风俗与历史变迁得失。他的得意弟子梁启超在流亡期间也写作了《夏威夷游记》和《新大陆游记》。在1900年的《夏威夷游记》中，梁启超提出了"诗界革命"的主张，强调诗歌应使用新词语，创造新意境。在《新大陆游记》的序言中梁提到，徐勤劝说他不要写游记，因为"凡游野蛮地为游记易，游文明地为游记难"①。在康梁为代表的维新派心目中已经彻底颠覆了夷夏观念，将美国作为文明国度来看待。北美之行使梁启超的思想有了重大转变，政论话题依然是这部游记的主体内容，并在此基础上深入探讨和反思文化与国民性的关系。

至于容闳、伍廷芳等人，从幼年时期就接受西方教育，与朝廷并无深厚情感，他们出于对"国家"的热爱，实心做事，推动社会变革。容闳（1828—1912），1841年入澳门马礼逊学堂，1847年赴美留学，后考入耶鲁大学，1854年毕业回国，是中国最早的留美毕业生。1863年容闳加入曾国藩幕，筹建江南制造局。他提议并受命

---

① （清）梁启超：《新大陆游记及其他》，岳麓书社1985年版，第417页。

主持选派幼童赴美留学，后任驻美副使；1898年参加戊戌变法，失败后逃离北京。维新运动失败后，容闳转向孙中山领导的反清革命并倾力支持。容闳晚年用英文写作了自传体回忆录《西学东渐记》，以生平纵横四海的经历阐释自身以西学改变中国、维新自强的志向与努力。

伍廷芳（1842—1922），少年时在香港圣保罗书院接受西式教育，33岁时，自费留学英国，获得法律博士学位。1896年、1907年两度出任清朝驻美公使。与接受中国传统文化教育的其他使臣不同，他较早认识西方文明，对东西方文化差异的理解更为透彻。庚子期间，伍廷芳对清廷的态度与行为逐渐失望，在与美谈判中，尊重国际法规，并多次请求美国政府施压清政府，惩办杀害反战官员的元凶。与此同时，伍廷芳也尖锐批评西方传教士在中国的傲慢，指责八国联军对中国的军事侵略，表现出职业外交官的能力，把清政府的利益和国家利益区分开来。《美国观察记》是伍廷芳担任出使大臣期间，对美国的介绍与评论，主要集中在政治和文化方面的观察与思考。伍廷芳结束第二个出使任期后，正逢辛亥革命，他立即宣布赞成共和，后在民国时期担任司法总长、外交总长等职务。

第四节　新政潮流下的政治考察与留学生

20世纪后，海外行游不再是稀罕个案，异域游历的讲述者也不再是低级官吏。1902年，醇亲王载沣被派往德国就克林德事件道歉，皇室亲王级开始迈出国门；1905年，清政府派出载泽、戴鸿慈、徐世昌、端方、绍英分赴东西洋各国考察政治。1905年9月24日，第一次出发时，载泽、绍英在北京火车站被炸伤，后朝廷改派李盛铎、尚其亨取代徐世昌和绍英。五大臣出洋考察是清廷处于政治困境中的被动选择，此时国内的立宪呼声日益高涨，因此游历的重点被放在宪政考察上。"中国向例，宗室贵胄皆居都门，鲜有至他省者,更何论乎海外诸邦,闻见既隘,非特各国之政治尚茫乎未知,即本国之朝政民风亦恍兮惚兮,如堕十重云雾,终其身惟溺情于声色狗马类乎。恶少年之所为又其甚者,见异思迁,崇尚邪术,如前年端庄二邸之所为,国家几为其倾覆。此固由谬妄性成,然深居简出,不能涉历世事,其病抑或由此。"①亲贵颟顸无知酿成国之巨祸,而这一阶层又始终居于政权的核心位置,开启宗室贵胄学识的迫切性甚至大于开民智与开官智。可惜的是,王公贵胄并未充分认识出游的重要性,虽也留有游记,但多是僚属代笔之作,于自身与朝局皆无益处。

相比于皇室子弟,年轻学子海外求学的热情更高。甲午战败,对于中华民族而言是巨大耻辱,却也极大唤醒了民族自强意识,黄遵宪的《日本国志》被一再翻印,各种出使游记不断再版,出国游历学习,寻求富强之路是挽救危亡的重要路径。"昔人有言,读万卷书行万里路,盖以各国之治乱兴亡,列邦之政治习尚,载之于书厘然秩然,苟能旷观博览五洲万国亦可了然于胸。所难者古今异宜,中外异势,拘泥成说,墨守旧闻将昔时视为新理者,今日已为陈言。中国矜为独得者西人早经吐弃,况乎山川险要,风俗好尚,非身亲阅历未易辨析。然则至今日而欲图自强舍游学其何以哉。"②阐释游学海外的意义不再需要与偏见和无知缠斗,强调海外游历、留学与国家民族命运紧密联系,行游被赋予特殊的时代印记。

留美幼童被召回后,赴美留学转为个体性行为,直至1909年使用庚子赔款资助派遣留学生赴美,使之再度成为留学的热门目的地。而在晚清最后的十余年间,日本取代欧美成为中国留学生的首选。1896年,驻日公使裕庚招选了13名学生带往日本读书。1897年,湖北留日学生监督钱恂(1853—1927)发出留学日本的倡导,"谓日本文明、世界文明得输入中国而突过三、四十年,曾文正国

---

① 《亲藩宜游历外洋说》,《申报》1902年4月25日第1页。
② 《论游学为今日之急务》,《申报》1898年10月14日第1页。

藩之创游美学生议，沈文肃葆桢之创游英法学生议，而开中国二千年未开之风气，为有功于四万万社会，诚非虚语。彼游欧美之学生岂必乏材？徒以程度相去太远，莫由将欧美文明迻输我国，而必借道于日本者，阶级不同也"①。钱恂携夫人单士厘曾跟随薛福成、许景澄出使欧洲，1895年由两江总督张之洞奏调回国，让其协助署理湖北的洋务和教育。

钱恂身体力行，将自己的弟弟、儿子、儿媳、女婿都带到日本留学，而夫人单士厘的《癸卯旅行记》《归潜记》等更是成为晚清时期屈指可数的女性游记作品。钱恂的建议获得张之洞的首肯，张之洞在《劝学篇·游学》中讲道："出洋一年胜于读西书五年，此赵营平'百闻不如一见'之说也；如外国学堂一年胜于中国学堂三年，此孟子'置之庄岳'之说也。游学之益，幼童不如通人，庶僚不如亲贵，尝见古之游历者矣。"张之洞在论今事时认为，小国日本，能在短时间迅速崛起的重要原因是伊藤、山县、榎本、陆奥等人都是出洋的留学生，学成归来后，用为将相，使日本政事一变，雄视东方。相比于西洋，东洋游学的优势有："一路近省费，可多遣；一去华近，易考察；一东文近于中文，易通晓；一西书甚繁，凡西学不切要者，东人已删节而酌改之。中东情势风俗相近，易仿行，事半功倍，无过于此。"②

在张之洞、杨深秀、康有为等的倡议下，光绪二十四年（1898）六月十七日，总理衙门奉谕速拟出洋游学人员章程中肯定了张之洞等提出的留学西洋不如东洋的建议，开辟官派赴日留学路径，拟将同文馆东文学生酌派数人并咨南北洋、两广、两湖、闽浙各督抚就现设学堂遴选学生。③ 与二十年前官派赴美留学相比，此时社会风

---

① （清）钱单士厘：《癸卯东游记·归潜记》，岳麓书社1985年版，第695页。
② 苑书义等主编：《张之洞全集》，第12册，河北人民出版社1998年版，第9737—9738页。
③ 参见王彦威、王亮《清季外交史料》卷133，沈云龙主编《近代中国史料丛刊》三编第二辑，台北：文海出版社1985年版，第2286页。

气大开，仕宦绅商之家都认为留学是子弟晋身的绝佳路径，张之洞也就儿子的留学问题给两江总督鹿传霖写信，"方今洋务最为当务之急，故拟令其至海外一游，或可开阔胸襟，增益不能"①，并希望能够从南洋发给儿子游学公牍。

晚清重臣张之洞非常重视人才培养，也注重参考西方的社会治理经验，他在担任湖广总督期间多次派出官员、学生赴日考察、留学。在派出考察人员的公文中，都会特别提出要撰写游记。委派姚锡光前往日本游历详考学校章程时，他要求"将现设各种学校选材授课之法，以及武备学分枪、炮、图绘、乘马各种课程，或随使笔记，或购取章程赍归，务详勿略，藉资考镜"②。对前往日本阅操的张斯栒则要求"该员等务须将日本陆军操法所有马队、步队、炮队、辎重队各种队伍、器械、营垒，均须悉心阅看体察，相机咨询考校，阅操毕后，并赴各军营垒及武备大中小学堂、制造枪炮各厂、各处紧要炮台详加浏览，一切法式、功课、章程均宜一一笔记，回鄂详晰禀覆，勿得粗心泛览，以致虚此一行"③。札派朱滋泽等赴日本阅操时要求，"按照上项指饬事宜，细心体察，随事考求，各自登记成册，以便回华后呈候并本部堂考核。并于观操之暇，将其政治、学校、营伍、工厂各要务，分别考查记载，以资回鄂采择"④。

在这股东游风潮中，同样积极的是直隶省官民。直隶乃卫戍京师重镇，历来朝廷皆会选派权臣担任此职，同时兼任北洋通商大臣。李鸿章两度担任此职，前后合计 26 年时间。1901 年李鸿章病逝后，袁世凯继任，此时的袁世凯在内政外交上都已掌握极大的话语权，在清季新政改革中锐意创新，形成改革经验，由中央政府采纳推广，改革学习的对象被锁定为东亚近邻日本。1901 年，袁世凯

---

① 苑书义等主编：《张之洞全集》，第 12 册，河北人民出版社 1998 年版，第 10229 页。
② 苑书义等主编：《张之洞全集》，第 5 册，河北人民出版社 1998 年版，第 3561 页。
③ 苑书义等主编：《张之洞全集》，第 5 册，河北人民出版社 1998 年版，第 3693 页。
④ 苑书义等主编：《张之洞全集》，第 6 册，河北人民出版社 1998 年版，第 4138 页。

先派 55 名学生入日本陆军士官学校的预科——成城学校学习；1902 年派北洋农务局黄璟等赴日考察农务新法，黄璟写作了《游历日本考察农务日记》与《东瀛唱和录》；1903 年派直隶新政负责人周学熙、张孝谦、凌福彭等赴日考察农工商各项事业；1903—1904 年，袁世凯派直隶学校司督办胡景桂、严修，直隶补用同知晏宗慈、直隶学校司总办编修王景禧、直隶候补道杨沣等赴日考察学务。委派官员的同时，直隶还选派了一百多名学生留学日本。如此规模，袁世凯依然觉得还不足以开通民智，因此又制定了遣派官绅出洋游历办法，规定新选实缺州县人员未到任前，必须先赴日本游历三个月，期满回国后，令呈验日记以证心得。这种与仕途直接相连的硬性规定，使直隶官绅竞相东渡，东游日记也成为必备的应命之作。

进入 20 世纪后，留日学生数量激增，既有官费学生，也有自费生，这些学生思想比较活跃，在日本受维新思潮和革命思潮的先后影响，纷纷组织学生团体、翻译出版书报，在思想观念层面极大冲击着清王朝的统治基础。留学生到达日本后，既深感弱国屈辱，又受革命思潮影响，不断组织学生抗议运动。1902 年，留日自费生钮瑗等 9 人要求大清公使蔡钧担保，进入日本成城学校学习军事，但是蔡钧认为他们有排满革命的倾向，因此拒绝了他们的请求。双方在公使馆僵持不下，蔡钧找来日本警察拘捕留学生，使事件矛盾升级。此时的留日学生，尤其是自费学生在清政府眼中已然成为颠覆朝廷的隐患。面对这种局面，张之洞于光绪二十九年十一月二十六日上《请奖励职官游历游学片》："查近年自备资斧出洋游学学生，多年少未学不明事理之人，于时局实在情形，办事艰难之故，毫无阅历，故嚣然不靖，流弊甚多。若已入仕途之人，类多读书明理，循分守法，如内而京堂、翰林、科道、部属，外而候补道府以下等官，无论满汉，择其素行端谨，志趣远大者，使之出洋游历，分门考察，遇事咨询，师人之长，补己之短。"[①]

[①] 苑书义等主编：《张之洞全集》，第 3 册，河北人民出版社 1998 年版，第 1593 页。

至于游历的宗旨,以能考察内政、外交、海陆军备、农、工、商各项实业及其章程办法为要义。一二品大员兼综博览,以多接见其文武大臣及其贤士大夫,采听其议论,参观其政俗,务其远大者外,其庶司百职或各因性学之所近,或各就职业之所司,分门考察,能得实际为要义。凡游历考察所及,均宜详晰记载,笔之于书,回国后或应缮呈御览,或呈送政务处及各部院、督抚衙门靠接。凡应奖者必须有札记著作且实有所得。在奖励机制下,游历日记的数量大幅增多。

在朝廷的鼓励下,不少士绅兴起海外留学的兴致。文恺认为:"海禁大开以后,东西各国往来日繁,非彼此参互考证,即无以审机宜而协情事。拘虚者流,尺见咫闻,唯知深闭固拒,曾不略思变通。激切之士,第震其国富兵强,竞言新政,中国国粹或不知保存。二者殆均有蔽焉。"因此,文恺阅读各星轺日记后,"辄思身履其地。迩来交通便利,私家记载,章奏缕陈,愈臻宏富。游学之情,勃然以动"①。

长期以来,赴日游历,写作东游日记的作者多以群像面目存在,他们个人的生平记录普遍较少,只因赴日游历并留有日记才为后人了解。对于游历日本的士绅,在评价上也褒贬不一,部分游历者因出行时间短,只能走马观花,在新政的名义下集中到学校、警署、工厂等地参观,接待者应接不暇,无法提供翔实材料。此外,东游者结伴而行,日记中记录的内容重复率高,有雷同相似之感。除直隶外,湖北、湖南、四川等地督抚也派员出国游历,尽管存在种种弊病,但这批地方官员与士绅毕竟感受到了现代文明之风,归国之后,仿照日本的机构设置、行政制度设计当地的新政方案。清季最后十年间的东游日记虽然缺乏精品名作,但在共同的记叙中还原了当时士人以日为师的改革愿望,因此,赴日考察具有极强的目的性。

---

① (清)文恺:《东游日记》,岳麓书社2016年版,第91页。

王宝平主编的《晚清中国人日本考察记集成》计划收入的教育考察记、政法考察记、军事考察记、农工商考察记和综合考察记，基本涵盖了清末日本考察游记的类型。由各省督抚派出赴日的官绅多数游历时间较短，只能走马观花，穿梭于各学校、工厂、警署监狱等地。地方要员急切地寻找能够在中国复制推行的制度，在开民智的大背景下，教育国民最为迫切，日本在教育普及方面的措施行之有效，各类学堂齐全，这令东游者感触最深，形成的教育考察游记的数量也最多。

第五节 异域游记作者的群体特征与职业走向

晚清异域游记写作者是时代变局期的特殊群体，个人的风云际会与国家命运交织在一起，异域行旅开阔了个人眼界，使他们的思想观念发生巨变。这些改变又通过他们写作出版游记传诸四方，上至皇帝亲王，下至市井小民都可以获得关于世界的间接经验。作为传播者，他们所处的社会环境、人际网络，自身的性格特征等都会影响到游记传播的广度与深度。

如前所述，晚清异域作者虽然个人经历迥异不同，但在行游动机上表现出高度的一致性，最终的游记作品也呈现出较大的相似性。早期异域游记撰写者虽政治上多不得意，但自郭嵩焘始，政治打击、谤满天下的另一面也树立了致力改革的时代先锋者形象，拥趸日渐增多，社会影响力巨大。由亲缘、学缘、地缘等结成的人际关系网又因志趣、理想聚合成特殊的知识分子群体，晚清异域游记作者因此也呈现出不同的群体特征。

得益于晚清文献的不断挖掘整理，晚清异域游记作者持续被发现，总量确数始终变动，现以笔者收集材料所见的229名异域游记作者来看，排除41名暂未确定学历信息者外，188名作者中拥有功名者134人，占比约为71%，其余人员也各有出身。

表1-1　　　　　　晚清异域游记作者的出身情况

出身	人数（人）
进士	55
举人	34
秀才	45
留学生	18
军功或武官	5
新式学堂	10
无功名	16
捐官	3
宗室	2
不详	41
合计	229

　　传统文化深深烙在晚清异域游记作者身上，他们游历书写游记的心态是矛盾复杂的，既自矜于中华文明底蕴，又对当世落后挨打的局面悲愤不已。在游记中，作者在介绍西式器物时，往往盛赞其便捷高效，但至政治制度、思想文化层面则追溯、比附三代，表现出极强的文化自尊。即使如罗森、王韬、李圭、李筱圃、吴荫培等未有官职者，所到之处也受到了高规格礼遇，上门求诗求字之人络绎不绝，新闻纸采访报道广传四海。文人们将这些归功于东西方各国对中国文化的服膺。

　　晚清时期，文人群聚现象非常普遍，杨念群提出"儒学地域化"的概念，这里的"地域"并非以行政区划分为单位进行界分的，而是指以学派的流动性所自然形成的状态。某个区域学派经过长期对话切磋，就有可能在某个地点沉淀下来，具有传承其自身思想传统的力量，并最终影响某个区域知识群体的思维和行动方式。[①]

[①] 参见杨念群《儒学地域化的近代形态：三大知识群体互动的比较研究》，生活·读书·新知三联书店2011年版，第2页。

异域游记作者虽籍贯遍及各省，但数量比例相差悬殊，较早较多接触"洋务"之地的士人更容易接受西人西物，也更乐于远渡重洋，观察新世界。

表 1-2　　　　晚清异域游记作者的籍贯

地域	人数（人）
旗人	17
江苏	51
浙江	27
广东	27
安徽	21
福建	11
湖南	10
河北（直隶）	9
湖北	8
山东	6
江西	6
四川	3
云南	3
贵州	3
陕西	1
河南	1
山西	1
不详	24
合计	229

晚清旗人在历史书写中多有顽固、守旧、愚昧的印记，但在清廷眼中却是最可信赖的臣民。宗藩体制解体前，清廷所派出的使臣柏葰、崇礼、魁龄都是在旗高官，而尝试性走出国门时派出的斌椿、志刚，后期考察各国政治，以备宪政的人选又回到王公、

贝子中。除使臣外，早期出使随员的选择也倾向于旗人，同文馆里粗粗学了西文的年轻学生早早就被派充为随员，屡出国门。张德彝（1847—1918），汉军镶黄旗人，15岁考入同文馆，19岁即被选派随斌椿使团访问欧美，此后，连续作为随员游历、驻留海外，直至1902年出任驻英国大使。张德彝将每次出使经历都做了翔实记录，共成八部游记，第一部命名为《航海述奇》，后面依次为《再述奇》至《八述奇》。张德彝撰写了数量最多的异域游记，但其中《航海述奇》和《四述奇》较早刊行，更为世人熟知。凤凌，蒙古族人，1887年以兵部笔帖式考中海外游历使，游历归来后再派充驻法使馆三等参赞。凤凌撰写的《游馀仅志》对欧洲制造、制度、文化、社会等方面进行了深入细致的观察，试图给出自己的答案。双寿、定朴、恩惠等则在东游日本后写下游历日记。旗人之中亦不乏有识之士，海外游历同样也在开阔他们的眼界，增长智识，只不过当王朝风雨飘摇之际，他们的无力回天之感更为强烈。

富庶的江浙地区孕育了数量众多的新旧人才，素有人文渊薮之称。五口通商后，上海成为新的"洋场"，不拘一格的洋务人才汇集于此。上海也是放洋出海及域外返归的必经之地，送行、接风的欢宴不免成为分享海外经历的场所。个人经验在亲朋密友中传播，更容易被接受，海外行游奇观还会激发更多的同好，催生他人出游愿望，这种示范效应在后辈弟子中格外明显。王韬青年时代佣书墨海西馆，不但获取了西人传教士的人际资源，更结交了李善兰、张福僖、蒋敦复、管嗣复等人，这批文人先后进入各级官僚的幕府工作，成为王韬早期在官场的人际资源。从欧洲归来后，王韬创办《循环日报》，又与上海的《申报》文人保持密切交往，成为沪上文人圈的名士；晚年返归上海养老后，他担任了格致书院山长，一直提携后辈文人。他的个人海外经历越来越为更多江浙知识分子推崇，20年后的回忆之作《漫游随录》，构筑了几代人的西洋梦境。黄庆澄、吴汝纶、徐建寅、薛福成、姚文栋、姚锡光、张斯桂、张祖翼等人的游记在江南知识分子圈层中广泛传播，影响力大；待到以徐兆玮、刘绍宽为代表的新一代江浙士子，在异域行游前则尽可能搜罗市面上可供的异域游记，此时，异域游记对知识结构更新的作用愈发明显。

广东地区是晚清时期最先直面西方文化冲击之地，为解决现实中的"夷务"，"了解"成为第一要务。有清一代，闽越地区海外移民、务工人数不在少数，但由于他们普遍文化水平不高，难以将所见的异域用文字精准表述。谢清高的《海录》也是依靠杨炳南笔录后方能传世；林针、罗森、潘飞声舌耕海外，以更接近日常生活的心态体悟各国文化差异，叙述异域见闻；出使官员何如璋、刘锡鸿、陈兰彬、容闳、刘学询、沈翊清、伍廷芳、张荫桓、许炳榛等虽政见不一，但在晚清外交方面都做了具体工作，主动或被动介绍了西方文化；黄遵宪、康有为、梁启超、欧矩甲等则结成具有更紧密关系的群党群体，他们的异域游记不再单纯倾慕西方器物之先进，而更重于阐释政治理念与传播近代理想。

晚清政局，自扑灭太平军后，地方督抚实力迅速增强，精英知识分子纷纷进入各幕府以求得晋身之路。早期出使官员也多出自曾国藩、李鸿章的推荐，曾、李二人之后的张之洞、袁世凯在委派留学士绅与学生方面也更为积极。清末新政推广时期，河南巡抚陈夔龙、山东巡抚周馥、江苏巡抚端方、云贵总督魏光焘、山西巡抚恩寿、四川总督锡良、江西巡抚吴重喜等选拔各地学生派往日本留学。而这些留日学生返归后成为清末新政推行的骨干力量，也是各地现代化事业开启的先行者。

表1-3　　　　　　　　**出自幕府的异域游记作者**

出自曾国藩幕或推荐的异域游记作者								
郭嵩焘	曾纪泽	陈兰彬	薛福成	吴汝纶	黎庶昌	王之春	邵友濂
刘锡鸿 （郭嵩焘推荐）			容闳	钱恂		姚文栋	

续表

徐建寅		祁兆熙	单士厘		孙点		
张斯桂		谭乾初			陈矩		
出自李鸿章幕或推荐的异域游记作者							
何如璋	崔国因	刘瑞芬	李凤苞	吴宗濂	伍廷芳	张荫桓	谭国恩
黄遵宪		邹代钧	钱德培		马建忠		刘学询
黄超曾					池仲佑		盛宣怀
							郑孝胥
出自张之洞幕或推荐的异域游记作者							
姚锡光		缪荃孙		罗振玉		李濬之	胡玉缙
张斯枸						
出自袁世凯幕或推荐的异域游记作者							
周学熙		严修		黄璟		王景禧	胡景桂
杨澧		郑元潜		郭钟秀		张维兰	吴烈
左湘钟		涂福田		恩惠		王三让	王用先
田鸿文		刘瑞璘		王锦文		兰陵	晏宗慈
段献增		刘庭春		刘潜		于振宗	罗毓祥
逄恩承						

异域归来后，行游者们的人生轨迹也不同程度地发生转变，选择通过报刊、教育等渠道将西方先进的科学技术、政治体制、人文思想传播出去，身体力行地推动西学东渐。众多异域游记作者归国后全力兴办教育，卸职后在书院讲学的陈兰彬、缪荃孙；在京师大学堂担任教习的吴汝纶、胡玉缙、罗振玉；兴办地方新式学堂的黎庶昌、严修、李宗棠、王咏霓、方燕年、项文瑞、林炳章、姚文栋、刘绍宽、萧瑞麟；还有兴办各类实业、外语、女校等的周学熙、姚锡光、唐文治、王丰镐，大力推动教育走上近代化之路。

在异域游记的作者中还活跃着不少报人，王韬、袁祖志、罗振玉、蒋伯斧、程淯、康有为、梁启超都在出游前就接触了近代报业，在海外游历中特别关注西方报业的发展，逐步形成完整的报业理念。钟天纬1881年在江南制造局翻译馆创办《西国近事类编》；

潘飞声1894年担任《华字日报》《实报》的主笔；1897年，黄庆澄创办了《算学报》、宋育仁创办《渝报》、陈季同与其弟陈寿彭在上海创办了《求是报》，担任翻译主笔；1905年，蔡钧创办了中国第一份英文报纸《南方报》；而撰写《策鳌杂摭》的叶庆颐长期给《申报》供稿，《新闻报》的主笔蔡尔康则汇编了《李傅相历聘欧美记》。借助大众传媒的渠道，新的思想观念得以在短时间内快速传播，中国社会开启了一个思潮涌动、舆论日兴的时期。据笔者不完全统计，晚清时期供职于近代报刊的报人中有93位具有留洋经历，其中19位存有异域游记。除游记外，更多的异域行游者在报刊中分享他们的异域经历，在潜移默化地将西方的思想观念融入各类文稿中，影响越来越多的各阶层读者。

表1-4　　　　　　　　从事报业的异域游记作者

姓名	出洋经历	服务报刊
蔡钧	日本	《南方报》
陈季同	欧洲	《求是报》
程淯	日本	《晋报》
黄庆澄	日本	《算学报》
黄遵宪	日本	《时务报》
蒋黼	日本	《农学报》
康有为	日本、欧洲、美洲	《万国公报》
邝其照	美国	《汇报》《广报》
梁启超	日本、欧洲、美洲	《时务报》
潘飞声	德国	《华字日报》《实报》
容闳	美国	《汇报》
宋育仁	英法意比四国	《渝报》
王韬	欧洲、日本	《循环日报》《申报》
严复	欧洲	《国闻报》《国闻汇编》
叶庆颐	日本	《申报》供稿
由云龙	日本	《云南日报》
袁祖志	欧洲	《新报》《国华报》《新闻报》

续表

姓名	出洋经历	服务报刊
钟天纬	欧洲	《西国近事类编》
欧矩甲	日本、欧洲	《环球日记》
刘凤章	日记	《湖北学报》《湖北教育官报》

晚清时期异域游记的作者是士绅阶层中的佼佼者，个人异域行游的动机虽有不同，写作风格迥异，却在游记中接力塑造了一个"世界"，这不仅拓宽了国人认知的地理场域，还拓宽了价值观念、文化象征的场域。相应地，异域游记的作者在思想观念层面也逐渐群聚，在变局中寻求出路的大背景下，尽管他们依然各有主张，但总体上接纳了西方文明，并表现出学习意愿。早期异域行游者虽是政局中的"边缘人"，但毕竟与官僚圈、学术圈有千丝万缕的关系。他们的海外见闻通过游记的传播既可被朝廷执政者获悉，也可为文坛领袖捕捉，接受是一个过程，而告知有"世界"则格外珍贵。异域游记作者设置了认识西方的议程，引导国人客观、多角度地了解其政治、经济、军事、文化教育制度。异域游记作者从边缘起步，逐渐走向舆论场中心，凭借自主学习西方并设计富强蓝图成为时代的变革者，搅动风潮。

第二章

刊行天下：近代印刷技术助力下的异域游记传播

异域游记写作完成后，除按规定呈交外，刊刻成书是多数作者的选择。海外游历增广见识，亲朋好友索看见闻，士林学子渴求新知，市井小民乐观西洋景构成了旺盛的阅读需求。晚清时期，商业出版的物质基础与技术水平远超前代，出现了芮哲非所说的"印刷资本业"①，近代中国出版业同样是西方技术与传统书业相结合的产物，也是异域行游者在游记中反复提及、推崇的新事业。基于传统文人的读书与藏书热情，印刷机器与技术是最容易被中国人接受的"西术"。19世纪70年代后，石印技术的流行刺激了商业出版的蓬勃发展，书业因竞争者带来的鲇鱼效应而整体焕发活力。出版商们积极寻找新书源，扩大经营范围，谋求高额利润，晚清异域游记自然成为出版商的理想文本，被争相刻印。晚清异域游记的出版形式除了图书外，还在近代报刊中以单篇或连载的方式刊登，传播的范围成倍扩大。近代商业出版打破世家富户对知识的垄断，低廉的售价可广书籍流传，使寒门学子亦有书可读。甲午之后，科举考试不断改革，自新政施行后更是学堂竞设，"士人争著书立说以期名利兼收，或译自外洋或摭诸报纸或编成读本或集为类书"②，西学书

---

① [美] 芮哲非：《谷腾堡在上海：中国印刷资本业的发展（1876—1937）》，张志强等译，商务印书馆2014年版。
② 《定书律议》，《申报》1903年10月6日。

籍，尤其是包括异域游记在内，由国人撰写编辑的新书数量大增。商业出版走向专业化与规模化后不仅可以满足精英读者的阅读需求，还积极开拓平民读者市场。也正是缘于商业出版的加入，高级官员与名流贤达们的异域体验才会被普通民众感知、了解和模仿。

异域游记含有奇观、新知，又有学习西方的方案和对本国文化的反思，在知识分子急迫寻找对策以挽救危机的晚清社会特别容易成为畅销书。异域游记书写背后所蕴藏的经验与心态的变化通过商业出版不断扩散普及，最终推动社会中思想观念的变迁。

第一节 异域游记刻印的基本情况

早期的异域游记刊刻具有一定的偶然性，《海录》一书由谢清高口述，经杨炳南笔录而成，杨炳南编著本是清代刊本中的全本，有杨氏序言，无刊刻年代和书坊名称，林则徐曾在奏稿中提到《海录》一书在粤刊刻[①]；罗森的《日本日记》于咸丰四年在香港刊行；林针的《西海纪游草》写成后先在厦门、福州一带流传，众多好友存阅并留下题记与诗跋，直至1867年方才刊刻。早期的几部游记在粤、港、福建沿海之地出版正是当地风气早开的证明。

清廷派出的第一个游历使团——斌椿使团中产生了《乘槎笔记》（斌椿）、《海国胜游草》（斌椿）、《航海述奇》（张德彝）三部游记作品。斌椿的《乘槎笔记》上呈同治帝后并未收获回应，不过，这部作品在同治七年（1868）由京都琉璃厂的文宝堂刊刻发售。自此，这本游记在京城反复重印，早期版本有琉璃厂的二酉堂本（1869）、醉六堂本（1871）、琉璃厂本（1873）、琳琅阁本（1882）。斌椿出使开风气之先，后续出洋使臣多在自己的游记中谈到曾经阅读过《乘槎笔记》，证明这本书已成为畅销读物，除以上

---

① 参见《林则徐集·奏稿》，中华书局1956年版，第680页。

版本外，还有光绪十一年（1885）扫叶山房刻本、光绪十七年（1891）敬文堂刻本，以及日本明治五年（1872）和刻本。当然，斌椿的游记更是被辑刻到各种游记丛刻中，版本数量与流传范围成正比。

异域游记图书出版包括单行本和辑录的丛书；出版主体依旧来自传统的官刻、坊刻和家刻，现代出版业诞生后，新式书局成为游记商业生产与发行的主力。印刷出版后的异域游记文本具备留存和传播的条件，现存的异域游记绝大多数都是印本，手抄本数量极少，散佚严重。

（一）官方出版的异域游记

清中期以前，官方刻书以武英殿刻书最为著名，然至清末，武英殿刻书已名存实亡，同治八年（1869），武英殿失火，之后刻书活动基本结束。1862年，京师同文馆创立后，编译了大量西方书籍，1873年经总教习丁韪良建议，同文馆设立印刷处，备有中文、罗马文4套活字和7部手摇印刷机，用来印刷学校用书和总署文件，[1] 所印书籍分送在京官员，实际上替代了武英殿官方刻书的职责。因此，郭嵩焘的《使西纪程》上呈后，1877年由总理衙门刊行，这也是郭嵩焘唯一的一本官方出版书籍。此后，刘锡鸿的《英轺私记》、姚文栋的《日本地理兵要》、黄遵宪的《日本杂事诗》、张德彝的《随使日记》都由总理衙门刊印，然后分送在京官员。然而，并不是每一本异域游记都能获得官方首肯，李长莉考证黄遵宪的《日本国志》未能由总署刊行的主要原因是李鸿章不赞同黄对日本明治维新的正面评价。[2] 官刻游记虽然影响力大，增添作品的美誉度，但若与朝廷相左的意见是不能够获得传播资格的。

李圭的游记《环游地球新录》则获得了李鸿章的青睐，李亲自

---

[1] 参见陈元晖编《洋务运动时期教育》，上海教育出版社2007年版，第154页。
[2] 参见李长莉《黄遵宪〈日本国志〉延迟行世原因解析》，《近代史研究》2006年第2期。

为其作序并由总署出资印行三千部。该单行本在 1878 年还由总税务司海关造册处印刷 300 部，送呈总理衙门 100 部，其余 200 部交由"施医院"与书坊发售。《环游地球新录》的出版方式最为丰富，除官方出资外，还由多家商业出版机构反复刊印，使用多种商业手段扩大销量。

除了朝廷刻书外，地方官刻也给予异域游记出版以资助。同光年间，长期的战乱对传统出版业造成极度破坏，以曾国藩为代表的地方督抚在各省设立官书局和译书局，既弘扬儒家学说也传播西学。清末推行新政后，各地督抚派送日本游历、留学人员上交的日记中，如有特别优异者，在本省官书局、学务处、官报馆中的印刷处印刷出版，除了官书局出版外，也存在官方出资，在商业书局印刷出版的情况。

表 2-1　　　　　　　　地方官书局印刷的异域游记

出版机构	作者	书名	出版年份（年）
江南制造总局	曾纪泽	《曾惠敏公集》	1893
浙江书局	姚锡光	《东瀛学校举概》	1898
	黄遵宪	《日本国志》	1898
	张謇	《日本各校纪略》	1899
		《日本武学兵队纪略》	1899
直隶省学务处排印局	王景禧	《日游笔记》	1903
保定学校司	胡景桂	《东瀛纪行》	1903
南京南洋官报总局	凌文渊	《籥盦东游日记》	1904
湖南学务处	陈琪	《环游日记》	1905
云南官书局	陈荣昌	《乙巳东游日记》	1905
农工商部印刷科	戴鸿慈	《出使九国日记》	1906
	王仪通	《调查日本裁判监狱报告书》	1906
保阳提学司排印局	郭钟秀	《东游日记》	1906
甘肃公报局	文恺	《东游日记》	1907
北洋官报总局	郑崧生	《瀛洲客谈》	1908
贵州省调查局	黄德铣	《丁未东游日记》	1909

（二） 商业出版的异域游记

异域行游者归国后撰写游记的传统在 19 世纪还较好地被执行，所需呈递官方的游记，作者需要大幅度删削誊写，呈交之后却往往得不到回应；而亲友们却会争相求看，因此行游者大多会私人出资刊刻印刷游记。实现私人刻书要依赖个人的经济实力，多数异域游记写作者并不具备私刻能力，因此会转向委托商业书坊达成目的。缪佑孙在写给堂兄缪荃孙的书信中披露，他的异域游记《俄游汇编》，曾在蜚英馆和抱芳阁私人出资印刷过，在抱芳阁用去三百余元，仅得二百部。① 以私刻方式出版的游记数量往往不多，在几十部到几百部之间，没有盈利需求，只满足私人保存和赠阅的需求。

私刻本只能在小范围内传播，真正将异域游记带入大众传播领域的则是晚清兴起的商业出版。异域游记刊刻传播更多依赖于商业化运作的民间书坊与书局，无论是二酉堂、醉六堂、扫叶山房、著易堂、袖海山房等传统书坊，还是趋向新学的湖南新学书局、振兴新学书局、教育世界社、广智书局、新民丛报社，以及申报馆所办图书集成印书局、商务印书馆、文明书局等具备现代出版业雏形的企业都积极参与异域游记的出版。

商业出版助力异域游记的传播扩散，游记作者选择商业出版能在较短时间内使游记作品与读者见面，达到传世留名之目的；而知名作者的游记则成为出版商们的抢手货，在利润的诱惑下，它们从不同渠道搜索稿源，互相翻刻，虽不注意版权保护，但客观上加速了异域游记的传播速度与范围。在版权保护薄弱的晚清，商业书坊出版的游记并非都获得了作者的首肯，盗版印刷复制的情况非常普遍。张德彝的《航海述奇》、曾纪泽的《出使英法日记》（《曾侯日记》）均在作者不知情的状态下就被申报馆出版。袁昶曾透露，同

---

① 参见顾廷龙校阅《艺风堂友朋书札》，上海古籍出版社 1980 年版，第 241 页。

文馆印书处印出之书，尽数提归军机处，但工匠不免有偷印之弊，①由此推知，异域游记也会通过这种渠道流出。私人委托刻印出版的游记还会被书坊私留发卖，除此之外，《申报》特别乐意搜罗异域游记在报刊中连载，并出版单行本，虽然作者并不认同这些侵权做法，但也无能为力。

19世纪90年代，西学在中国传播已有几十年时间，但覆盖范围与接受程度尚不足以推动社会观念变迁。甲午战败极大刺痛了国人心理，主动向西方学习成为迫切的现实需求。异域游记在这一时期被集中汇编整理，这既是个体的选择，也是时代的共性要求。越来越多的异域游记与译著被共同收入各类冠以"西学"名头的丛书中，其中比较重要的有：王锡祺辑《小方壶斋舆地丛钞》、沔阳李世勋辑《铁香室丛刻续编》、沈粹生辑《西事类编》与《各国时事类编》、江标辑《灵鹣阁丛书》、席裕昆辑《星轺日记类编》等。

进入20世纪后，前往日本游历留学人数激增，但是在清末最后10年间，只有各督抚派出的考察教育、司法、商务等的士绅坚持撰写游记。留日学生则思想更为活跃，在日本受维新思潮和革命思潮的先后影响，纷纷组织学生团体、翻译出版书报，在思想观念层面极大冲击着清王朝的统治基础。此时，更多分科详尽的西学书籍被大量译介到国内，异域游记开启新知的特殊功能减弱。

晚清时期的书坊、书局与文人交往密切，除承担图书售卖、寄存、代刻印外，坊主还要迎送南来北往的知识分子，参与雅集宴饮，甚至还要打理换钱、购物等诸多杂事。倾注个人情感的交往模式能够使坊主笼络大批知名文人，他们既掌握珍稀书源，又是图书消费的大户。进入文人交往圈，有助于书商掌握学术脉络、流行观念和政治动向，对出版、出售畅销书籍多有助益。面对社会思潮的变动，书商最为敏感。徐兆玮曾经评论，在西学涌动之时，多数民众尚且蒙昧，"独一二书贾知新书可以获利，汲汲思推陈出新，做

---

① 参见顾廷龙校阅《艺风堂友朋书札》，上海古籍出版社1980年版，第93页。

一票好生意耳"①。

异域游记出现后，书商立即发现此类图书的商机，不过苦于书源稀少，经常使用摘编报章、私留底本、盗印等不正当渠道获取。1877年，《申报》连载了赴美国费城参加美国建国100周年博览会的李圭的海外游记。连载结束后，该书誊呈总理衙门并北洋大臣，获得李鸿章的赞许，并由海关造册处排印，《申报》发布了该书的销售广告，称李圭"奉委赴美国观会，自上海登舟经日本，越大东洋，抵美国。复涉大西洋，过英法各都，历印度洋回上海，环游地球一周，水陆八万二千余里，往返八阅月，有奇著《环游地球新录》一书，首述美国会院情形，次述游历各国之闻见，缀以各说，附以日记，莫不确当详明"。这则广告还公布了此书的销售渠道，京城由总税务司署代售，上海由啸园书局和美华书馆发售，而全国各地十八个新关税务司处也承担发售该书。② 李圭的官职、名望、才学远不如同期出使的郭嵩焘、刘锡鸿、张德彝等人，但他的异域游记在商业推广中最为成功，除了总税司的加持外，上海的简玉山房、扫叶山房等也加入代售的行列。1885年，申昌书室木刻再版此书；③ 1886年，宝善书局在原版基础上"另加各国旗号图说及地球全图，博物院图赴诸石印"④，共同打造了一部异域游记的畅销书。

甲午后，书商们大量出版各类西学书籍，以满足读者需求。异域游记是中国人亲身游历西方后的直接感受、思考与再诠释，对读者更具有说服力，19世纪70年代至90年代的使员与游历者所撰写的异域游记纷纷上市。王之春、宋育仁、薛福成、邝其照、吴宗濂、黄遵宪等人的游记被各书坊翻印，并在《申报》不断刊登售书广告。这些荐书告白通常以介绍作者开篇，讲述作者的海外经历和学识学养，推介游记时则着重强调该书是讲求洋务和时事的必备

---

① （清）徐兆玮：《徐兆玮日记》，黄山书社2013年版，第329页。
② 参见《环游地球新录出售》，《申报》1878年7月15日第5页。
③ 参见《地球录思痛记》，《申报》1885年11月26日附张。
④ 《宝善书局特白》，《申报》1896年5月1日附张。

品。异域游记单行本篇幅不长，价格低廉，李圭的《环游地球新录》初次出版时售价洋一元，八年后，宝善书局石印再版，售价只需洋四角；宋育仁的《泰西采风记》每部四本，价洋五角；吴宗濂的《随轺笔记》只需一角五分，而黄遵宪的由图书集成局重刻的《日本国志》十本，售价二元五角。异域游记虽由多家书坊分销，但售价保持一致，与经史类图书的价格相比，低廉的售价也更利于异域游记的传播。

商业推销追捧的图书虽不一定是经典作品，但会代表着一个时代的阅读趋向。书坊重点推荐的异域游记通过商业销售渠道从中心城市向省城再向乡村扩散，影响力也随之辐射。

（三）异域游记的家刻本与书院刻本

家刻，是指私人出资校刻书籍的出版活动，所刻书籍称为"家刻本"。家刻本多数出自官宦豪门或名流大家，刻书的目的包含扬名于世的期待。清末，印刷成本普遍降低，相应地也减少了家刻本的成本，自费出版异域游记也较为常见。

缪佑孙游历归来后将写成的《俄游汇编》抄本进呈总署，因为有分送官长、师友亲朋的需求，在上海蜚英馆密印数十部，并与印馆三令五申不能私卖，亦不能上《申报》。[①] 薛福成的《出使英法义比四国日记》有1891年传经楼家刻本，由薛氏门生赵元益、张美翊参校。刘学询1899年出版了石印版《考察商务日记》，并上交总署，朱绶自费出版《东游日记》；丁鸿臣1900年自刊刻《东瀛阅操日记》；张謇1903年出版了《癸卯东游日记》；单士厘的《归潜记》有归安钱氏家刻毛本；黄璟《游历日本考察农务日记》、项文瑞《游日本学校笔记》、林炳章《东游日记》、吴荫培的《岳云盦扶桑游记》等也都有作者自费刊印本。

从旧式书院到新式学堂都有刻印图书的传统，缪荃孙1896年担

---

① 参见顾廷龙校阅《艺风堂友朋书札》，上海古籍出版社1980年版，第244页。

任钟山书院山长，1902年，钟山书院改为江南高等学堂，缪荃孙担任学堂监督，他于1903年赴日考察的《日游汇编》便有高等学堂刊本。项文瑞1902年赴日留学，考察学务，1904年回国后主持敬业学堂，因而他的《游日本学校笔记》在敬文学堂出版。刘凤章在民初后担任湖北省立第一师范校长，出版了他的《东游纪略》。

（四）异域游记出版中心城市

异域游记的出版发行链条决定其传播主要路径。从目前收集的异域游记版本情况看，出版地集中在北京、上海、长沙等地，除国内出版外，日本的东京也是晚清国人异域游记的重要出版地。

1. 北京

早期异域游记是清政府陆续派出游历、出使官员写就，所记游记上交总署后或以官方出版，或以书坊刻印，在京官圈中流传。京都琉璃厂自清中叶以来便成为北京最大的文化街区，其中从事图书刻印、贩卖的书坊数量众多。清朝入关后实行满汉分城，汉族官员和士子文人多居住于宣武门外的宣南地区，琉璃厂正是位于这一带，除了长住居民外，往来官员、士人、商人聚居于琉璃厂附近的各省会馆，琉璃厂书肆吸引大量文人购买书籍，成为京都文化交流中心。

琉璃厂中的书坊多从事古书的出版和销售，是传统书业的代表。清末，琉璃厂书坊参与异域游记出版，利用自身图书集散中心的优势，促成早期游记的扩散传播。京都琉璃厂中参与游记刻印的书坊有：文宝堂、二酉堂、琳琅阁、林华斋等。文宝堂在1868年刻印了斌椿的《乘槎笔记》，是笔者所查阅到的该游记最早版本记录[①]，1869年二酉堂刊本问世，二酉堂是琉璃厂经营时间

[①] 参见李峻杰《"身临其境"之言：晚清早期出国官员的西方外交体验与近代外交知识的生产》，章清主编《新史学》第十一卷，《近代中国的旅行写作》，中华书局2019年版，第201—237页。

最长的书坊，可以追溯到明代，因此又被称为老二酉堂；1873年琉璃厂版（坊名不详），1882年琳琅阁本不断推出。频繁的再版说明这一本关于"外夷"之书已引起读者的高度兴趣，斌椿游记的传播路径由京城向外扩散，南移至上海（1871年上海醉六堂本和1885年扫叶山房本），再被收入多种丛书，阅者众多，时人称为"一时纸贵"亦不为过。斌椿的《乘槎笔记》也成为后续出使、游历人员的案头书，几乎人手一册，借鉴参考，在之后的游记作品中反复被提及。

进入20世纪后，北京的新型书局承担起异域游记的印刷工作。京师京华书局、北京华盛印书局、东华印书局、北京日报馆都有单行本出版。京华印书局前身是由强学会书局改组而来的官营印刷机构，1905年被上海商务印书馆买下，改名为京华印书局，相当于商务印书馆在北京的分馆，出版了李文治的《东航纪游》和段献增的《东邻观政日记摘录稿》。新型书局的出版技术与实力远高于私人书坊，出版数量和质量都大幅提升。

2. 上海

鸦片战争后，五口通商，上海上升为新的出版中心，传教士开设的出版机构、躲避战乱迁到上海的私家书坊和近代出版企业共同将上海出版业推向繁荣。参与异域游记出版的上海私家书坊与商业书局有：醉六堂、著易堂、文艺斋、扫叶山房、鸿宝斋、上海仁记、袖海山房、慎记书庄、上海书局、同文书局、秀文书局、江左书林、汇文书局、广益书局、文明书局、乐群图书编译局、广智书局、申报馆、图书集成印书局、商务印书馆等。

1862年后，江浙两地的传统书坊先后转移至上海，并陆续迁到租界棋盘街一带。扫叶山房传承人席威在同治初年，于上海重开扫叶山房，将苏州原店设为分号，到1886年，扫叶山房有苏号、上海城彩衣街南号、棋盘街北号三处，发展至顶峰期。1885年，扫叶山房刻印了斌椿的《乘槎笔记》；同为传统书坊的醉六堂出版了斌椿的《乘槎笔记》（1871年刻本）、薛福成的《出使英法义比四国日记》（1892年石印本）、黎庶昌的《西洋杂志》（1893年刻本）。文艺斋刊刻了王之春的《谈瀛录》（1880）、《使俄草》（1895），叶庆颐的《策鳌杂摭》（1889）。

英商美查于1872年在上海创办了《申报》，除了日常的报纸出版印刷外，申报馆还兼以聚珍版（活字）印刷图书，张德彝的《航海述奇》、曾纪泽的《出使英法日记》（《曾侯日记》）均在作者不知情的状态下出版，此外，沈纯所辑《西事类编》也出自申报馆。美查在1878年又创设了点石斋书局，将照相石印技术引入上海，王韬的《漫游随录》得以在《点石斋画报》中连载。1882年，同文书局创办，这是中国人开办的第一家采用石印技术的图书出版机构，出版了袁祖志的《谈瀛录》。在技术风潮的带动下，石印出版风行一时，异域游记的石印版本不断增多。缪佑孙的《俄游汇编》1889年由上海秀文书局石印出版，1895年江左书林石印再版；洪勋的《游历闻见录》有上海仁记石印本（1890）；薛福成的《出使英法义比四国日记》有鸿宝斋石印本（1892）；宋育仁的《泰西各国采风记》有袖海山房石印本（1896）；顾厚焜有慎记书庄的《日本新政考》石印本（1897）。而创建于1878年的著易堂，店主涂紫巢，江苏人，书局有铅印印刷所。[①] 1891年，著易堂承印了王锡祺的《小方壶斋舆地丛钞》，1897年再次排印，因此多种异域游记都有著易堂版本。

商务印书馆是走向现代的出版企业，自清末建立便顺应社会发展，向新式出版企业迈进，商务印书馆1903年出版了吴汝纶的《东游丛录》、1904年出版了余思诒的《楼船日记》、1908年代印了池仲佑的《西行日记》铅印本、1909年出版了贺纶夔的《钝斋东游日记》、载泽的《考察政治日记》、1906年参与发行了韩国钧的《实业界之九十日》，此外商务印书馆的北京、天津分店也印刷出版

[①] 参见杨丽莹《清末民初的石印术与石印本研究：以上海地区为中心》，上海古籍出版社2018年版，第201页。

了异域游记。

戊戌政变后，康有为、梁启超等维新骨干流亡日本，以舆论为武器，开启民智，传播政治主张，与清政府中的顽固派继续斗争。1902年，康梁募股筹集资金在上海创办了广智书局，以香港商人冯镜如为对外公开的老板，出版译介图书。广智书局的一个重要职能是在国内出版发行康有为与梁启超的作品，康有为的《欧洲十一国游记》即是广智书局的畅销图书。

1898年9月，康有为开启了漫长的流亡海外生涯，他"两年居美墨加，七游法，五居瑞士，一游葡，八游英，频游意比丹那（挪），久居瑞典，十六年于外"[①]。康有为将欧洲游记取名为十一国游记，但是最终成书的只有《意大利游记》（1906）和《法兰西游记》（1908），其余由杂志报纸陆续刊载。

表2-2　　　　　晚清上海商业书坊出版的异域游记

书坊（局）	书名
醉六堂	《乘槎笔记》1871年版；《出使英法义比四国日记》1892年版；《西洋杂志》1893年版；《中俄界约》1895年版
扫叶山房	《乘槎笔记》1885年版；《星轺日记类编》1902年版
同文书局	《谈瀛录（袁祖志）》1885年版
鸿宝斋	《出使英法义比四国日记》1891年版
简玉山房	《环游地球新录》1887年版
江左书林	《俄游汇编》1895年版
申昌书坊（室）	《环游地球新录》1887年版；《航海述奇》1880年版；《曾侯日记》；《西事类编》1884年版
千倾堂	《环游地球新录》1882年版
文艺斋	《谈瀛录（王之春）》1880年版；《策鳌杂摭》1889年版；《使俄草》1895年版
仁记	《游历闻见录》1890年版

---

① （清）康有为：《共和平议》，长兴书局1918年版，第1页。

续表

书坊（局）	书名
著易堂	《古巴节略》1890 年版；《东槎闻见录》1891 年版；《古巴杂记》1891 年版；
	《使美纪略》1891 年版；《小方壶斋舆地丛钞》1891 年版；《随轺笔记》1902 年版
秀文书局	《俄游汇编》1889 年版
袖海山房	《泰西各国采风记》1896 年版
宝善局	《环游地球新录》1896 年版
	《谈瀛录（王之春）》1895 年版
古香阁	《泰西各国采风记》1896 年版；《随轺笔记》1898 年版
图书集成局	《日本国志》1898 年版
慎记	《日本新政考》1897 年版
商务印书馆	《东游丛录》1903 年版；《西行日记》1908 年版；《考察政治日记》1909 年版；《钝斋东游日记》1909 年版
文明书局	《英轺日记》1903 年版
乐群图书编译局	《考察东瀛警察笔记》1906 年版
广智书局	《意大利游记》1906 年版
	《法兰西游记》1908 年版

3. 日本

中日两国自古以来就有密切的典籍交流，日本早有刊刻中文图书的传统，明治维新后，日本选择彻底向西方学习，中文图书刊刻数量减少，但是对于具有西学意味的异域游记还仍然报有热情。在日出版的异域游记中，既有日本出版机构印刷的，也有中国人在日自行出版的。在清末留日高潮的十年中，在日留学生大量汉译日本教科书，而日方为给留学生提供便利，不少出版社纷纷开设翻译日文书籍的机构。日本三省堂编辑所内设东亚公司编译室，聘请精通中文的学者担任翻译总监，而东京同文印刷舍也与留日学生联系紧密，在日出版的异域游记也多是这段出版热潮中的成果。

表 2-3　　　　日本印刷的中国人撰写的异域游记

作者	书名	出版机构	出版时间
斌椿	《乘槎笔记》		1872
黄遵宪	《日本杂事诗》	东京早乙女要作刊	1880
王韬	《扶桑游记》	栗本锄云训点、东京报知社印行	1879 上卷，1880 中下卷
张荫桓	《三洲日记》	京都刻本	1896
吴汝纶	《东游丛录》	东京三省堂书店	1903
胡玉缙	《甲辰东游日记》	东京	1904
单士厘	《癸卯旅行记》	日本同文印刷舍	1904
梁启超	《新大陆游记》	新民丛报社	1906
韩国钧	《实业界之九十日》	东京秀光社印刷	1906
刘庭春	《日本各政治机关参观记》	东京并木活版社刊印	1907
逄恩承	《日本最近政学调查记》	东京并木活版社刊印	1907
但焘	《海外丛稿》	日本东京秀英舍第一工厂印刷出版	1909
王惕斋	《独臂翁闻见随录》	东京三协印刷株式会社	20 世纪初
黄超曾	《东游吟草》	日本排印	

第二节　异域游记在近代报刊中的传播

　　异域游记除了图书出版这一渠道外，近代报刊也是其重要的传播渠道。近代报刊传入中国之初，就以向中国读者介绍西方世界为己任，早期传教士创办的报刊为拉近与读者距离采用模仿华人语气的书信介绍世界各国情形。《申报》为英商创办，虽在办报中主要依赖中国文人，但其倾向英方的政治底色依然非常明显。欧洲游历归来的王韬在香港创办了《循环日报》，在舆论上与《申报》一南一北相呼应，早期华文报刊积极关注国人的异域行游，19 世纪 70 年代的派驻使臣、甲午战后的留学潮、清末新政时期的王公出国游历都是报刊关注的重点，连载、介绍、推广异域游记也成为报刊的重要内容。报刊中登载的游记除了纪实性游记外，还有文学色彩浓郁的虚构性游记，它们虽不包含在本书研究范围内，但作为特殊形态的文本，也能从侧面反映晚清时期世界知识来源的复杂性与暧昧性，因此也简要罗列。通过搜集爬梳，笔者整理了部分近代报刊中登载的异域游记（见表2-4），作为研究的样本。

表2-4　　　　　　近代报刊中刊载的异域游记

报刊	日期	题目
《东西洋考每月统记传》	道光癸巳年（1833）十二月	兰墪十咏（伦敦）
《东西洋考每月统记传》	道光十四年（1834）四月	子外寄父（秘鲁首都利马）
《东西洋考每月统记传》	道光甲午（1834）三月	子外寄父
《东西洋考每月统记传》	道光丁酉年（1837）二月	侄外奉姑书
《东西洋考每月统记传》	道光丁酉年（1837）四月	儒外寄朋友书
《东西洋考每月统记传》	道光丁酉年（1837）六月	侄外奉叔书（美国、俄罗斯）
《东西洋考每月统记传》	道光丁酉年（1837）七月	叔家答侄
《东西洋考每月统记传》	道光戊戌年（1838）四月	侄寄叔；叔寄侄
《东西洋考每月统记传》	道光戊戌年（1838）七月	侄答叔书
《东西洋考每月统记传》	道光戊戌年（1838）八月	侄奉叔
《东西洋考每月统记传》	道光戊戌年（1838）九月	侄覆书
《遐迩贯珍》	1854.7.1	瀛海笔记
《遐迩贯珍》	1854.8.1	瀛海再笔，应雨耕代笔
《遐迩贯珍》	1854.11·12　1855.1	日本日记（罗森）
《中国教会新报》	1871.5—9	乘槎笔记（斌椿）
《申报》	1872.5.21	谈瀛小录（格列佛游记早期译本）
《申报》	1872.5.22	接谈瀛小录
《申报》	1872.5.24	接谈瀛小录
《申报》	1874.11.19	译英京日报友人游瑙威国记
《申报》	1876.6.7	东行日记（第一篇）
《申报》	1876.6.8	东行日记
《申报》	1876.7.22	东行日记
《申报》	1876.9.7	东行日记

续表

报刊	日期	题目
《申报》	1876.9.8	东行日记
《申报》	1876.9.14	论美国各事、费里地费城纪略
《申报》	1876.9.21	美国寄居华人缘起并叙近日情形
《申报》	1876.9.25	美国寄居华人缘起并叙近日情形
《申报》	1876.10.10	中国会事纪略
《申报》	1876.11.8	记哈佛幼童观会事
《申报》	1877.1.5	东行日记（环游地球客）
《申报》	1877.2.2	东行日记
《申报》	1877.2.3	东行日记
《申报》	1877.2.4	东行日记
《申报》	1877.2.6	东行日记
《万国公报》	1877.7	使西纪程
《申报》	1877.11.8	详述郭钦差游阅矿厂（西字报）
《申报》	1877.11.28	译郭侍郎答平安会士绅
《申报》	1877.11.30	论钦使从人滋事
《申报》	1878.1.26	摘录西游欧洲客论伦敦情形书（友人自费）
《申报》	1878.1.28	摘录西游欧洲客论伦敦情形书（友人自费）
《万国公报》	1878.9.7	环游地球新录
《万国公报》	1879.1	使东述略、使东杂咏
《申报》	1882.11.8	婆罗洲游记（明珊氏稿）
《申报》	1883.1.1	梅溪薛氏东藩纪要说（明湖渔隐稿）朝鲜
《申报》	1883.2.2	客述所遇，选录叻报，连载二十期
《益闻录》	1883.8	三洲游记小引，连载至1888年
《申报》	1883.8.15	仓山旧主海外杂诗
《西事类编》	1884	截取初使泰西记（志刚）
《申报》	1887.10.16	海客谈瀛（珊瑚渔父二十年前老友远游海外）
《点石斋画报》	1887—1889.2	漫游随录

续表

报刊	日期	题目
《申报》	1888.1.1	海外纪游（仙湖居士，澳大利亚）
《申报》	1888.4.9	纪游历人员傅顾二君事
《申报》	1888.12.27	南极新地辨一（金君维贤字希求）
《申报》	1889.1.1	南极新地辨二
《申报》	1889.1.3	南极新地辨三
《申报》	1889.6.25	海客谈瀛偶录
《申报》	1889.12.22	晚霞生述游
《申报》	1889.12.24	晚霞生述游接前稿
《申报》	1892.8.21	书黄君梦晥扶桑览胜集后（光绪十六年日本博览会）王韬
《申报》	1893.1.14	英法俄德四国志略书后
《申报》	1893.7.2	记客述欧洲情形
《申报》	1894.5.31	扶桑游记
《申报》	1895.12.25	记客述澳大利亚洲形势利病
《申报》	1895.12.28	记客述澳大利亚洲形势利病
《万国公报》	1897	游美洲安达斯山记（谢西傅）
《申报》	1898.9.1	广告：新印日本国志告成　图书集成局启
《申报》	1898.10.15.	蒙游纪略
《申报》	1898.10.16	蒙游纪略接前稿
《申报》	1898.10.17	蒙游纪略接前稿
《清议报》	1899.5.20	游域多利温哥华二埠记（康有为）
《清议报》	1899.5.30	域多利义学记（康有为）
《清议报》	1899.8.26	游加拿大记（康有为）
《清议报》	1899.9.15	美洲祝圣寿记（康以为）
《东华日报》	1901.1下旬	梁启超先生坑上游记
《申报》	1901.3.8	书远探南极后
《申报》	1902.9.11	贝子东游记一（振贝子）
《申报》	1902.9.13	贝子东游记二
《申报》	1902.9.15	贝子东游记三
《申报》	1902.9.18	贝子东游记四

续表

报刊	日期	题目
《申报》	1902.9.20	贝子东游记五
《申报》	1907.4.2	戴尚书著作九国游记
《大公报》	1903.3.3	振贝子英轺日记自序
《大公报》	1903.9.4	周观察学熙东游日记跋
《大公报》	1904.8.30	摘录赴美赛会某员日记
《中西医学报》	1910	瀛洲观学记
《东方杂志》	1911年第八卷第1号，第2号	环球谈荟（张元济）
《伊犁白话报》	1911	六日旅行记（杨缵绪）
《国风报》	1911年17期	西班牙游记（康有为）

（一）世界知识：传教士报刊中描画世界的早期对话

近代传教士创办华文报刊的动机以传教为主，不过，艰难的传教环境使他们发觉"中国人仍自称为天下诸民族之首尊，并视所有其他民族为'蛮夷'"，若想与中国人长久交往，必须"使中国人获知我们的技艺、科学与准则"，而且要使用"较妙的方法"表达。[①]《东西洋考每月统纪传》《遐迩贯珍》《六合丛谈》都是遵循这一原则创办的刊物，从内容比例来看，宗教部分大幅度缩减，介绍世界地理、天文、科技知识成为主体。近代报刊中关于地理内容的介绍扩大了传统舆地学的范围，增添了关于世界的知识。

为清末读者输入新知识"较妙的"方法之一便是以国人的口吻介绍世界各国情形。郭实腊编纂的《东西洋考每月统纪传》是在中国境内创办的第一份华文报刊，以世界地理、天文常识、自然科学内容为主，编者按照东南亚——南亚——欧洲的地理顺序介绍各主要国家。除此之外，道光十四年（1834）三月至道光十八年（1838）九月间刊登了12封以"子寄父""侄寄姑""侄寄

---

① 参见爱汉者编，黄时鉴整理《东西洋考每月统纪传》，中华书局1997年版，第18页。

叔"等为标题的书信，谈论的海外国家涉及美国、英国、秘鲁、俄罗斯、日耳曼等，内容包括该国地理概貌、人口、政治制度等。既然报刊中已有独立篇章介绍各国，那又为何另辟书信栏目再行介绍呢？

这些书信借旅居海外汉人之口讲述外国情形，黄时鉴认为"就内容和行文来看，不大像中国人写的家信"①，采用模拟口气应是编者接近中国读者的技巧之一。这些文字与稍晚一些的异域游记有很多类似之处，除了传统地志介绍外，社会制度与风俗上升为游记的主体内容。《子外寄父》讲述主人公作为水手到达丽玛（秘鲁首都）和亚墨利加（美国）的情景，抵达之后第一观感即是针对国内视"夷人如饿鬼贫贱"而发，"屋有顺便，衢有阔长……五伦学问最渊"，主人公信末表示"不孝子叫那夷人甚怀羞"②。《侄外奉姑书》中的主人公所前往之地是英国的首都伦敦，开篇不长，立刻将话锋转到男女平等上来，称英国"并无溺女"并设女学馆教育女性，生发出女子乃国民之母的感慨。③ 而《侄寄叔》《叔寄侄》《侄答叔书》《侄奉叔》《侄复书》④ 则形成了一个关于西方"监狱"的连载，讲述了俄罗斯残酷的鞭刑，而英国监狱洁净有序，物资充足，得出文明的监狱管理更有助于犯人改过日新的结论。

这些由编辑选择（创作）的书信游记紧密围绕着编辑意图，致力于介绍西方世界同样拥有文明，而且在社会制度、道德风尚层面已高于晚清帝国。鸦片战争后，封闭的国门被迫打开，除五口通商外，海外移民和境外行旅的人数逐步增多。1846年，英国商人德滴开办德记洋行，专门从事苦力贸易，此后欧美商人在治外法权的包庇下，肆无忌惮地从事贩卖劳工的贸易。⑤ 据不完全统计，1864—

---

① 爱汉者编，黄时鉴整理：《东西洋考每月统记传》，中华书局1997年版，第26页。
② 爱汉者编，黄时鉴整理：《东西洋考每月统记传》，中华书局1997年版，第153页。
③ 爱汉者编，黄时鉴整理：《东西洋考每月统记传》，中华书局1997年版，第201页。
④ 爱汉者编，黄时鉴整理：《东西洋考每月统记传》，中华书局1997年版，第416、452、464、477页。
⑤ 参见陈翰笙主编《华工出国史料》第三辑，中华书局1981年版，第153—162页。

1873年间，仅从澳门贩运出国的华工就有147729人之多。① 除劳工外，开放口岸中的商人与知识分子有机会与西人接触并获得海外行游的机会。以上海为例，1843年开埠之后，英美法三国相继建立了租界，"繁华景象日盛一日……来游之人，中朝则十有八省，外洋则二十有四国"②，华洋杂处，客观上促进了中西交流。

创办于香港的《遐迩贯珍》十分关注华人的出洋情况，除了在《近日杂报》栏目中具体记录华人出洋的人次外，还刊载华人的海外见闻。1854年7月和8月《遐迩贯珍》分两期登载王韬代笔但未署名的《瀛海笔记》和《瀛海再笔》。这两篇游记的实际作者是应雨耕，王韬在《瀛堧日志》中存有说明，"应雨耕来，自言曾至英国，览海外诸胜。余即书其所道，作《瀛海笔记》一册"③。咸丰十年（1860）六月的《沪城见闻录》也述及此事："雨耕言海外风景及山川草木，述英国伦敦之事甚悉，因作《瀛海笔记》一卷。"④《瀛海笔记》中记载了应雨耕在英国生活了七个月，目睹了"英土民物之繁庶，建造之高宏，与夫政治之明良，制度之详佣"⑤。

1854年《遐迩贯珍》连载的游记还有罗森的《日本日记》⑥。罗森，字向乔，广东人，1854年随美国柏利舰队前往日本。罗森的《日本日记》记述了东亚近邻日本开埠之前的状况，又因行程关系，罗森还获得了在琉球上岸游玩的机会，顺便也记录了那霸的风土人情。罗森算不上高级文人，但是此次日本之行还是能够与日人笔谈，留下了

---

① 参见李春辉、杨生茂《美洲华侨华人史》，东方出版社1990年版，第78页。
② （清）葛元煦：《沪游杂记》，上海古籍出版社版1989年版，第1页。
③ [美]柯文：《在传统与现代性之间：王韬与晚清改革》，江苏人民出版社1994年版，第17页。
④ 上海图书馆历史文献研究所：《历史文献》第十三辑，上海古籍出版社2009年版，第251页。
⑤ [日]松浦章、[日]内田庆市、沈国威编：《遐迩贯珍——附解题·索引》，上海辞书出版社2005年版，第635页。
⑥ [日]松浦章、[日]内田庆市、沈国威编：《遐迩贯珍——附解题·索引》，上海辞书出版社2005年版，第582页。

"唯有无相通，患难相救，则天地自然之道，所谓太平和好之真者"①"乘风破浪平生愿，万里遥遥若比邻"②的友好文字。1871年《中外教会新报》连载了斌椿的《乘槎笔记》；《万国公报》则连载了斌椿的《使西纪程》和李圭的《环游地球新录》，何如璋的《使东述略》和《使东杂咏》；《西事类编》节选了志刚的《出使泰西记》，报刊刊载游记的具体情况参见表2-4。

这几份早期报刊更类似于今日的杂志，发行方式则售卖兼有赠送，具体的读者数量不得而知，但在19世纪40至60年代，这些报刊多次被整理重印，后内容被收入《海国图志》《瀛寰志略》等书籍而传之后世，间接影响力不可低估。

（二）海客谈瀛：报刊中的文学想象与异域实录

第一批华人报刊主笔与西方联系更为紧密，他们或是早年有海外留学经历，学成后回国在西文报刊中工作，或与传教士、商人、外交官私交甚笃，较一般民众更乐于接受和传播西方文明。19世纪70年代，夷夏观念仍然盘桓在多数国人心头，因此这一时期的新报在讲述西方时，选择了生活化、故事化的方式，以吸引更多读者。

1869年1月16日的《上海新报》刊载了王韬旅欧期间的一个片段：西人见华人服饰好奇围观，儿童追逐；在同篇中还讲述了有一安徽长人詹五被西人带至欧洲作为奇观展览之事，与王韬《漫游随录》中的记录相互佐证③。1872年创办的《申报》在陈述创办目的时提到"新闻纸之设，原欲以辟新奇，广闻睹，冀流布四方者也"④。新奇见闻自然不能局限于一乡一域，1月18日《申报》连载的《谈瀛小录》是《格列佛游记》的最早中文译本，这个版本严

---

① ［日］松浦章、［日］内田庆市、沈国威编：《遐迩贯珍——附解题·索引》，上海辞书出版社2005年版，第600页。
② ［日］松浦章、［日］内田庆市、沈国威编：《遐迩贯珍——附解题·索引》，上海辞书出版社2005年版，第581页。
③ 参见（清）王韬《漫游随录》，岳麓书社1985年版，第138页。
④ 《本馆条例》，《申报》1872年4月30日第1版。

格说来只能算为改编本，全文开篇申明稿件系友人从旧族书籍中翻捡而出，三百余年物也。文中的主人公为甬东商人之子，因生意萧条而登舟出海谋生，将一个西方故事套入中国式背景，改编后的游记以奇幻冒险为主。类似的作品还有 27 号开始连载的《乃苏国奇闻》，《叻报》首发，《申报》连续转载 20 期的《客述所遇》等。这些游记文字沿袭古代小说风格，但异境与异域的想象已开始投射海外。

《申报》登载的真正意义上的华人异域游记是 1877 年 1 月 5 日开始连载的《东行日记》，署名为环游地球客，而这位环游客即是李圭，1876 年，他奉命前往美国费城参加美国建国 100 周年博览会。李圭（1842—1903），字小池，家境本殷实，但在太平军攻克江南地区后，李圭家人被杀，自己被俘，在太平军整理文书两年，后逃回上海。出发前，李圭在宁波海关税务司供职，留心学习西方新知，而且与《申报》众主笔相熟，因此出发之前与报馆约定"凡经过之处，必有日记随时寄示"，相当于海外特约通讯。李圭的游记被裁剪为适合报纸刊登的篇幅，每一篇围绕一个主题，并结合时事，介绍国人比较关心的议题。

李圭的游记与前文提到的知识普及型游记、小说创作型游记有很大不同，首先，报刊披露了作者的真实身份与具体行程，增强了游记的真实性，提供给读者在场的感觉；其次，李圭不仅详细展示了旅程中的路线与交通工具，更对西方人文社会展开近距离观察；第三，李圭与在美华人、留美幼童接触，陈述了中国人海外生活、工作、学习，以及参加博览会的情况。这些信息对于国内读者新鲜而有益，因此李圭归国后，将出行游记连缀增删成书出版。这本游记得到了李鸿章的青睐，欣然作序并由总税务司出资印行三千部。除《申报》外，《万国公报》也在 1978 年连载了这部游记，后经多次转载、再版重印、收入丛书，影响力持续扩散。

同样在报刊中连载成为畅销作品的还有王韬的《漫游随录》。1867 年，王韬随理雅各西行，经四十多日抵达马赛，开启了两年多的欧洲生活。王韬旅欧时间是早于李圭的，但《漫游随录》却是1887年在《点石斋画报》连载的追忆之作。王韬的异域体验时间长，自然比浮光掠影的行游体会更深，再加上王韬从海外归来后致力于办报出书，深刻思考西方的政治制度与社会文化，沉淀多年的体悟自然使文笔更加成熟流畅。《漫游随录》除了文字记述外，还配以精良的中国画图片。画师沿用中国传统绘画的散点构图模式，凭自己的经验与想象穿插排布，中式与西式建筑风格混搭，制造了令西人哭笑不得的"中国式"域外景象。不过，对于当时的读者而言，画报形式生动，阅读门槛低，在满足好奇与增长新知方面的效果已足够显著。

海上文人袁祖志在1883年获得了异域出行的机会，他随轮船招商局总办唐廷枢赴欧洲考察商务、船务。袁祖志为袁枚之孙，在上海文人圈大有诗名，《申报》在1883年10月17日和10月19日刊登了袁祖志的多首寄自海外的诗歌。虽然诗歌能够承载的信息有限，但是作为文人熟练掌握的文体，在异域游记中占有相当分量。斌椿、黄遵宪、张祖翼、潘飞声等大批出使游历人员都有海外游记诗存世，早期《申报》刊载的竹枝词中也能屡见海外行游人员与国内文人的唱和之作。这些竹枝词，文字写实，又添加了大量域外新名词，是介绍西方新事物的新途径。同属《申报》文人圈的叶庆颐海外归来后，从1890年起，分别以《策鳌小志》《策鳌新志》《策鳌杂摭》《策鳌录》为题，撰写发表关于日本的报道，给普通读者观摩异域世界的机会。报人娴熟地利用大众媒介将个人直观感受和认识广泛传播，使读者对异域产生好奇，进而改变平民读者的知识结构。

报刊中登载的文人异域游记除提供一般性的信息外，增添了更多的文学性色彩。中国古代游记撰写中特别注重在描摹山水、写景叙情的基础上抒发心志。具体结合晚清时期的内外环境，文人在异域游记中，自然会加入对新世界、新事物的认识与思考，形成新的社会观念，而他们娴熟地利用大众媒介将个人直观感受和认识广泛传播，使读者对异域产生好奇，传统夷夏观念逐渐松动。

（三）开智之旅：报刊中出使与留学的报道

第二次鸦片战争后，英法等国要求派驻公使常驻北京，并将互派公使写入《天津条约》，清政府对于西方派遣使臣无力阻拦，但对向外派驻使臣则一拖再拖。1866年的斌椿使团和1868年蒲安臣使团是清政府派驻常驻使臣之前的探索性外交尝试，斌椿、张德彝、志刚、孙家毂都留下了出使日记。1875年发生的马嘉理事件是清廷派出常驻使臣的触发点，郭嵩焘作为首任出使英国大臣于1876年冬启程，经历51天抵达伦敦。郭嵩焘将这段行程逐日记录，呈递总署，后以《使西纪程》为名刊印。这本由总理衙门刊刻的游记在朝野之中引起了轩然大波，郭嵩焘描述旅程中所见的西方文明与进步深深刺痛了顽固势力的神经，《使西纪程》最终遭到毁版的命运。

奉旨毁版意味着官方传播渠道对这本游记的关闭，但是近代报刊的存在使这本游记实际上处于毁而未禁的状态。《万国公报》从1877年7月连载了《使西纪程》，为私人传看、抄写创造了条件，"毁版"一年后，张佩纶继续上疏请撤郭嵩焘回国，理由即为"《纪程》之作，谬轻滋多。朝廷禁其书，而姑用其人，原属权宜之计，然其书虽毁，而新闻纸接续刊刻，中外传播如故也……"[①] 侧面证明了报刊的传播速度。截至1897年，《使西纪程》被收入上海著易堂王锡祺辑的《小方壶斋舆地丛钞》、湖南新学书局《游记汇刊》、上海书局万选楼主人辑《各国日记汇编》、李世勋辑《铁香室丛刻》本（续集）以及成都至古堂本，可见这篇游记的传播广度与力度。

在清廷向外派驻使臣之初，总理衙门即要求"凡有关系交涉事件及各国风土人情，该使臣当详细记载，随时咨报……务将大小事件逐日详细登记，仍按月汇一册咨送臣衙门备案查核，即翻译外洋

---

① （清）张佩纶：《涧于集》，沈云龙主编：《近代中国史料丛刊》初编第十辑，台北：文海出版社1973年版，第71页。

书籍、新闻纸等件内有关系交涉事宜者，亦即一并随时咨送，以资考证"①。因此，多数使臣及参赞、随员都有记录日记的习惯，但是《使西纪程》的遭遇让后续的使臣日记变得小心翼翼，删改涂抹后方才向上呈递；而总署同样格外谨慎，以官方名义刊刻的使臣日记越来越少，传播范围也愈来愈窄。不过，在现代媒介技术的推动下，民间报刊与书籍出版的日渐繁盛撕开了清廷言禁的铁幕，黄遵宪的《日本国志》1887年完成之后上呈总署，但迟迟没有刊印，直到1895年才由广州民间书局羊城富文斋出版。

清廷正式派驻使臣后，《申报》等报刊密切关注使臣动向，从启程出发到海外行踪再至解差归国都有报道。上海、香港是异国行旅往返的必经之地，两地报刊在信息收集上具有先天的优势，使臣出使海外细节都可以通过报刊详细披露。读者通过这些报道侧面了解世界、理解外交。庚子事变后，清廷的对外态度急转，出洋考察成为风尚，王公亲贵也趁机出洋镀金，考察归来一本游记成为必需，由此也出现了一批捉刀代笔之作。面对这一趋势，报刊对使臣游记的态度也发生了变化。1902年，《申报》连载的《贝子东游记》是载振代表清廷赴英参加英王加冕礼及归途中停留日本的情况，虽名为游记，但事实上是以记者视角进行观察的连续新闻报道。

进入20世纪后，朝廷与民众对于向各国派驻使臣已经能够正面理解，19世纪70年代那种"苏武"式出使的屈辱担忧已不复存在，报刊关注朝臣出使游历的焦点转变为使臣处理外交事务的能力和王公海外游历的目的性与实用性。庚子之后，报人知识分子认为"开智"是中国面临的紧迫任务，"开智"既要"开民智"，更要"开官智"，而开阔官员眼界的良方之一就是出国游历，考察西方政治体制。《亟遣亲王宗室游学各国论》②《论醇亲王出使德国于中国变

---

① 《皇清道咸同光奏议》，沈云龙主编：《近代中国史料丛刊》初编第三十四辑，台北：文海出版社1969年版，第1042页。

② 《亟遣亲王宗室游学各国论》，《申报》1901年6月26日第1页。

法大有裨益》①《亲藩宜游历外洋说》②《报纪亲王游历因而论之》③《论贵胄出洋留学》④ 等论说积极鼓动执操政权的亲贵能够向西方发达国家学习，在中国推行君主立宪。

除了官员要出洋考察外，派遣留学生赴欧美和日本学习也是强国的必要途径。庚申之变后，民族忧患意识达到高峰，选择某种强国模式进行复制是当时知识分子的普遍共识。1900 至 1911 年，留日学生数量激增，据李喜所统计约有 34000 人（1900—1907）在日学习⑤，处理留学生在当地的生活学习成为使馆的重要工作。1902 年驻日公使蔡钧拒绝为自费留日学生担保进入日本成城学校学习，招致留日学生的不满，学生聚集于使馆门前，却遭警察弹压。这场风潮最终被载振以增设游学监督而平息，在此期间，各报历历言之，但言论倾向各不相同。《申报》的《记客述留学日本诸生事》⑥《论学生肇祸》⑦《论学生押解回华事》⑧《学生善后策》⑨ 站在蔡钧的立场上指责留学生滋事妄为，影响国家形象。而《大公报》发表的《论驻日蔡钦使》《蔡公使与留学生龃龉紧要消息》⑩《清国留学生之退去》⑪ 则为留学生鸣不平，显然，报刊不同的政治立场决定了言论的差异。戊戌政变后，庇护康有为和梁启超的日本成为具有反清意识的学生聚集地，代表清廷的使臣蔡钧在报刊中已不能作为开明进步的标志。

清末最后十年，皇权风雨飘摇，挽救国家危亡是知识分子的

---

① 《论醇亲王出使德国于中国变法大有裨益》，《申报》1901 年 7 月 16 日第 1 页。
② 《亲藩宜游历外洋说》，《申报》1902 年 4 月 25 日第 1 页。
③ 《报纪亲王游历因而论之》，《申报》1903 年 5 月 12 日第 1 页。
④ 《论贵胄出洋留学》，《盛京时报》1908 年 1 月 30 日第 2 页。
⑤ 参见李喜所《中国留学史论稿》，中华书局 2007 年版，第 248—253 页。
⑥ 《记客述留学日本诸生事》，《申报》1902 年 7 月 10 日第 1 页。
⑦ 《论学生肇祸》，《申报》1902 年 8 月 10 日第 1 页。
⑧ 《论学生押解回华事》，《申报》1902 年 8 月 11 日第 1 页。
⑨ 《学生善后策》，《申报》1902 年 8 月 18 日第 1 页。
⑩ 《论驻日蔡钦使》，《蔡公使与留学生龃龉紧要消息》，《大公报》1902 年 8 月 8 日第 2 页，1902 年 8 月 24 日第 2 页
⑪ 《清国留学生之退去》，《大公报》1902 年 8 月 25 日第 2 页。

迫切愿望，报刊犀利批评掌握国家政权命脉的高级官员"高坐堂廉，而食前方丈，侍妾数百人，燕安逸乐，优游然不肯越户庭一步"，而"外洋游历之举，所以酝酿其新政治之识力。苟燕安自恣视游历为畏途。将何以对我国家，更何以对我国民"①。出使、出游被赋予了强国救民的重任，媒介对行游的书写随时代变迁而变化。

（四）文明比较：报刊中关于异域的重构

自1898年月始，康有为、梁启超等因戊戌政变失败而流亡海外，在忧心国事和有家难归的心态中开始汗漫之旅。康有为十六年的海外生涯中，游居美洲、欧洲，频繁在欧洲各国旅行游览，写下数量众多的游记。康有为的海外游记篇幅长短不一，出版情况各有不同，除由广智书局出版的《意大利游记》和《法兰西游记》外，《清议报》刊载了《游域多利温哥华二埠记》《域多利义学记》《游加拿大记》《美洲祝圣寿记》②；1912年，康有为创办了《不忍》杂志，这份杂志基本只刊载康一人作品，康有为的《欧东阿连五国游记》（包含塞尔维亚、布加利亚、希腊游记）、《补德国游记》③《满的加罗游记》《突厥游记》④发表在这份杂志中。

1899年11月，梁启超受美洲华侨之邀游历欧洲，但是经檀香山时为防疫所阻，滞留半年，写有《夏威夷游记》（旧题《汗漫录》），12月刊载于《清议报》⑤。1900年10月至1901年5月，梁启超访问澳洲，在当地华文报纸《东华报》（后改名为《东华新报》）记录了梁氏访澳的具体情况，梁启超的随行书记罗昌撰写了

---

① 《论中国大员宜出洋游历》，《盛京时报》1907年10月30日第2页。
② 康有为：《游域多利温哥华二埠记》，《清议报》1899年5月20日；《域多利义学记》，《清议报》1899年5月30日；《游加拿大记》，《清议报》1899年8月26日；《美洲祝圣寿记》，《清议报》1899年9月15日。
③ 康有为：《康有为全集》第8集，中国人民大学出版社2007年版，第336页。
④ 康有为：《突厥游记》，《不忍》第1—3期。
⑤ 梁启超：《新大陆游记》，岳麓书社1985年版。

梁启超访澳的报道，庞冠华撰写了《梁先生坑上游记》①。1903年，梁启超前往美国游历考察，将随笔稿件整理集结为《新大陆游记》，由新民丛报社出版。

以上所提到的游记都刊载在《清议报》《新民丛报》《东华新报》《不忍》杂志等保皇派自己创办的政治报刊中。作为清廷通缉的叛逆，康梁的作品无法在国内的报刊上公然出版，因而康梁流亡海外后，立刻在世界各地创办或协办多种报刊，争取舆论上的优势。虽然康梁的报刊创办地均在海外，但依靠通达的发行系统畅销国内，影响力巨大。

保皇会和革命派创办的报刊带有鲜明的政党报刊性质，所登载的异域游记亦呈现全新的面貌。康梁等人青年时代阅读过斌椿、薛福成等人的异域游记，在头脑中建构了一个近乎完美的西方世界，当亲临其境时，他们真实感受到"所见远不若读书时之梦想神游"②，抹去光环后，他们认真思考文明与文明间的共性与差异，探讨适应中国的发展思路。这一时期，康梁的思想极度活跃，尤其是梁启超，接受西方各种社会理论，并在游记中屡有提及，将这些理论介绍给中国读者，共同探讨中国道路的多种可能性。

晚清时期，能够走出国门，亲身感受世界并又将这种体验记录下来的作者数量并不多，他们的异域游记作品依靠图书和近代报刊的出版实现传播增速。出版技术、发行地域的差异直接影响着游记文本的影响力。早期出使游记为应命之作，本只在朝廷和高级官员中小范围传播，商业出版尤其是报刊打破了这种信息上的垄断，使得士绅基层，尤其是数量众多的青年学子有机会一窥别样新天地。媒介传播异域游记的意义并不在于立时扭转世人的夷夏观念，而是通过增加世界知识的比重，开启关于异域的想象来潜移默化影响人心观念。

---

① 蔡少卿：《梁启超访问澳洲述论》，《江苏社会科学》2018年第2期。
② （清）康有为：《意大利游记》，岳麓书社1985年版，第73页。

游记文体重叙事，行文普遍自由，口语化倾向明显，而其内容中包含奇幻因素，也特别适宜被大众传媒选择。在传播过程中，为了适应更多读者的阅读口味，异域游记也在向着通俗化的方向发展。配图、白话、小说演义等多种形式演绎的异域游记使接受群体愈加广泛。

在西学东渐的浪潮中，除了翻译西方图书外，承载中国人真实域外体验的游记也被列入西学的必读书目，近代报刊与商业出版联手，刊登游记图书广告，配合讨论科技、教育、城市建设等议题，建构西方文明代表先进文明并可借鉴学习的舆论氛围。自王韬后，越来越多具有海外行游经历的文人投身报业，报人主笔对新观念是早期接受者，他们通过媒介扩散新观念，使之进入传播渠道，成为新的思想策源地。商业推销追捧的图书虽不一定是经典作品，但会代表一个时代的阅读趋向。书坊重点推荐的异域游记通过商业销售渠道从中心城市向省城再向乡村扩散，影响力也随之辐射。

第三章

书写文明：异域游记中以"器"载"道"的符号

约翰·厄里在进行旅游研究时，使用了"凝视"这一概念，在福柯医学凝视的基础上，强调凝视指的是"论述性决定"（discursive determinations），是社会建构而成的观看或"审视"方式。游客凝视是按照阶级、性别、族群、年龄组织形成的，游客通常由符号来建构凝视，出游必然要收集符号。① 将研究视线拉回到晚清，行游者面对的是完全超出日常生活体验的世界，由陌生而产生的好奇，由超越意识形态而生发的不安混杂在他们所撰写的游记中。

异域行游者不断地收集符号，书写记录，先行者与追随者的游记中反复出现新物件、新概念、新景观与新仪式，通过这些符号的传播，原本陌生甚至诡谲的外部世界在晚清读者心目中逐渐熟悉，成为先进文明的理想样本。胡适认为："凡文明都是人的心思智力运用自然界的质与力的作品；没有一种文明是精神的，也没有一种文明单是物质的。"②

异域行游者的域外行旅是偏离常规的非日常生活，尽管他们出游的目的各有不同，但在旅途中总会对新事物特别敏感，也会在游记中重笔着墨，详加记述。晚清时代的早期异域行旅者出发前，多

---

① 参见［英］约翰·厄里、乔纳斯·拉森《游客的凝视》，黄宛瑜译，格致出版社2016年版，第2—6页。

② 胡适：《胡适全集》第1卷，安徽教育出版社2003年版，第699页。

会准备《瀛寰志略》《海国闻见录》《海国番夷录》等书，以备考咨。斌椿临行前，徐继畲赠送了他《瀛寰志略》，董恂赠送了《随轺笔记》，桑朴斋赠送了《海国番夷录》，这些图书虽然多是采择西人杂说，或是取自西人所办新闻纸的二手材料，但毕竟是当时仅能够获得的宝贵参考。当斌椿、张德彝、志刚等作为第一批官方派遣人员出国游历时，他们对所有初次接触的新事物进行了详尽的描述，文本在营造意象的同时也包含着写作者的理解与倾向。

在晚清异域游记中，行游者选择描述的符号呈现出高度相似性，反映了他们认知世界的基本逻辑。异域行游者最关心的是能够立刻被中国采纳应用的器物、技术和制度，而这些也是国内争论最多、列入拟建设名单前列的。"器"与"道"并非泾渭分明，物质文明与思想观念相伴相生，行游者的变革态度主要通过游记中具象的"器"的符号展现；而这些符号也在中国近代事业的建设中逐渐清晰，为国人熟知、理解，并推动着思想观念的现代化。

第一节 拓展空间的"轮船""火车"与"电报"

异域行游远渡重洋，被人视为畏途的主要原因就是要面对数月的海上漂泊。蒸汽轮船加入远洋航运后，中国人赴欧美可由上海登船，经香港、安南、新加坡、锡兰、亚丁，抵达苏伊士（苏伊士运河未开通前，需乘火车），再入地中海，经意大利抵达法国马赛，行程在50日左右；另一条路径则由上海经日本横滨换船到达美国，行程30日左右。欧洲和美洲大陆内部的旅行主要依靠火车来完成，因此，轮船和火车往往成为游记中首先重点介绍的新事物。

在西方传教士创办的《东西洋考每月统记传》《遐迩贯珍》《六合丛谈》等读物中，早有对轮船和火车的介绍，当时，中国人称谓的"火轮船""火轮车"，实际上是指用蒸汽机作为动力的现代交通工具。1835年6月的《东西洋考每月统记传》刊载《火蒸车》[①]一文，文中李柱向朋友陈成介绍英国情形时提到火蒸车运人送货。1853年第1号的《遐迩贯珍》介绍"泰西各国俱有火车，人货并载，每一时可行三百六十余里，而中国至速仅属乘骑，每时可驰二十余里"[②]，差距巨大。第2号又刊载《火船机制述略》[③]记述了蒸汽机的工作原理。1857年的《六合丛谈》讲述"火轮车一昼夜能行一千六百二十里，搭人每三里，下车二十二钱，中车六十钱，上车九十钱，书札无论远近，每函二十二钱，故穷乡民农，米麦瓜果，运入城市卖之，转瞬可至，火轮路所在皆由路旁皆置电气通标，军机密报，数千万里，顷刻可达"[④]，这些都是关于现代交通工具的早期文字描述。佣书墨海书馆的王韬、获赠《六合丛谈》的郭嵩焘、供职总税务司的斌椿、求学于同文馆的张德彝都很有可能阅读过这些材料，对轮船和火车有初步的了解。

异域游记中对轮船和火车的书写重点各不相同。早期且初次乘坐轮船和火车的旅人热衷于对新事物进行细致描述。斌椿初登法国客轮拉布得内号，详述轮船尺寸、船员人数、舱房设置、淡水取用的情况，赞叹乘船旅行"如入市肆，如居里巷，不觉其为行路也"[⑤]。同行的张德彝此时还是青春少年，香港换船后他对轮船客舱的装饰、餐食、浴堂、卫生间格外感兴趣，详细记述了船上提供的中西菜谱。这些文字并无文学加工，只作平实直录，但从这些不厌其烦地叙述中，读者亦可感受到他们打开新世界的那种兴奋喜悦。整洁、舒适是第一观感，便捷、高速则让轮船火车得到一致赞赏，斌椿自吴淞口开船，两日行二千五六百里，感叹"非轮船之神速，

[①] 爱汉者编，黄时鉴整理：《东西洋考每月统记传》，中华书局1997年版，第185页。
[②] ［日］松浦章、［日］内田庆市、沈国威编：《遐迩贯珍——附解题·索引》，上海辞书出版社2005年版，第715页。
[③] ［日］松浦章、［日］内田庆市、沈国威编：《遐迩贯珍——附解题·索引》，上海辞书出版社2005年版，第703页。
[④] 沈国威编：《六合丛谈：附解题·索引》，上海辞书出版社2006年版，第604页。
[⑤] （清）斌椿：《乘槎笔记》，岳麓书社1985年版，第94页。

第三章 书写文明：异域游记中以"器"载"道"的符号 / 89

焉能如是"①。

至于火轮车，斌椿、张德彝、李圭等都对火车的构造做了详细的解说，并基本类似："前车为火轮器具，烧石炭，贮水激轮。后车以巨钩衔其尾，蝉联三四十辆，中坐男妇多寡不等。每辆如住屋一所，分为三间，间各有门。启门入，两面小炕各一，可坐八九人。炕上下贮行囊数十件。每间大窗六扇，有玻璃木槅，以障风日，启闭随人。油饰鲜明，茵褥厚软。坐卧、饮食、起立、左右望。皆可随意。次者装货物箱只。再次装驮马。摇铃三次，始开行。初犹缓缓，数武后即如奔马不可遏。"志刚乘坐火车时觉"其车轻稳捷利……列子御风而行，或不如也"②。

及至郭嵩焘、刘锡鸿放洋出使时，是否在国内修建铁路的争论已在朝堂之上日渐激烈。1863年，上海27家洋行呈请时任江苏巡抚的李鸿章，要求修建上海——苏州铁路。1864年，在苏淞太兵备道任上的丁日昌曾接狄司税③函，请由上海至吴淞口安设电气铁线，以通信息。丁日昌以此事为从来所未有，合约所不载，"当即实力谕阻，旋经中止"。又有英、法、美三国领事照会以拟造火轮铁路一条，自沪至苏，俾便往来行走。丁日昌再三辩驳以"此事一行，有碍居民风水，民情决不相安"④。

19世纪60年代，清政府刚刚经历两次鸦片战争的失败，对内又忙于镇压太平天国起义，对于列强各种需索疲于应付，洋人喋喋不休地搅扰又不能充耳不闻。1865年，总税务司赫德呈递《局外旁观论》，1866年，英国使臣阿礼国呈递参赞威妥玛的《新议略论》，"其中恫喝挟制，均所不免"，但两折"于中外情形深有关系"⑤，因此饬交沿海沿江通商口岸地方各督抚大臣妥议，清政府的高级官

---

① （清）斌椿：《乘槎笔记》，岳麓书社1985年版，第96页。
② （清）志刚：《初使泰西记》，岳麓书社1985年版，第262页。
③ 狄司税指江海新关税务司狄妥玛（T. Dick）。
④ 赵春晨编：《丁日昌集》上，上海古籍出版社2010年版，第287页。
⑤ 李书源整理：《筹办夷务始末》，中华书局2008年版，第1665页。

僚们就此开启了是否要在国内建设铁路、电报的讨论。

在第一次讨论中，对于赫德和威妥玛条陈中铁路、电报的建议，所有疆吏都表示了反对，差别仅在于程度不同。官文、刘坤一、马新贻认为外人包藏祸心，利用电报铁路作为向中国延伸侵略的途径；瑞麟、蒋益澧等认为"寄信电机，不过技艺之末，无关治道"①；崇厚则认为修建铁路电报必然扰民，且尚非要务。②

1869 年，总理各国事务衙门为应对十年修约，再次请各将军督抚大臣共商洋务，考虑到西人多方需索，着重讨论"请觐，遣使，铜线、铁路及内地设行栈，内河驶轮船并贩盐、挖煤，开拓传教"等问题。此六条涉及国体与利权，是当时清政府面对的紧迫问题，17 位疆吏（实际有 25 份条陈，沈葆桢附奏户部主事梁鸣谦条陈、广东候补道叶文澜条陈，福建候补同知黄维煊条陈，福建莆田县学训导吴仲翔条陈，福建闽县举人王葆辰条陈，福建侯官学生员林全初、胡光埔条陈；李鸿章附奏丁日昌条陈）。此次所议，对于西人修建电报铁路仍然是全体反对，疆吏们认为火车、电报的优点在便利贸易，而贸易之利尽归洋人，于国人无益；修建过程中不免失我险阻，害我田庐，碍我风水，扰民为甚，使地方不安。此次讨论的重心并不在允与不允，而在如何拒绝。武力对抗毫无胜算，疆吏们只能依赖各地民众的排外情绪。丁日昌在办理洋务过程中总结出洋人"不惧官府，惟惧百姓，且欲借官府以制百姓"③ 的逻辑，这成为孱弱的清政府与西人谈判的最后底气。

不过在这轮的众声反对中，还是出现了一些动摇，沈葆桢认为"铜线铁路如其有成，亦中国将来之利也，且为工甚巨，目前亦颇便于穷民。……且泰西智巧绝伦，果能别创一法，于民间田庐坟墓毫无侵损，绘图贴说，咸使闻知，百姓退无后言，朝廷便当曲许，

---

① 李书源整理：《筹办夷务始末》，中华书局 2008 年版，第 1782 页。
② 李书源整理：《筹办夷务始末》，中华书局 2008 年版，第 1708 页。
③ 《李鸿章全集》，第 3 册，安徽教育出版社 2008 年版，第 171 页。

第三章 书写文明：异域游记中以"器"载"道"的符号 / 91

否则断难准行"①；李福泰认识到"彼国商船由海道而来，迂回数万里，若由西北陆路，行以铁路之法，旬日可达，取道捷而费省，固各国所必争。如其议而行之，百货聚于中华，富强之资也。不知利害互为循环，利之所在，即害之所伏，是又不可不通盘筹划，深思而远虑也"②；李鸿章强调"凡事穷则变，变则通，将来通商各口洋商，私设电线在所不免。但由此口至彼口，官不允行，总做不到；铁路工本，动费千数百万，即各国商众集资，亦非咄嗟能办。或谓用洋法，雇洋人，自我兴办，彼所得之利我先得之。但公家无此财力，华商无此巨资，官与商情易隔阂，势尤涣散，一时断难成议，或待承平数十年以后。然欲其任洋人在内地开设铁路、铜线，又不若中国自行仿办，权自我操，彼亦无可置喙耳"③。

沈葆桢、李福泰、李鸿章皆以镇压太平军的功绩而位列封疆，在接触办理洋务的过程中认识到中西差距，并认可西方的器物与技术，积极开办现代兵工厂。他们虽仍反对开通铁路、电报，但却流露出假国力强盛要自办电报铁路的愿望。1876 年，英商擅自修建了吴淞铁路并开通试行，在铁路修筑期间，中方为维护主权坚决反对，双方进行了多次谈判，于 10 月签订《收买吴淞铁路条款》，中方出资收回铁路，一年内付清赎款，之后该路权归中国所有。12 月 1 日，该路段正式通车，英领事照会道宪并请华官同乘试行（道宪以公务繁忙为由未到），约有百名华人乘坐下等座从上海至江湾④，亲身体验了火车的速度。《申报》刊登了"咏火轮车"的竹枝词："轮随铁路与周旋，飞往吴淞客亦仙，他省不知机器巧，艳传陆地可行船。身非著翅亦生风，恍坐轮船入海中，不解西人何耐苦，黎明行到夕阳红，数百青蚨可往回，栅门一路看争开，游人忽睹浓烟起，报道火轮车又来。鸦鬟椎髻满街游，约伴通行话不休，寄语登

---

① 李书源整理：《筹办夷务始末》，中华书局 2008 年版，第 2195 页。
② 李书源整理：《筹办夷务始末》，中华书局 2008 年版，第 2272 页。
③ 李书源整理：《筹办夷务始末》，中华书局 2008 年版，第 2261 页。
④ 参见《火车往来吴淞情形》，《申报》1876 年 12 月 2 日第 2 页。

车年少客,好花过眼莫能留。"① 不过这种热衷的态度并非当时朝野的主流心态,官员的反对与民间的破坏使得这条铁路运行举步维艰。

19世纪70年代的上海租界,已初具现代城市的雏形,从上海启行的旅行者在参观洋场后对西方物质世界多少有些了解,海外行旅中自然将对细节、事务的关注上升到宏观思考,出游目的与自身的价值观念生成凝视异域的滤镜,游记中器物的介绍经过拣选,文字书写也更具备目的性。郭嵩焘不再单纯描述火车如何运行,而是考察了铁路、电报、轮船发展的历史,② 游记中也记录了英方屡次派人到使馆游说中国开办铁路的史实。

郭嵩焘出使时除了要解决滇案的遗留问题,吴淞铁路的处置也是他关注的焦点。光绪三年(1877)六月初七,英方闻吴淞铁路将被拆除,请郭嵩焘代为关说,郭氏虽不赞成拆除铁路,认为"幼帅此举,实为无谓,然其意在邀流俗人一称誉而已"③。自己"言之无益,徒速谤耳"。吴淞铁路最终拆毁,《泰晤士报》发文"诮中国之愚",令郭嵩焘非常感慨,加之要为滇案被害的马嘉理造像,为1841—1846年间在中国死亡的洋兵立石,这些都强烈刺激着郭嵩焘,对"中国士大夫于此不知引为耻,而多矜张无实之言以自豪"④的冥顽不灵更加痛恨。与郭嵩焘面临同样窘境的还有他的后任曾纪泽,自吴淞拆毁铁路之后,"西国有心人无不窃笑,乃至妇人、孺子时时于茶会酒筵间推问其故,余赧然无以应之,托词支吾而已"⑤。

同时出使英国的副使刘锡鸿是坚决反对修建铁路派,他认为"中国立教尚义不尚利,宜民不扰民",英人积极要求修建铁路有人

---

① 《咏火轮车》,《申报》,1876年12月18日第2页。
② 参见(清)郭嵩焘《伦敦与巴黎日记》,岳麓书社1984年版,第166页。
③ (清)郭嵩焘:《伦敦与巴黎日记》,岳麓书社1984年版,第258页。
④ (清)郭嵩焘:《伦敦与巴黎日记》,岳麓书社1984年版,第325页。
⑤ (清)曾纪泽:《出使英法俄国日记》,岳麓书社1985年版,第214页。

侵之心,"当轴若不立意坚拒之,则海疆办事诸人喜新悦奇,将中其阴谋而不知悟"①。不过,刘锡鸿在英国始见火轮车后发现"程之慢者,一时亦百余里,故常数昼夜而万里可达。技之奇巧,逾乎缩地"②,便捷如此,但还是不能行于中国,道未可强同也。刘锡鸿在英期间也参观了电报局,了解了电报原理,发现虽"取民类如此,然民乐其便,无或怨者"③。刘锡鸿在他的游记中若干次提到英国各界人士劝中国修建铁路之事,当他和正使共同会见客人时,基本会保持沉默,而单独会见时,则必会搬出"祖制""恤民""仁治"来予以推拒。在与波斯藩王讨论时,刘锡鸿回答"方今政府,谋于朝廷之上制造大火车。正朝廷以正百官,正百官以正万民,此行之最速,一日而数万里,无待于煤火轮铁者也"④;与博郎论铁路时,反复折辩火车之于中国势不可行,⑤ 中国游客少,成本不能收回,当对方提出火车盈利靠运送货物后,刘又提出恐"贼夺火车"。

刘锡鸿与郭嵩焘之争背后固然有不同政治派别的攻讦斗争,但其根源还是在观念之别。刘锡鸿在出使期间,享用了西方现代技术的便利,也用心考量了新技术手段,并不是全然的"闭目塞听",在充分了解的情况下,依然拒不接受,反映出在近代化进程中,顽固守旧思想并非骤然退出,观念在此消彼长中来回拉锯,面对同一客观事物,可以得出截然相反的结论。社会观念的转变需要一个过程,顽固派对待轮船、铁路、电报的态度也并非铁板一块,从最初的坚决反对,到后来在战争威胁下同意铺设,争论焦点转为应该铺设哪些线路,如何筹措修建资金等。

在近代中国轮船、铁路、电报建设争论期写就的异域游记,自然对国外的交通通信技术格外关注,使这一组符号在早期游记中被反复

---

① (清)刘锡鸿:《英轺私记》,岳麓书社1986年版,第49页。
② (清)刘锡鸿:《英轺私记》,岳麓书社1986年版,第62页。
③ (清)刘锡鸿:《英轺私记》,岳麓书社1986年版,第92页。
④ (清)刘锡鸿:《英轺私记》,岳麓书社1986年版,第140页。
⑤ (清)刘锡鸿:《英轺私记》,岳麓书社1986年版,第154页。

书写,进入19世纪80年代,中国陆续开展建设后,异域游记中关于交通通信工具的记述越来越少,不再作为"新奇"事物而特殊关照。

第二节 晚清异域游记中的"博物院"

博物馆(Museum)一词源于希腊语,意为"缪斯的居所"。公元前280年建于古埃及的亚历山大博物馆是世界上最早的博物馆,它由托勒密王朝一世索塔尔和二世菲拉德尔费斯设计建造。亚历山大博物馆是古地中海地区文化的中心,它除了珍藏古器物、雕塑、仪器、化石等外,还设有图书馆、动物园、植物园以及教育研究学院等。亚历山大博物馆是希腊式城市文明的代表,也是欧洲近世博物院追溯模仿的样本。进入18世纪后,西方主要国家相继完成工业革命,快速迈入城市化社会,构建与之匹配的文化展示空间迫在眉睫。1759年正式对外开放的英国国家博物馆拉开西方近代博物馆建设、展出的大幕。

而对同一时期的国人而言,"博物馆""博物院"的概念则尚属蒙昧,是存在于西人书报中的外来文化符号。经学者李飞考证,1838年,裨治文在《美理哥合省国志略》中使用了"博物院"一词,并经林则徐、魏源、梁廷楠等人的转载传播,逐渐进入汉语语言。[1] 近代早期华文报刊中,虽屡有关于博物院的介绍,但翻阅内文即会发现这些文字实际上是关于世界"博览会"的报道。《申报》早期刊载的《博物院》《论澳国设博物院事》《记奥国格物会院事》《论美国拟设格致院事》[2] 都是介绍当时在西方各国开办博览会的情

---

[1] 参见李飞《再论汉语"博物院"一词的产生与流传——兼谈E考据的某些问题》,《东南文化》2017年第2期。

[2] 《博物院》《论澳国设博物院事》《记奥国格物会院事》《论美国拟设格致院事》,分见《申报》1872年5月21日第1页、1872年11月26日第1页、1873年7月1日第1页、1874年3月20日第1页。

况，与今人理解的"博物院"具有较大差别。世界博览会召开时会将各国珍品陈列展示，而闭幕后，也会将某些参展之物移入博物院，功能上的相似性也导致了"博物院"一词在汉语表达上的暧昧性。

中国人对博物院的认识、理解与表达集中于晚清异域游记内，在走向世界的行旅中，出使游历官员及少量文人、商绅最早获得游览博物院的机会，以文字记录所见，形成关于"博物院"的早期记忆。学者杨汤琛认为西方博物馆是承载文化的想象空间，是异域游记中具有包容性的文化符号;[①] 周荃以《意大利游记》为研究个案，讨论了康有为的博物馆学思想;[②] 更多晚清异域游记中关于博物院的描述则作为史料散见在各类研究中。本研究从梳理晚清异域游记中的"博物院"记述入手，追溯国人对这一新事物认知理解的递进过程，并以此为基础，探讨公共文化空间在晚清士人知识结构更新、思想观念变迁中的中介作用。

（一）炫奇、赛珍、博物：异域游记中关于"博物院"的初体验

晚清时期，虽有为数不少的华人劳工泛海远行，在世界各地谋生，但是他们生存境况恶劣，文化程度低，没有财力与时间进行"游历"，对于海外世界的记述少之又少。真正担当漫游主体的当属朝廷派出的出使游历官员，他们多数出身于传统文化教育、服膺儒家思想，但是对西方的新事物也不是一味排斥，呈现出王汎森所说的"复合性思维"[③]。

1866年，斌椿和张德彝一行的环游之旅由法国开启，游历欧洲不足四个月，此次行程并没有特别的使命，使团成员有充裕的时间

[①] 参见杨汤琛《文化符号与想象空间：晚清域外游记中的西方博物馆》，《江西社会科学》2012年第3期。

[②] 参见周荃《论康有为〈意大利游记〉中的博物馆学思想》，《中国博物馆》1988年第9期。

[③] 王汎森：《思想是生活的一种方式：中国近代思想史的再思考》，北京大学出版社2018年版，第272—280页。

进行游览。抵达巴黎的第二天,福州税务司美里登就带领斌椿一行到正在修建中的博览会场地游览。"又至玻璃巨屋,高约十丈,宽广倍之。内贮名画无数,真绘水绘声之笔。又西行七八里,为官家花园,花木繁盛,鸟兽之奇异者,难更仆数。尤奇者,海中鳞介之属,均用玻璃房分类畜养。内贮藻荇、水石,皆海中产也。介虫之奇者数十种,房二三十间分养之,人由旁观,纤芥洞见,洵奇构也。"① 斌椿使团在四月初二抵达英国伦敦后,随员张德彝当日即乘车赶往"水晶宫"游览,而斌椿则在二十一日率众人游览。"水晶宫"初建于 1851 年,是万国工业博览会的展示场馆,因其创造性的设计而成为该届博览会最成功的展品,博览会结束后被移至伦敦南部重新建造,并向公众开放。斌椿在日记中将之记录为"各里思答尔巴雷恩",他和张德彝的日记都着重描述了水晶宫主体由玻璃建成,金碧辉煌,晶莹璀璨,至于内存展品则浮光掠影,只能约略描述繁华而已。

不少西方博物院是由旧日王宫改建而来,宫室园林无不精美,凡尔赛"楼屋高大,周遭百余间。绘昔年与各国交战图,神情逼肖。管园官导观水法多处,均甚佳。末一处,地极宽广,池中石雕海兽、神、人,喷水直上,高十余丈,如玉柱百余,排列可观"②;卢浮宫"栋宇巍峨,楼阁壮丽,殊耀外观"③;西班牙博物院"为日王旧园囿,所储古物甚富"④。至于陈列之物,不少游历者乍见骨骼化石、木乃伊等颇觉怪异。斌椿游生灵苑,苑中一所"收各国人骨,大略相似。惟所雕塑偶像,各具怪异。其小儿胎骨,自一月至弥月,及数岁者,各有标识。异骨,如一身二首者甚多"⑤。志刚游历俄国博物院:"见有二千年前干瘪僵尸,柩如圭形,询为埃及回

---

① (清)斌椿:《乘槎笔记》,岳麓书社 1985 年版,第 109 页。
② (清)斌椿:《乘槎笔记》,岳麓书社 1985 年版,第 134 页。
③ (清)王韬:《漫游随录》,岳麓书社 1985 年版,第 84 页。
④ (清)张荫桓:《三洲日记》,岳麓书社 2016 年版,第 222 页。
⑤ (清)斌椿:《乘槎笔记》,岳麓书社 1985 年版,第 134 页。

国人,灌油柩中而封之,则久而不化。若使死而速朽,何致为人发出暴露,供人玩赏哉?又有各形异胎,皆油浸于玻璃瓶。有孪生未判,一身两首,两身一首,一首而耳目口鼻两面,又皆模糊不清,或两身相向而腹脐连,或两身相背而脊骨通,有头如瓜而身仅布指。盖由厥初不谨其容止,受胎未得其正,产难而死,因刳剔而出之,以示戒欤?"①张祖翼游毕感觉"更可怪者,以千百年未腐之尸,亦以玻璃厨横陈之,有三十余具,皆编年数,有二千年以前者"②。

19世纪的西方博物院并不符合现代博物馆的严格定义,初出国门的清朝来客对这些大大小小的博物院的命名也各不相同。对于完全处于已有知识结构之外的博物院,斌椿、张德彝、郭嵩焘、刘锡鸿等采用了音译法,这种译名随意性强,同一地点也全不相同,给读者造成记忆障碍。另一种方式则是根据展品类型及各自的理解命名为奇观院、集奇馆、古器库、大书院、生灵苑、蜡像馆、古物院等。

初至西方世界,物质的繁华对于游历者的冲击是巨大的,这种震撼溢于纸面,第一次出洋时还是少年的张德彝事无巨细地记录行程中的点滴,连食谱床褥这些细节都无所遗漏,钦羡之情难以掩饰。而"老成持重"的斌椿在文字上则要克制得多,但是国内的读者读起来还是觉得有夸大其词之嫌。黄钧宰认为斌椿的《乘槎笔记》"所载多楼台园囿、宝玩机巧、珍禽异兽之属,而于疆域险易、兵刑政教略焉"③;周家楣阅看了斌椿日记后得出西方"各国宫室园囿之穷侈,奇巧淫巧之相尚"④ 的结论。斌椿、张德彝的游记之所以评价不高,一方面因为他们作品中缺乏世人关注的西方军政秘

---

① (清)志刚:《初使泰西记》,岳麓书社1985年版,第341页。
② (清)张祖翼:《伦敦竹枝词》,岳麓书社2016年版,第21页。
③ 《金壶逸墨》,《续修四库全书》,第1183册,上海古籍出版社2019年版,第179页。
④ (清)周家楣:《期不负斋政书》,沈云龙主编:《近代中国史料丛刊》初编第92辑,台北:文海出版社1973年版,第66—72页。

要，另一方面，无论是作者和读者都还没有认识和理解这种陈列百物供人观览的方式除了炫奇斗富还有何额外意义。

在中国传统话语结构中，无论是皇宫内苑还是高门富户，赛奇斗富皆被非议。《管子》曰："菽粟不足，末生不禁，民必有饥饿之色，而工以雕文刻镂相稚也，谓之逆。布帛不足，衣服无度，民必有冻寒之色，而女以美衣锦绣綦组相稚也，谓之逆。"① "又曰毋或作为淫巧以荡上心，又曰作伪心劳日拙，又曰玩物丧志"② 的舆论环境非常普遍，"奇技淫巧"四字可以将新奇之器尽归于奢侈淫乐。这种传统观念，在客观上成为晚清时期国人对博物院正面认识的障碍。

博物院虽然是新事物，但是"博物"这一概念在中国早有使用，《左传》记载"晋侯谓子产博物君子也"③，这里的博物被理解为"知识渊博"。除了子产外，孔子也被认为是博学之士，"博学多闻，博贯古今"成为儒家推崇的标准。张华撰写的《博物志》包括山川地理知识、珍禽异兽知识、古代神话故事、历史人物传说、神仙方术五类，所有这些都是晚清时期中国人理解博物的基础。因此，当刘锡鸿参观大英博物院后写道："山川之精英，渊丛之怪异，博物志所不及载，珍玩考所不及辨，格古论所不及详，莫不云布星陈，各呈其本然之体质。"④ 刘氏虽在政治上顽固，但在认识博物院上颇具现代意识："夫英之为此，非徒夸其富有也。凡人限于方域，阻于时代，足迹不能遍历五洲，见闻不能追及前古，虽读书知有是物是名，究未得一睹形象，知之非真。故既遇是物而仍不知为何者，往往皆然。今博采旁搜，综万汇而悉备一庐。每礼拜一、三、五等日，放门纵令百姓男女往观，所以佐读书之不逮，而广其识也。"⑤ 这

---

① 黎翔凤：《管子校注》，中华书局 2004 年版，第 285 页。
② 《续论博览会》，《申报》1881 年 3 月 11 日第 1 页。
③ 《左传昭公元年》，《春秋左传正义》，北京大学出版社 2000 年版。
④ （清）刘锡鸿：《英轺私记》，岳麓书社 1986 年版，第 111 页。
⑤ （清）刘锡鸿：《英轺私记》，岳麓书社 1986 年版，第 111 页。

一段话，分别出现在刘锡鸿的《英轺私记》、张德彝的《随使英俄记》、王韬的《漫游随录》以及《申报》1888年刊载的《拟创设博物院小引》①。这段文字究竟出自何人之手，谁抄袭了谁，以现有材料很难判断，刘锡鸿和张德彝是上官与下属关系，共同创作异域游记也属正常；王韬异域行游时间早于刘、张二人，但《漫游随录》出版却在20年后。不管这个观念首创于谁，但从高"转载"率来看，它已经成为当时对博物馆的新主流意见。

（二）古今相遇与东西交汇：以"博物院"为媒介的世界认知

早期异域行游者参观博物馆多数都由西人带领导游，各类博物馆中典藏陈列的物品，高度浓缩着各国文明发展史，是了解世界的有效渠道。因此，每位游者都积极参观所到之地的博物馆，使之成为行游中的必选项，也在游记中重笔着墨，不曾遗漏。薛福成自"香港以至伦敦，所观博物院不下二十余处"②；戴鸿慈游历九国，游记中记录参观各类博物馆26处，张德彝、郭嵩焘等在公务之余都曾反复往观，表现出浓厚的兴趣。

各国所设博物院，均"广袤数百亩，屋宇千百楹，罗列五大洲所有。曰物产曰制造曰书籍图画曰鸟兽虫鱼，分门别部，各以类从，罗天地之精英，罄山海之珍异。游观之中，兼资考订，甚盛事也"③。博物馆汇集古今东西，呈现多元的文化样态。晚清异域行旅者以博物馆为媒，审视西方文化，逐渐从夜郎自大的迷梦中清醒，开始认同西方同样具有悠久的古代文明。

19世纪以来，在与西方世界较量中的屡屡失败使中国知识分子被迫正视这些外来的"夷狄"，从"船坚炮利"到"国富民强"再到"政教斐然"，对西方的认识有一个过程，这个过程既表现在一代人认识的先后上，同样也反映在个体认知的阶段性上。

---

① 《拟创设博物院小引》，《申报》1888年8月19日第1页。
② （清）薛福成：《出使英法义比四国日记》，岳麓书社1985年版，第164页。
③ 《拟创设博物院小引》，《申报》1888年8月19日第1页。

薛福成到达罗马城后，观其古王宫，该遗址由"法王拿破仑第一，使精识古迹者督工开垦，历代旧物，攘剔殆尽"。诸王宫内珍宝已悉数移至博物院，遗址仅存残垣断壁。在随后的日记中，薛福成写道："今泰西诸国文字，往往以罗马腊丁文字为宗。一切格致之学，未尝不溯源罗马。盖罗马为欧洲大一统之国，昔时英法德奥皆其属地，制度文物滥觞有素，势所必然。然罗马文明之启肇于希腊，以其初开辟名臣大半自希腊来也。当希腊开国之始，政教之源取法埃及，则埃及文字又为其鼻祖焉。尝考埃及创国于上古，而制作在唐虞之世；希腊创国于唐虞，而制作在夏商之世；罗马创国于成周，而制作在两汉之世。彼皆数千年旧国，其间贤智挺生，创垂久远，良非偶然。"① 这段文字，简略又全面地复述了西方文明的源起，肯定了东西方文明的并存。

罗马附近的庞贝古城也是游览者频繁参观之处。"二千余年之前，忽一火山迸裂，山中涌出无数尘土及焚木石之灰，飞腾半空，霎时间将名城填雍，湮没不见。"经挖掘后，"城门、桥梁、街衢、庙宇、庐舍无不如故，有衣冠会集筵席者，有执鞭策马驰车者，有缝匠手针线缝衣者，因猝为尘沙所埋，气闷而死，故其尸并不腐坏，并可考古时衣服器具之式焉"②。"游之如在二千年前罗马古国中，见其人物风俗也"，康有为认为此地乃"地球第一之大古玩，而所关于政治、文化、风俗之法戒，以为进化退化比较之具，亦莫大之鉴矣"，"欲知大地进化者，不可不考罗马之旧迹。欲考罗马之旧迹，则莫精详于邦淠（庞贝）矣"③。

康有为行至埃及开罗时介绍其"建都在五千年前，金字塔、古王陵、石兽诸古迹，皆五千年物在焉，为大地最古文明之地矣"④。船行地中海时，"念亚历山大大帝、汉尼巴之伟绩，埃及、腓尼士

---

① （清）薛福成：《出使英法义比四国日记》，岳麓书社1985年版，第325页。
② （清）薛福成：《出使英法义比四国日记》，岳麓书社1985年版，第331页。
③ （清）康有为：《欧洲十一国游记》，岳麓书社1985年版，第78页。
④ （清）康有为：《欧洲十一国游记》，岳麓书社1985年版，第64页。

之文明",康有为口占一绝句:"地中开海是天池,养出天骄开辟奇。回望钵赊楼阁回,海波浸处海云飞。"过希腊时,感觉"如与索拉底、毕固他拉、柏拉图、亚里士多德接,为之低徊终日"①。康有为还激情澎湃地创作了《地中海歌》,从字里行间可以感知他此时对世界历史已有诸多了解,并且公开赞颂西方文明。

行游者对博物院中陈列的残碑断简、器皿古物、文字绘画,虽因知识储备与感受不同在游记中记录有详有略,但总体上都认可了东西文明的并行,通过游记的传播使读者对西方古代文明和历史发展都有或多或少的了解。

晚清异域行旅者在参观各国博物院时,固然关注西方的历史,但更关心西方人眼中的"中国"。博物院中展示的来自中国的物品与世界各国物品共同陈列,供人观瞻,相当于各国的历史文化和现实国力的比拼。存于西方各大博物馆中关于"中国"的物品质量参差不齐,来源各异。

法国东方博物院内"中国、日本、越南、柬埔寨、波斯、印度、罗马之物,各分一室……中国室中,有圆明园玉印二方"②;德国博物院内有"德国于一千七百九十八年在中国江西景德镇所制之细瓷器,尤佳。可见中西交通不自近年而始,在康熙时代已交往矣。一陈列东方博物。仁庙、纯庙御笔文翰甚多,又纯庙御窑瓷器数种,皆庚子之乱运回者。又画轴数件,皆形容我国腐败各状态,令人愧愤"③;"中国珍异物尤多,而内府玉器之精美尤为难得见者。碧玉瓶二,大尺许;一瓶玉牛六尺许,雕镂精绝;……皆人间难见之品,而此间充栋,皆庚子之祸移来者也"④;伦敦博物院"中国室内,则有内廷玉玺两方存焉。吾国宫内宝物流传外间者

---

① (清)康有为:《欧洲十一国游记》,岳麓书社1985年版,第67页。
② (清)薛福成:《出使英法义比四国日记》,岳麓书社1985年版,第103页。
③ (清)金鼎:《随同考察政治笔记》,岳麓书社2016年版,第88页。
④ 姜义华、张荣华编校:《康有为全集》第7集,中国人民大学出版社2007年版,第417页。

不少，此其一矣。若叩所从来，固亦凡国民所铭心刻骨、永不能忘之一纪念物也"①。近代以来，西方列强通过侵略战争劫掠了清宫内廷中的大量珍宝，"两个强盗"抢掠焚毁了圆明园，八国联军洗劫了紫禁城，部分珍宝流入到世界各地博物院，当中国游者在异国看到故乡之物，尤其是被抢夺之物，无不涌起屈辱愤恨之意，这种个体情感与国家命运紧密相连，无论是具有维新思想的郭嵩焘、薛福成，还是忠于朝廷的循吏张德彝、戴鸿慈，还是已成叛逆者的康有为、梁启超在担忧国家命运上达成了高度一致。

晚清社会，国人少有文物保护意识，也致使不少文物被来华西人捷足先登，张元济环游归来，在欢迎会上发表演说，特别提到"最刺心的是我们一千多年前的古书竟陈设在伦敦的博物院中。两年以前，我们国里哄传有个法国人在甘肃敦煌县（今敦煌市）石洞之中得了许多古书去。……没人知道被英国人得的也不少。原来法人伯希和没有到敦煌以前，先有英国人名叫史泰音的在我西北诸省游历多年，……中国古物埋在沙中的，都被他得了。敦煌石洞里的东西是他先访着了，如今陈设在伦敦最大的博物院中"②。西方各国博物院不惜重金搜罗世界各地文物古迹，轮船火车辗转运回，陈列于博物院供人观瞻，于无形中展开文化的较量，看似文明的背后却存在着不光彩的攫取手段。

西方博物院的中国藏品中还存有一定数量的劣品，中国瓷器名声在外，但因博物院"所托以购物之人，不过商家、教士、游历者三种。彼其所与往来者，大都中下社会，宜于举劣物以塞责。又以吾国之出售恶货于外人者，非奸商、小人莫为也，故凡弓鞋、烟具、神像之属，遂以扬祖国之污点而为代表全国之物品，可痛也已！"③ 国弱民贫的现实情况下，造就了晚清行游者特殊的博物院观览心态，寻求强国之路成为出游官员、士绅、学子的共同目标。以

---

① （清）戴鸿慈：《出使九国日记》，岳麓书社1986年版，第378页。
② （清）张元济：《环球归来之一夕谈》，岳麓书社2016年版，第106页。
③ （清）戴鸿慈：《出使九国日记》，岳麓书社1986年版，第435页。

哪个国家为师，建构何种政治模式是他们普遍思考的问题，在行游中则突出表现在对西方强势领袖的膜拜上，华盛顿、拿破仑、彼得大帝等人的陵墓、生前居所、陈设物件也会吸引游客观瞻，借游记而表达呼唤强势开明君主，以主导维新变革之愿。

博物院中陈设之古迹，皆是文化符号，布展者所建构的意义空间并非能全部准确被参观者接收，晚清时期不同的游览个体解读博物院这一西方事物时，从中国传统文化知识结构出发，努力寻找其文化相通性，从而为在国内创办博物院奠定舆论基础。

（三）普惠大众以开启民智：作为公共文化空间的博物院建设理念

中国首批具有近代意义的博物院是由西人在上海建立的。1868年，法籍耶稣会会士韩伯禄创建了徐家汇博物院；1874年，英国亚洲文会创建上海博物院，《申报》于1875年11月4日刊载了这一信息："泰西各大城池夙有成例，凡在该地方人必公建一院，将飞禽走兽以及各动物并列于内，以便博物者随时赏玩。如在府城，则将阖郡之物实之，如在都城则将天下之物实之，名曰博物院。现在旅居上海之西商亦仿效泰西规模在本埠设立一院，将中国与东洋各物齐聚院中，事虽创始而所罗列者业已不少。……此院设在圆明园路洋文书院楼上。"①博物院成为上海租界中的独特景观。"西人设博物院汇集西国新异之物，陈设院中，上而机器，下及珍禽奇兽。入其中者，可广见闻，可资格致，诚海外巨观也。"②

博物院的教育功能最先被重视，京师同文馆、格致书院、罗郭培真书院、德华学校这些西人创办的新式学校逐渐增设博物院，以供师生研究学习。郭嵩焘在出使期间非常关心格致书院发展，参观机器局后，协商将"光器及机器三具送入上海格致书院"③。郭嵩焘在参观博物院时，时常留意询问博物院所需经费及开销用途，闻之各

---

① 《创设博物院》，《申报》1875年11月4日第1页。
② （清）葛元煦：《沪游杂记》，上海古籍出版社1989年版，第11页。
③ （清）郭嵩焘：《伦敦与巴黎日记》，岳麓书社1984年版，第157页。

院巨额投入后，不禁感慨"西洋专以教养人才为急务，安得不日盛一日？"① 文教兴，国富强，知识分子在建设博物院问题上达成了一致。

异域游记虽被认为是简单的一般性概述介绍文字，但它们是当时国人所能接触到的少数对西方世界展开的全景描述，包括博物院在内的诸多设想蓝图也都是建立在游记写作基础上。康有为自述光绪八年（1882）"道经上海之繁盛，益知西人治术之有本。舟车行路，大购西书以归讲求焉。十一月还家，自是大讲西学，始尽释故见"，通读"声、光、化、电、重学及各国史志，诸人游记"②。可以说，康有为的西学来源，尤其是对博物院的认识直接来源于使臣游记。至康有为开强学会时，明确把"开博物院"作为四大任务之一，"西国博物院，凡地球上天生之物，人造之器，备列其中。苟一物利用，必思考而成之，不令弃地。苟一器适用，必思则效，旋且运化生新，而利便又远过之。合众人之心思以求实用，合万国之器物以启心思，乌得不富？乌得不强？"③ 此时，康有为虽尚未亲身游历西方博物院，但是已将之作为合群开智的重要途径。博物院若要实现开民智的目的，核心要旨在于普惠大众。异域游记中，游客除了对各国博物院所藏珍品啧啧赞叹外，更加欣赏的是不论士庶男女，皆可入内观览学习的做法。

康有为建设博物馆的思想是他变法思想的重要组成部分，戊戌新政期间，上谕发布的《振兴工艺给奖章程》中第七款规定："如有独捐巨款兴办藏书楼、博物院，其款至二十万以外者，请特恩赏给世职，十万两以外者，请赏给世职或郎中实职，五万两以外者，请赏给主事实职，并给匾额如学堂之例。"④ 在国库财力捉襟见肘的现实情况下，鼓励捐资报效成为建设博物院的现实可行途径。此

---

① （清）郭嵩焘：《伦敦与巴黎日记》，岳麓书社1984年版，第189页。
② （清）康有为：《我史》，中国人民大学出版社2010年版，第14页。
③ 姜义华、张荣华编校：《康有为全集》第2集，中国人民大学出版社2007年版，第104页。
④ （清）朱寿朋编：《光绪朝东华录》，中华书局1958年版，第4130页。

后，士绅开始捐建筹办中国自己的博物院。张謇在《上南皮相国请京师建设帝国博览馆议》和《上学部请设博览馆议》无果后，自行建设了南通博物苑。张謇，字季直，早年家贫，但一心向学，曾入吴长庆幕八年，1894 年，慈禧万寿恩科状元及第。1895 年，奉张之洞之命创办大生纱厂，走上"实业救国"之路。张謇以实业为起点，全力经营，南通博物苑也是他现代城市建设构想的重要一环。

中国古代社会中，古物私藏是固有模式，博物院的广泛建设，正是重构文化权力的新方式。进入 20 世纪后，康有为、张謇等人在思想上与朝廷渐行渐远，谋求文化中的话语权力，既是与朝廷顽固势力的对抗，又是与世界各国文明竞争的利器。

中国历来以文物之邦而自居，但是这种文明自信在清末损失殆尽，重塑中华文明也是重建新世界的题中之义。"本朝夙重武功，于平定某地，必修方略。然欲愧励国民无忘溽沱，则甲午、庚子以来创深痛巨，又恶可以无记也？入人之易，感人之深，无有如图画者。他日有美术馆、博物院之设，此其尤当著意者矣。"①"若令春秋战国诸子及屈原、宋玉，以及董、贾、曹、刘、陶、谢诸先辈与秦皇、汉武、张骞、班超、曹大家、木兰之像并列于吾国博物院，而各国亦相与写真，俾我人游览摩挲，感激以兴起焉，岂不大有补哉？吾国他日开博物院，苟不能大购欧美各物，亦当各摹一具，以广国民之新识焉。"② 真实记录历史，记录中华文明精华，清末士绅的博物馆观念愈发成熟。"吾所见意大利、匈牙利新梳剔发掘古物甚多，虽墨西哥之野僻小国，亦复搜剔古物，皆货千百万为之，以考进化之据。吾国不乏历阳之湖，若齐、秦、晋、豫之郊，发掘古迹，必有无数，以证吾国之文明。"③ 文明竞争的思路借由博物院这

---

① （清）戴鸿慈：《出使九国日记》，岳麓书社 1986 年版，第 483 页。
② 姜义华、张荣华编校：《康有为全集》第 7 集，中国人民大学出版社 2007 年版，第 419 页。
③ 姜义华、张荣华编校：《康有为全集》第 7 集，中国人民大学出版社 2007 年版，第 417 页。

一媒介尝试实践。

福柯认为:"在一个像我们这样的社会中,异位和异时是以某种较为复杂的方式来加以组织和安排的。……博物馆和图书馆是异位,其中时间从未停止过堆积和占据巅峰。积累任何事物的观念,构成某种一般档案资料的观念,在一个场所里拥有一切的时代、时期、形势和趣味的愿望,建构一种拥有各个时代的场所(这一场所存在于时间之外,免遭时间侵蚀)的愿望,在某个不变场所中组织起某种时间的永恒无限的积累的想法,所有这一切均属于我们的现代性。"[1] 博物院是有形的实体,它建构了公共文化空间,能够容纳不同历史时期的片段以生成新的意象与观念。晚清时期,国人通过异域行游与写作建构起早期的关于"博物院"的观念,使之与众多新观念一起撬动传统认知结构,推动社会的变革发展。

第三节 异域游记中的"新闻业"

新报是国人较早接触到的西方新事物之一,运行千年的邸报和民间流传的京报、小报降低了大众对于新报的陌生感。1815年创办的《察世俗每月统记传》虽然迫于清廷的禁令,不能公开在中国境内发行,但此后西方传教士持续不断的办报尝试还是使少数中国知识分子接触到了这一新媒介。两次鸦片战争后,新报在口岸城市次第兴办,华文近代报刊逐渐进入主流话语频道,从各个层面深入影响社会生活。在异域游记中,行游者参观了东西方各大知名报馆,讲述了各自对报纸的认识,反映了国人报刊观念的变迁。

(一)异域游记中对世界著名报馆的描述和认识

1847年,林针前往美国做翻译工作,发现报纸能够"事刊传

---

[1] [法]福柯等:《激进的美学锋芒》,周宪译,中国人民大学出版社2003年版,第25页。

闻，亏行难藏漏屋，大政细务，以及四海新文，日印于纸，传扬四方，故官民无私受授之弊"①。19世纪50年代左右，中国人在国内能接触到的新报极少，林针本人名气不大，因此他关于美国"报纸"的体悟并没有引起多大反响。斌椿使团走出国门时，早期的近代报刊集中于香港、广州、上海、宁波几个口岸城市，居于北京的斌椿、张德彝虽有海关总税务司、同文馆等西学来源，但是头脑中认识的报纸还是传统的邸报、京报。

张德彝具有详细笔录旅途见闻的习惯，首次旅行中记录了参观英国印造新闻纸处，看到"刷印悉用火机，板架形如北京俗谓之'忽忽悠'与'婆婆车'。印板如车上人，形体甚圆，四面皆字，四圆八板。上下各八人，在上者送纸于板边，下者取印就之纸，一筒墨水立于当中，随使散于板上，半刻印新闻纸二千张。又一长板，形若层楼，来往运动甚速。顶上坐一女送纸，下一女取纸，一刻可印一万二千张，每日出六万七千张，分布城内。板之作法，系先以活字集成，捶于厚纸，再以纸板化铅板，而纸板并不着火。日有二百余人，在城市寻访事故，至酉刻齐集，各述新闻，抄录刷印。其伦敦城内，除新闻事外，是日居民生死、男女嫁娶，远近迁移、铺店开闭，大小事故无不悉备。虽官闱之事，亦并记之。至各国之事，惟新奇骇听者始记，余皆不录。其他新闻纸局，有托喻言者，有无稽之谈以博笑者，更有刻画人物宫室以饰观者"②。张德彝并不懂得报业的专业术语，但详细描述了报纸的印刷、访事的情形，从感观层面勾勒了英国新闻业的概貌。

再次跟随蒲安臣使团出使时，张德彝记录了与志刚、孙家榖两钦宪乘车往看纽约贺腊新闻纸局的情形。他描述该局"楼高七层，上下有活屋可以升降。其造板之法，系将零字先集一板。继以厚纸铺其上，以大锤击之，则纸即变为阴文。再倾以热铅，而板成焉。

---

① （清）林针：《西海纪游草》，岳麓书社1985年版，第38页。
② （清）张德彝：《航海述奇》，岳麓书社1985年版，第519页。

自集字而倾铅，只需一时而工就。刷印之法，共列火机四架，每架中一大轮，外绕六小轮，形似菊花。大轮敷墨，小轮置板，自刷自印，自行摺折而送出，在上者一人送纸，在下者一人接纸而已。一时可印二万余张，每日得十万，值洋银五千圆。又有方机，中横圆板，一转两面印妥，尤为快便"①。同游的志刚也记述了此次参观，二人游记可相佐证，"其印新闻纸机器，则尤为便捷。先以铅字，黏聚与瓦形之板，镶于总圆轴。轴愈大，则所镶之板愈多。所见者，一轴镶六板。每板旁有小墨毡轴，每一墨轴，承以墨池。上接绳屉以入纸，下承墨池以滚墨。大机一动，大轴转而六纸印成矣。闻每日所出万余纸，纸方三、四尺"②。

  创刊于 1785 年的《泰晤士报》在 19 世纪"伴随着大英帝国走向顶峰，成为世界的舆论领袖"③。在异域游记中"泰晤士报"成为西方新报的代表性符号，早期旅英游记中都详细记录了游览泰晤士报馆的情形。李圭在游记中肯定了《泰晤士报》在国际舆论界的地位，"太吾士新报馆，在各国中推为巨擘。所列各国时事最确，议论亦极精当。自国君至黎庶，莫不以先睹为快"，他还详述了该报馆使用机器制造字模、印刷报纸的具体操作，"屋高四层，砌红砖饰白石，局面甚阔大。下层偏室为造模房，法以机器将字摆齐，字板上铺以厚纸。入一器压之，则纸面字字凸起，再将纸入一坳形模内，熔锡汁浇入，成一坳形锡模，仍字字凸起，点画分明。其原摆字板与厚纸皆无用，而将锡模置印字机印之，他法皆不迨其速也。又至一大室，为印字房。有极大机器六张。以通长之纸卷于机尾，纸前为锡模墨汁毡（以毡浸墨水）。再前为铁轴，轴有长刀。轮机一动，声极震响。机尾之纸，随放随印，甫印即裁。裁就，由木板拂叠一处。每半时，六机共印七万数千张。其印成报纸甚长阔，欲

---

① （清）张德彝：《欧美环游记》，岳麓书社 1985 年版，第 676 页。
② （清）志刚：《初使泰西记》，岳麓书社 1985 年版，第 276 页。
③ 唐海江、丁捷：《中国近代新闻思想史上的"泰晤士报"》，《国际新闻界》2017 年第 10 期。

第三章 书写文明：异域游记中以"器"载"道"的符号 / 109

折叠窄小，亦机器为之，无须人力。机若高柜，亦借总轮机而动。将报纸铺柜上，机动则反复折叠，极快捷。每积至一百纸，则机稍停，将纸取下。机再动再折，转瞬数千张，诚奇极矣。每机值银一万五千圆。总轮机力抵马二百五十匹，一日可出数十万张"①。

郭嵩焘、刘锡鸿在泰晤士报馆馆主马克敦罗陪同下参观游览，对机器印刷抱有浓厚兴趣的郭嵩焘也记述了机器制模和印刷的工序，与李圭的观察相同，感叹印报效率之高。"合成铅板以后，每日印刷新闻报七万纸，不过一点钟可以竣事。三佩宜得新闻报一纸，每张二大纸，表里两面各得四板，计十六板。凡一施令得新闻报四纸，七万纸抵一万七千五百佩宜，合金洋八百七十五磅。所用工力三百余人，日间不过数十人。"作为英国最大的报馆，"其俄、法、美、德新闻，用电报传递，旁设检字机器，随传随检成文句，用机器压成字，送校对处校勘"②，新闻传递高效快捷。

此时，西方国家已普遍使用包括滚筒印刷机在内的各种动力印刷机，上海的墨海书馆也曾引进过滚筒印刷机，但是中国纸张韧性差、缺乏动力，再加上人工成本极其低廉，始终没有广泛使用。刘锡鸿看到机器印刷"电驰风掣，为时仅及瞬息，新闻纸之堆案者，已累累然"。但是不足十人便可完成印刷新闻纸的工作，在刘锡鸿看来，"若专用人力，当令每人自备活字板一分。凡新闻撰成，各限一时刷印百纸，力无不给也。计二十八万纸。应得二千八百人刷印之。以每日所入洋银四千三百七十五元，分给诸二千八百人，每人可得一元半有奇。虽英国浇裹费重，八口之家亦足赡养。是二万数千人之生命，托于此矣，何为必用机器，以夺此数万人之口食哉？"③刘锡鸿这番议论今日看来荒诞不经，但却是清末多数人的观念，小民生计是阻挡西学技术应用的守旧者的最大借口。除了《泰晤士报》外，郭嵩焘还参观了法国的《费加罗报》；李凤苞参观了

---

① （清）李圭：《环游地球新录》，岳麓书社1985年版，第285页。
② （清）郭嵩焘：《伦敦与巴黎日记》，岳麓书社1984年版，第124页。
③ （清）刘锡鸿：《英轺私记》，岳麓书社1986年版，第99页。

《北德意志报》，馆主斌台尔"导见主笔者七友，皆绩学士也。各坐一室，类聚采访所得而选择之，删润之。印报处为二大屋，右印小件，左印大件，皆裁纸片印之，不似英国之卷轴联纸，随印随裁也。最大之架，并印十纸，四人司之。且有既印正面，复印反面者，殊费工夫。凡印新报八种，惟北德意志者销售最多，每日不过万纸而已。造整铅板之器，甚为简易，铸字机亦精工利用，计值六百马克，实优于英法所制。谈及中国字模，最少须五六千枚，约需六千马克。铜制铅镶，究嫌重笨"①。

梁启超参观了波士顿报馆，梳理了世界报业发展："考新闻纸之起源，或云当中世之末，意大利之俾尼士已有之，由政府发行，每月一册，用手写，非印刷也。其在英国，则千五百八十年，额里查白女皇与西班牙交战之时，政府亦曾发一新闻纸，出版无定期。至占士第一时，始有礼拜报。实则英国每日新闻，实自千七百九年始。而此波士顿报，则滥觞于千七百四年。然则谓此报为报界之祖，殆无不可。距今适二百年，已不知几易主；而其规模之宏大，亦不可思议。"②

"美国当千八百五十年，全国报馆仅二百五十四种，读者仅七十五万八千人。至千九百年，报数增至万一千二百二十六种，读者增至千五百十万人。全国印出报纸，总数凡八十一万万零六千八百五十万部。统计全国报馆，平均支出费用总额一万万零九千二百四十四万元（美金），收入总额二万万零二千三百万元。于戏，盛哉！而倡之者实自波士顿报，此亦波士顿之一荣誉哉。"

"美国之大报馆，皆一馆而出报至数种或十数种之多，有晨报焉，有午报焉，有晚报焉，有夜报焉，有来复报焉，有月报焉，有季报焉，有年报焉，皆以一馆备之。其最大者如纽约之太阳报、世界报、时报、每日出至十数次以上，大抵隔一点或两点钟即出一

---

① （清）李凤苞：《使德日记》，岳麓书社2016年版，第175页。
② 梁启超：《新大陆游记》，岳麓书社1985年版，第479页。

次。午间向街上卖新闻者而求其早间所出之报,则已不可复得矣。凡大都会之大新闻,大率类是。以视吾东方之每日出一张,销数数千乃至数万,即庞然共目为大报馆者,其度量相越,岂不远耶?"美国报业发展的繁盛深深激励着梁启超,对报刊功能与影响力寄予无限希望。

除了欧美报馆外,全面学习西方的日本报馆也走入东游者的视野。黄遵宪在《日本国志·学术志》中介绍了日本报业的情况,"以明治十一年计,东京及府县新闻纸共二百三十一种;是年发卖之数,计三千六百一十八万零一百二十二纸。在东京最著名者,为《读卖新闻》《邮便报知新闻》《朝野新闻》《东京曙新闻》,多者每岁发卖五百万纸,少者亦二百万纸云,先是文久三年,横滨既通商,岸田吟香始编杂志,同时外国人亦编《万国新闻》。明治元年西京始创刊《太政官日志》,兰学者柳川春三又于江户刊《中外新闻》,国人某亦于横滨著《藻盐草》,然而时世人皆未知其益也。四年废藩立县,改革政休,新闻论说颇感动人心。其明岁,英人貌剌屈作《日新真事志》,始用洋纸,与欧美相类。继而《东京日日新闻》《报知新闻》等接踵而起,日肆论说,由是颇诽毁时政,摘发人私。政府乃设逸谤律、新闻条例,有毁成法,害名誉者,或禁狱,或罚金,然购读者益多,发行者益盛。乃至村僻荒野,亦争传诵,皆谓知古知今,益人智慧,莫如新闻。故数年骤增其数至二百余种之多。计其中除论说时事外,专述宗教者二十六,官令法律六,理财通商二十九,医学、工艺二十六,文章、兵事十九;多每日刊行者,亦有每旬、每月刊布者;又洋文新闻英文三种,法文二种。"[①]

赴日行游者王韬、吴汝纶、严修、程淯等人参观日本《朝日新闻》《大阪每日新闻》、报知社等著名新闻机构,与日本报人密切交往,了解新式造纸、印刷、制版技术,东亚近邻的办报经验对我国

---

① (清)黄遵宪:《日本国志》,岳麓书社2016年版,第1094页。

报人更具有接近性，因而也更具备参考性。

（二）介绍报刊的组织与运行模式

19世纪70年代前后，口岸知识分子尝试自办华文报刊，第一批华人主笔与西人关系紧密。国人自办报刊的第一人——陈蔼廷，肄业于香港保罗书院，1861年进入香港英文报馆《德臣报》服务，1872年创办了《香港华字日报》，参与编辑的还有伍廷芳、王韬、黄胜、何启等人。陈蔼廷在《创设香港华字日报说略》中写道："日报之所关甚巨，述政事、纪民情、辨风俗、详见闻，大之可以持清议，小之可以励人心。其所以激浊扬清，褒善惩恶，采舆众之公评，存三代之直道，实有足以转移风尚，鉴识世人。"①1878年，陈蔼廷被任命为驻美使馆参赞，将报馆交由儿子陈斗垣经营。而王韬一直与近代报刊关系紧密，墨海书馆佣书期间，王韬在他的日记中几次提到接阅香港新闻纸、西人新闻纸的经历。墨海书馆是《遐迩贯珍》在上海的分售处，又于1857年创办了《六合丛谈》，王韬在《六合丛谈》第一卷第九号发表了《反用强说》一文②，表明其已经参与报刊的编务工作。1867年，四十岁的王韬应理雅各之邀往游欧洲，两年的泰西生活，王韬近距离观察了西方近代文明成果，并就中西文化进行比对思考，虽然在他的《漫游随录》中并没有关于报馆的记载，但他的报刊思想在这一时期逐渐成熟。归国后，王韬于1874年创办了《循环日报》，通过报刊言论系统阐释了自己的办报思想，除了《倡设循环日报小引》外，还刊发了《西国日报之盛》《答西人循环日报说》《劝阅新闻纸论》《论各省会城宜设新报馆》③

---

① （清）陈蔼廷：《创设香港华字日报说略》，《中外新闻七日报》1871年7月8日第1版。
② 沈国威编：《六合丛谈：附解题·索引》，上海辞书出版社2006年版，第649页。
③ （清）王韬：《倡设循环日报小引》，《循环日报》1874年2月5日第1页；《西国日报之盛》，《循环日报》1874年2月14日；《答西人循环日报说》，《申报》1874年12月23日第4页；《劝阅新闻纸论》，《循环日报》1874年4月6日；《论各省会城宜设新报馆》，《申报》1878年2月19日第1页。

第三章 书写文明：异域游记中以"器"载"道"的符号 / 113

等论说，将之前零星的思考系统凝练，构成中国人自己的报刊观念。

除香港外，王韬与上海的报人圈关系更为紧密，深度介入《申报》《万国公报》的编辑工作，报人圈网罗了一批知识分子参与报纸编务，他们虽非专职，但也经常性给报刊撰稿，关注报业发展。与《申报》关系良好，并承诺在报纸上连载游记的李圭游历英国之时，发现"城内大报馆十余家，小者不知凡几。又有所谓黄昏报、七日报、月报多家。合而计之，诚不知日出几许矣。京城若此，他城亦然。英国若此，他国亦然，统地球计之，又不知日出几许矣。而且日见增多，未闻有闭歇者。窃观西人设新报馆，欲尽知天下事也。人必知天下事，而后乃能处天下事。是报馆之设，诚未可曰无益，而其益则尤非浅鲜"①。

报人袁祖志在游历中关注了西方新闻纸的发行方式，"新闻纸按日分送各户。凡客寓、饭店、咖啡馆，无处不备，以供人目，故随在可以索观，且不需钱"，分售新闻纸之法则是"沿街皆有小铺，大率皆属女流，亦有擎于手中逢人求售者。倘至暮夜不能销售净尽，亦准将所余送还馆中"②。张謇游历日本时参观了朝日新闻社，了解该社"日出十五万纸，访事人则欧美诸大国，若英、法、德，若美，若俄皆有之。在华者，直隶之京师、天津，奉天之旅顺、大连湾，山东之烟台，江苏之上海，湖北之汉口，江西之九江，福建之福州，广东之香港"③。

通过参观对比，报人们发现西方报馆主笔有着极高的社会地位，"必精其选，非绝伦超群者，不得预其列。……其立论一秉公平，其居心务期诚正"④。而近代报刊之泰山北斗《泰晤士报》，是王韬等人向往的标杆，"国家有大事，皆视其所言为准则，盖主笔之所

---

① （清）李圭：《环游地球新录》，岳麓书社1985年版，第285页。
② （清）袁祖志：《瀛海采问纪实》，岳麓书社2016年版，第85页。
③ （清）张謇：《癸卯东游日记》，岳麓书社2016年版，第8页。
④ （清）王韬：《弢园文录外编》，辽宁人民出版社1994年版，第299页。

持衡，人心之所趋向也"，"西人之为日报者必其事理通达，才识兼优，公正清廉，不偏不倚，用能使笔之于简遐迩风传发一议中一谋，统智愚贤不肖之俦。无不低首下心倾忱拜服"①。宋育仁通过观察发现"主笔者皆必有品望、学望，由学会所推，即其国之清议所在"②。通过阅读西报，国人也了解"西国重臣皆自设报馆"，并认为"中国为地球大国，亦宜仿行"③。郭嵩焘较早关注新报，与新报的创办人和主笔关系比较密切，注意新闻纸在搜集信息中的重要作用。郭嵩焘到达英国后不久，即嘱马格里订阅四份英文报纸，分别是《代谟斯》（《泰晤士报》）《得令纽斯》《斯丹得》《谟里普斯得》（《晨邮报》），由属下张听帆一体翻译。④ 与郭嵩焘交往甚密的西人密斯盘向他提议，将其"见闻所及，刊刻新报晓示中国士民"。而郭告以"前岁自上海开行沿途日记钞送总署，以致被参，刊刻新报殆非鄙人所敢任之"⑤，作为在职官员的郭嵩焘在饱受弹劾之苦后，不再愿意尝试在报刊中发声。

  王韬行游日本时，与日本报知社的主笔与编辑们相交投契，在游记中详细记录了栗本锄云的生平。"锄云老而不仕，隐逸林泉。少时力学，患咯血，乃纵览岐黄书自治，经年乃瘳，尤喜读《本草》，多识鸟兽草木。久之，思治经史，游安积艮斋之门，学业日进，声誉翕然。初仕幕府，每欲自奋于功名。时值泰西通市，轮船中皆有医士；君欲明西术，坚请行，坐是获罪被废。家居半岁，事渐解，爰创建医院于箱馆。数年间，天下益多事。幕府因君前言，渐思响用之，擢君官，君亦感激图报。佛人之驻居箱馆者，钦君德望，皆就君学日本语。俄而幕府颠覆，佛人或劝君效申包胥故事。君曰：'天下事一误岂容再误？'遂居城外，读书自娱，所著有《铅

---

① 《中国振兴日报论》，《申报》1890年11月15日第1页。
② （清）宋育仁：《泰西各国采风记》，岳麓书社2016年版，第68页。
③ （清）薛福成：《薛福成日记》，吉林文史出版社2004年版，第159页。
④ 参见（清）郭嵩焘《伦敦与巴黎日记》，岳麓书社1984年版，第100页。
⑤ （清）郭嵩焘：《伦敦与巴黎日记》，岳麓书社1984年版，第535页。

笔纪闻》《晓窗追录》，皆避难佛人旅廨中所撰述也。维新既建，日报盛行。时始创'报知社'，聘君司编辑事，然非君初志也。"① 与同志者相逢，王韬深感意气相投，写下"年来我亦持清议，眷言家国怀殷忧；论事往往撄众怒，世人欲杀狂奴囚；掉首东游得识君，此兴不孤同登楼"② 以相赠，既表达因不被当世之人理解的愤懑，又寄予了对报业发展的希望。

（三）对报刊功能的理解与观念转变

19世纪70年代，中国境内的中西文报刊逐渐增多，《香港中外新报》《香港近事编录》《中国教会新报》《香港华字日报》《申报》《中西闻见录》《西国近事》等新报的集中创办，使倾向西学的官绅已经可以接触到新报，并在条件许可的情况下，养成阅报习惯。李圭在游历纽约时发现绅民公会提供给绅民看新报及各种新书的便利，会内各国各城新报咸备。③ 在与滴森新报馆主笔交谈时他了解到："纽城报馆大小六十余家，渠馆每日出报十四万张，有极大印字机六具。报馆之大，英国太吾士而外，滴森称最。又云：新报纸上至朝廷，下逮闾阎事，无不具。洵上有明目达聪之美，下有广见博闻之益，良为善也"，该报主笔还向李圭询问了中国报馆的发展情形，对国内新报较为熟悉的李圭答曰："近来亦颇盛行。"④

自郭嵩焘后的驻西方各国使臣都保持着阅读新报的习惯，从报刊中关注国际政局变动，考察西方国家对清廷的态度，以传递汇报给朝廷作为参考。出使日记中，曾纪泽、李凤苞、薛福成等都大量笔录了报刊中的消息，并有主动利用报刊澄清事实、发表言论的经历。阅报常态化使异域行者更快地了解西方，理解现代世界的外交行为准则。然而，读者阅读动机各有不同，他们对近代报刊的认识

---

① （清）王韬：《扶桑游记》，岳麓书社1985年版，第424页。
② （清）王韬：《扶桑游记》，岳麓书社1985年版，第424页。
③ （清）李圭：《环游地球新录》，岳麓书社1985年版，第275页。
④ （清）李圭：《环游地球新录》，岳麓书社1985年版，第275页。

也各有千秋，受既有思想观念的影响，做出有别于西方新闻观念的表述。

在旅途中接触西方报纸时，斌椿初次记录却是"西人好洁……惟新闻纸及书札等字，阅毕即弃粪壤中，且用以拭秽，未知敬惜也"①。敬惜字纸是中国传统社会中具有宗教色彩的民间信仰，通过对文字、纸张的敬惜以求得某种福报。这种观念有利于维护社会传统，也符合读书人的心理期待，因此传统文人大多推崇。斌椿对新闻纸的关注点看似不经意，但正反映了中西方对新闻纸的不同理念。近代报刊发展是由精英走向大众的过程，19世纪西方商业报刊日臻成熟，发行量大，阅读者众，廉价而速朽正是新闻纸的特性。但在斌椿看来，载有他的题诗能够印制数万份，一夕之间"遍传海国"②的新闻纸，自应该珍而重之。对西人不爱惜字纸表示反对的还有郭嵩焘、薛福成等，植根于头脑深处的传统观念并不会因为认识了新事物就被完全抹杀，多是部分改造旧有观念。

晚清时期，士人在认识西方事物时，会自觉地在已有知识库中寻找可联系之物或思想以比附。长久以来，传统信息传播渠道中的邸报、京报、辕门抄等牢牢占据着主体地位，西报出现后，朝廷出于"刺探"消息的需要，编译西文报刊，但就态度而言，官方并没有给予新报特别关注，认为新闻纸要么是"买卖场中事，无甚关系"，要么是刊些"虚疑拨弄之词"，目的无非是"虚声恫喝"，因此也就"不足深论"③。邸报在刊载皇帝谕旨、臣僚奏折等政治信息方面具有优势，但是不能任意增删评论。晚清社会，内外交困，已谈不上"天下有道"，士绅阶层萌生的国家意识、民族意识与"天下兴亡，匹夫有责"的忧患意识交织在一起，产生强烈的参政愿望，迫切需要寻找群议场域，确立士人议政的合法性，而新报正是他们的最佳选择。

---

① （清）斌椿：《乘槎笔记》，岳麓书社1985年版，第102页。
② （清）斌椿：《乘槎笔记》，岳麓书社1985年版，第123页。
③ 《李鸿章全集·信函一》，安徽教育出版社2007年版，第83、534页。

第三章 书写文明：异域游记中以"器"载"道"的符号

有清一代，统治者实行严格的言禁，邸报与京报中不允许任意增删，更不允许议政。在这种情况下，中国社会中绵延两千多年的政治传统——清议，被再度重视。古代社会中，清议既存在于朝堂，也存在于乡野，不过能够参与"清议"的"庶人"仍以知识分子为主。光绪年间，朝廷之中"清流"势起，其构成的主体是讲官和谏官，他们居于天子之侧，言路声势凌厉，推行洋务运动的诸臣恰是"清流"们重点攻击的"浊流"。不过朝堂中的"清流"并不等于清议的全部，舆论话语权的争夺因为新报的加入而开辟了新的空间，报刊言论议政的观念也在逐步建构。

魏源在《海国图志》中介绍英吉利概况时提到英国"刊印逐日新闻纸，以论国政。如各官宪政事有失，许百姓议之，故人恐受责于清议也"①。1859年，尚在墨海书馆的王韬曾与西士伟烈亚力讨论新报在中国创办的可行性，伟烈亚力建议中国"仿行新闻月报，上可达天听，下可通民意"。王韬回答："泰西列国，地小民聚，一日可以遍告。中国则不能也，中外异治，庶人之清议难以佐大廷之嘉猷也。"② 此时的王韬虽然注意到新报可以成为"清议"的载体，但对其能起到的"议政"作用尚且估计不足，因此他更热衷于向各级官员上书，希望自己的政治主张能被朝廷认可，实现其救民强国的理想。不过，王韬的进言之路屡屡受阻，除了获得过礼貌性的赞赏和些许钱帛，更多时候是被"斥之曰'多事'，鄙之曰'躁妄干进'，呵之为'不祥之金'"③。

异域行者对新报的理解，一方面来自对西人在华创办报刊的观察，另一方面也源于异域行游中对西方报业的思考。志刚对新闻纸的认识来自蒲安臣的介绍，蒲将之概括为"新闻纸为舆论所关，善会堂乃清议所在"④，对中国文化及士人颇为了解的外国人已开始在

---

① （清）魏源：《海国图志（下）》，岳麓书社1998年版，第1405页。
② 方行、汤志钧整理：《王韬日记》，中华书局1987年版，第113页。
③ 《王韬日记》，中华书局1987年版，第151页。
④ （清）志刚：《初使泰西记》，岳麓书社1985年版，第271页。

中国传统话语中自觉寻找比附。政治保守的刘锡鸿了解英国报业后在日记中写道"伦敦新闻纸，乃清议所系，国主每视其臧否，为事之举废、张弛。有曰'戴晤士'者，才识特优之绅士主之，朝野所共览者也，次则曰地哩牛士，次则曰地利家其，曰司丹达者，则官授之意者也。曰磨棱卜士者，则备载仕宦往来与其升黜，无异中国之宫门抄、辕门报者也。论政者之有所刺讥，与柄政者之有所申辩，皆于是乎著"①。

黄遵宪随使日本时就写下"欲知古事读旧史，欲知今事看新闻；九流百家无不有，六合之内同此文"的诗句来描述新闻纸。"新闻纸亦讲求时务，以周知四国，无不登载。五洲万国，如有新事，朝甫飞电，夕既上板，可谓不出户庭而能知天下事矣。其源出于邸报，其体类乎丛书，而体大而用博，则远过之也"②，概括了新报的特征与功用。而在《日本杂事诗》的初印本中，还收录了关于新闻纸的另外一首诗："一纸新闻出帝城，传来今甲更文明；曝檐父老私相语，未敢雌黄信口评。"同时注云："新闻纸，山陬海澨无所不至，以识时务，以公是非，善矣！然西人一切事皆借此以发达，故又有诽谤朝政、诋毁人过之律，以防其纵。轻议罚锾，重则监禁，日本皆仿行之。新闻纸中述实政者，不曰文明，必曰开化"③，进一步肯定了新闻纸在日本维新中的作用。缪荃孙在日本接受访事人采访后谈道，"主笔者咸有采访权，事无巨细，悉可直书无讳。……消息之捷，可以觇国之所以由兴矣"④。

1886 年，王以宣作为出使德法大臣许景澄的随员驻扎法国，在他的《法京纪事诗》中也收有一篇关于新闻报馆的竹枝词："新闻报馆日嗷嘈，月旦闲评出市曹。传信传疑君莫问，笑他文字逐锥刀。"王以宣留意到法国"新闻纸馆不下数十百家，专报各处新奇

---

① （清）刘锡鸿：《英轺私记》，岳麓书社 1986 年版，第 73 页。
② （清）黄遵宪：《日本杂事诗》，岳麓书社 1985 年版，第 641 页。
③ （清）黄遵宪：《日本杂事诗》，岳麓书社 1985 年版，第 641 页。
④ （清）缪荃孙：《日游汇编》，岳麓书社 2016 年版，第 23 页。

时事，以及银货市价、舟车行期。日售一纸，取值颇廉。其中时有彼此挟嫌攻讦，各执一说，辩论不已。并有托诸子虚者，其是非皆不可信。而其甚者，抑且横持清议，妄讥时政，国家竟置之不罪"①。

而更具开明思想的郭嵩焘、薛福成、宋育仁等则在"新报、乡校、清议"基础上继续阐发西方议会制。"西洋一切情事，皆著之新报。议论得失，互相辩驳，皆资新报传布。执政亦稍据其所言之得失以资考证，而行止一由所隶属衙门处分，不以人言为进退也。所行或事有违忤，议院群起而攻之，则亦无以自立，故无敢有恣意妄为者。当事任其成败，而以论是非则一付之公论。《周礼》之讯群臣、讯万民，亦此意也。"② "古之哲王所以正百辟者，既已制官刑儆于有为矣，而又为之立闾师，设乡校，存清议于州里，以佐刑罚之穷。"③ 乡校之清议也是人们追求政治清明的理想状态。乡校，以字面意义可解之为"乡"之学校，吕思勉先生在《燕石续札》"乡校"一条中解释"郑人游于乡校"时说"惟仅冬日教学，余时皆如议会公所，亦如俱乐部，故人得朝夕游其间也"④。进而，杨宽总结所谓庠、序、校是古代村社中的公共建筑，是村社成员公共集会和活动的场所，兼有会议室、学校、礼堂、俱乐部的性质。因此，乡校成为古代社会村社成员议政的场所。"汉犹有三老，掌教化，父兄之教，子弟之率，余论未泯。清议在乡党，而廉耻兴焉；经学有师法，而义理明焉。"⑤ 显然，"乡校"与"议院"在各方面都差异明显，但在当时话语体系中，寻找不到更适合中国读者理解的词语，以"乡校""清议"等词暗示西方"民主""自由""平等"的价值观念在中国古已有之，今日若要仿照学习，也不算离经叛道。

---

① （清）王以宣：《法京纪事诗》，岳麓书社2016年版，第48页。
② （清）郭嵩焘：《伦敦与巴黎日记》，岳麓书社1984年版，第401页。
③ （清）顾炎武：《顾炎武全集》，第18册，上海古籍出版社2011年版，第529页。
④ 吕思勉：《燕石续札》，上海人民出版社1958年版，第116页。
⑤ （宋）王应麟：《困学纪闻》，上海古籍出版社2015年版，第173页。

"议院设报馆听议处，有笔札，令其记闻传播，但无造言恶詈，余俱不讳。政虽不以此决从违，民得因此知国事。论知民心，一时遍国中百姓或即联名献议，两院议允，即得施行。故国政报馆亦自重声望，不妄发言。兼及外国政事，故欧人于别国兵灾、新政、异闻皆知，不似中国士民，茫然隔膜。事归学会，主持清议，有乡校之意，诞告多方，属民读法，其规模故远不及先王，然亦有可观者矣。"① 宋育仁的观察与思考是对新报议政功能的总结与摹画。

梁启超关注了报刊的史学功能："报馆愈古者则愈有价值。盖泰西之报馆，一史庋也。其编辑文库所藏记事稿，无虑百千万亿通；所藏名人像及名胜图画，无虑百千万亿袭；分年排比，分类排比。吾尝游大新闻报馆数家，其最足令吾起惊者，则文库是也。故无论何国，有一名人或出现或移动或死亡，今夕电报到，而明晨之新闻纸即登其像，地方形胜亦然。彼何以得此？皆其文库所储者也。"②

蔡钧出使美、日、秘后，将自己的报刊理念形成条陈，尤其强调报刊在中西交往中的作用。"中西交涉之事，西国民人有从旁持公论者，每以中国为曲而以己为直者何也？盖惑于先入者为之主也。中西交涉事起，其始必先载于日报。主笔者为久居中国之西人，往往扬外而抑中。观其所论无难，曲直混淆、是非倒置。又其平日之间，所在中国公私大小各事，多涉剌讥而津凌侮。自不知者观之，不难为其所惑，况未至中国之西人乎！其轻我中国也，积渐而然，诚无足怪。今莫若反其道而行之，亦于要处隐设西字日报，借以维持公论，久之，自可回西人之心而为我用。而于交涉之事，彼自不敢肆其簧鼓。此之谓战胜于笔舌之间，而其为用实隐胜于铁舰、兵轮也。"③ 这与当时报人们呼吁创办西文报刊的声音相互呼应，创办西文报刊虽在当时未能实现，但是对近代报刊在国际舆论

---

① （清）宋育仁：《泰西各国采风记》，岳麓书社2016年版，第18页。
② 梁启超：《新大陆游记》，岳麓书社1985年版，第479页。
③ （清）蔡钧：《出洋琐记》，岳麓书社2016年版，第53页。

争锋中的作用及地位都给予了高度肯定。

异域游记中对报馆的叙述既有报人有意识的考察，也有作为读者的官员、知识分子的主观感受，亲身经历与体验形塑着他们的报刊观念；而这些报刊观念又通过游记扩散到更加广泛的读者层面。

第四节 异域游记中的"学校"

赓续千年的中国古代教育制度历来是儒家知识分子引以为傲之处，西游与东渡中所见的学校是熟悉却又陌生之所在。晚清异域游记中对于"学校"的记述颇多，早期出游者多惊异于西方大学的建筑宏伟、藏书丰富，而清末行游者带着明确的改革任务去观察日本教育，参观心态与关注焦点也略有不同。从同文馆艰难地设立到清末的学制改革，这期间经历了连续的战败，士人对于传统教育的自信逐渐崩塌。

（一）世界知名学府

晚清官员初出国门后，在异域游览的场所往往是西方官员引领、推荐之处，西方知名大学由此走入行游者的视野，英国的牛津大学，美国的哈佛大学、芝加哥大学开始成为中国人心目中的名校。

斌椿初游牛津大学，只能按照读音将其记录为"阿（读作熬克）思佛"，斌椿的游记也没有详细描述牛津的内部情形，仅认为是游览大书院数处。更为关心国外学校设立情况的郭嵩焘到访牛津大学，详细了解了牛津21个学院的具体情况，对学生住宿人数、导师制实施情况等都有细致的记录，但是对大学制度知之甚少的郭嵩焘只能音译学院名称，读者看着也便云里雾里。郭嵩焘还将取得学位的毕业学生称为举人，在校的学生对应为秀才，也算找到了中国读者能够理解的意义共通点。19世纪70年代，牛津大学里还有一位"中国通"理雅各，郭嵩焘、李圭等人都受到了理雅各的热情接待。理雅各是伦敦布道会的传教士，担任过香港英华书院的校长，主编过香港的中文报刊《遐迩贯珍》。王韬流亡香港后，协助理雅各翻译中国的经学著作，也正是在理雅各的邀请下，王韬得以旅居欧洲两年。李圭对于牛津大学的观察更为细致，从院系设置到课业考试再到学位授予，甚至连划船竞技都记录无遗。

  大书院共有二十一所，讲堂六所，贡院一所，书库一所。库藏书四十万册，有古书以革代纸，缮写绝精，千载以上本也。屋之最古者，已阅千年，石多作黑色。最大院名客利司柘池，今太子诸王曾肄业于此。统二十一院，肄业生二千五百人，均先由小学考列一等，然后入院，年自十七岁至二十一岁。每生居院食用等费，年中约洋钱千元。各院每年经费约二百五十万元，出自昔年存款息项。其课程分别天文、地理、格致、文艺、算学、化学、医学、军政。生徒愿习何门，专习一门。逐日督课有"丢德"，译即院师。分期讲解有"扑非色"，译即官教习，若举人。
  生徒入院，定制大考三次。初入院考一次，察其深浅也。中间不限年月，以专习之门，再考一次，观其进境也。将出院考一次，定其优劣也。列等后，入为院师。而著名誉，可得"扑非色"，亦有甫出院即得"扑非色"者。或以著书立说而得名誉，可得"道德"。亦有"道德"而充"扑非色"者。三考不列等，出院听，留院俟下届再试亦听。惟生徒中名门巨室居多，贫素者少，以每年千元食用无出也。然亦有寒素欲奋志读书，亲友乐为资助者。观书院之制，善在分门专学，循序以进，而尤在考试不数也。缘院中学者，皆由小学以升，则此处必优游岁月，乃可大成，庶无躐等欲速之弊。惜乎岁需千元，寒素不免向隅，要当有以善筹之，斯举无遗材矣。
  院中师长，衣黑色长袍，若华人斗篷，上加黑色红里披肩。帽亦黑色，为平顶四方式，顶心有黑穗一绺。生徒之帽相同，衣亦如之，而长仅半截，若华人背褡。课余之暇，各穿号衣（如此院白衣蓝裤，彼院则蓝衣白裤，二十一院无一同），出而划船斗胜，以畅血脉。平时衣冠往来街衢，则彬彬然。若值斗船而回，则又稍涉赳赳矣。①

同样在异域游记中频繁出现的世界知名学府还有剑桥大学、哈佛大学、耶鲁大学、斯坦福大学、康奈尔大学、芝加哥大学、柏林大学等，不过后来的记录就变为纯粹的游览符号，不再对熟悉的信息进行反复书写了。

这些西方人引以为傲的高等学府，在中国人的视域中渐渐清晰，随着留学生的不断增多，海外的高等院校与国人的关系越来越紧密，留美幼童中的詹天佑、欧阳赓、谭耀勋、梁敦彦、黄开甲、蔡绍基在耶鲁大学完成学业，邓士聪在麻省理工学院就读，吴仰曾、唐绍仪、张康仁升入哥伦比亚大学②；施肇基毕业于康奈尔大学，顾维钧就读于哥伦比亚大学，蔡元培两度入德国莱比锡大学学习……留学生中杰出人物及他们的突出贡献成就了这些中国人心目中的世界名校。

（二）精英化的专业教育

在游记中大书特书西方大学是洋务运动这一时代背景下的有目的书写，京师同文馆经历了朝堂中的激烈争论方得以设立，将西学融入传统的中式教育并不是容易的事。旅西游记中，行游者除了介绍世界名校外，还从实用角度出发，对培养各种专门人才的专科学校更感兴趣。师夷长技以制夷的重点就在于紧急培养实学人才，留学于矿务学堂、海军学堂、制造学堂的中国学生被寄予厚望：严复、方伯谦、罗丰禄、罗臻禄、杨连臣、刘步蟾、萨镇冰等早期留学于欧洲的学生也时常出现于使员的异域游记中。对于清廷中的洋务派而言，精英人才的培养是富国强兵的捷径，因此使臣官员对早期官派留学生礼遇有加，行游者在游记中观察比较不同教育模式

---

① （清）李圭：《环游地球新录》，岳麓书社1985年版，第292页。
② 因清廷召回，留美幼童中只有詹天佑和欧阳赓完成学业，其余为肄业。

下，人才成长的不同路径与特点。留学于英国皇家海军学院的严复给郭嵩焘留下了深刻印象，几次招严复来使馆相谈，从学校课业设置到西洋学术知识，从机器制造到中西政治比较，二人相谈甚欢，认为严复可堪大用。不过，接受了西方教育的留学生或多或少都会逸出朝廷管控的束缚，郭嵩焘虽然爱才，但也认为"又陵气性太涉狂易"①。郭嵩焘还与罗丰禄等人就当时留学英法的24名留学生进行品评，分为办理交涉之才与绩学之才两类，这批留学生后成为北洋海军建设中的骨干力量。出现在异域游记中的除了中国留学生，还有来自日本的留学生。方是时，明治维新推行不久，日本全面向西方学习，派大量留学生在欧美各校学习，敏锐的郭嵩焘预言"日本之考求西法，志坚气锐，二三十年后，其制造之精必可以方驾欧洲诸国"②。20年后，日本日渐强盛的国力滋生出侵略的野心，甲午之战彻底摧毁了洋务运动的努力。

　　虽然早期官派留学生不缺才智，也在多领域有所建树，但中西观念激烈冲突的政治背景下，推进精英人才的培养工作实际上也困难重重。1874年在当时英国驻沪领事麦华佗的倡始下，由李鸿章全力促成建设的格致书院在上海公共租界设立。格致书院是新型教育机构，主要目的是培养通晓西学的实用人才。格致书院在李鸿章的支持下，由中西官商捐建，书院置"各器之图式、各事之书籍于其中，任华人之有志于西学者可以观效"③。旅西的官员在参观世界知名高校后也自然会联想到正在建设中的格致书院，郭嵩焘在英法各地参观各类学堂时广搜矿石、生物标本及小型机器和光学仪器，待归国后送入格致书院。"国之富强岂有常哉？惟人才胜而诸事具举，日新月盛，不自知耳。"④ 见识了西方的教育成果后，旅西官员对于国内的精英教育寄予了无限希望。"格致之学，在中国为治平之始

---

① （清）郭嵩焘：《伦敦与巴黎日记》，岳麓书社1984年版，第654页。
② （清）郭嵩焘：《伦敦与巴黎日记》，岳麓书社1984年版，第400页。
③ 《记格致书院将成事》，《申报》1874年10月7日第1页。
④ （清）郭嵩焘：《伦敦与巴黎日记》，岳麓书社1984年版，第392页。

基，在西国为富强之先导，此其根源非有殊也。古圣人兴物以全民用，智者创，巧者述，举凡作车行陆，作舟行水，作弧矢之利益威天下，所谓形上形下，一以贯之者也。后世岐而二之，而实事求是之学不明于天下，遂令前人创述之精意，潜流于异域。彼师其余绪，研究益精；竞智争能，日新月盛。虽气运所至，亦岂非用力独专欤？……吾华读书之士，明其道者忽其事；工师之流，习其业者昧其理……风气既开，有志之士锲而不舍，蕲使古今中西之学，会而为一，是则余之所默企也夫！"①

甲午战后，赴日留学掀起高潮，日本举办的针对中国留学生的各类速成教育广受欢迎。这一时期异域游记中书写的学校就变成日本的政法、师范、警察、陆军学校，早稻田大学、帝国大学、高等女子师范学校、东京府师范学校、高等工业学校、振武学校、农科大学、陆军士官学校等频频出现在旅日游记中，走马观花式的参观访问造就了相似的旅行记录，千篇一律，难有新意不是作者的自谦，而是观感确实如此。

（三）国民教育

异域游记中除了关注培养高级知识分子的大学外，还记述了幼儿园、小学与中学、女子学院等平民化教育的情况。在平权意识尚未确立的 19 世纪的中国，行游者虽也称赞西方的妇女儿童读书识礼，但在内忧外患的困扰下，国民教育暂时还没有被提上日程。进入 20 世纪后，列强瓜分之势愈演愈烈，寻求的改良变革的戊戌变法归于失败，流亡海外的康有为、梁启超等人认识到，"国也者，积民而成……未有其民愚陋怯弱涣散浑浊，而国犹能立者"②，"故言自强于今日，以开民智为第一义"③。梁启超的新民观念含义丰富，

---

① （清）薛福成：《出使英法义比四国日记》，岳麓书社 1985 年版，第 71—73 页。
② （清）梁启超：《新民说》，《饮冰室合集·专集之四》，中华书局 1989 年版，第 1 页。
③ （清）梁启超：《变法通议》，《饮冰室合集·文集之一》，中华书局 1989 年版，第 14 页。

贯穿于不同时期的各种论说中。在论及三十年洋务运动屡尝败绩的原因时，梁启超谈到同治初年，德相毕士麻克语人曰："三十年后，日本其兴，中国其弱乎。日人之游欧洲者，讨论学业，讲求官制，归而行之。中人之游欧洲者，询某厂船炮之利，某厂价值之廉"①，直指练兵、开矿、通商固然必要，但不经普遍的学校系统教育，则终难成功，因此，"变法之本，在育人才，人才之兴，在开学校"②。

梁启超在美洲大陆旅行时，参观了美国几大著名高校，唯有耶鲁大学因行程原因未能亲至，但闻"耶路大学拟开一分校于上海，已有成议，或以明年秋冬间可开校"，梁启超由此引发感慨，如果真建成，则有利于中国学子，但是"我辈当思彼美人者果何爱于我，而汲汲焉乃不远千里而来教我子弟耶？人才未始不可以养成，特不知能为祖国用否耳？教育者何？国民教育之谓也，天下固未有甲国民而能教育乙国民者。不然，香港之皇仁书院，上海之圣约翰书院，其学科程度，虽不及耶路之高，然在中国固罕见矣，问其于我祖国前途作何影响耶"③。梁启超认为之前洋务运动时期留学生并未很好地为国家所用，而国力的提升也不可能仅靠少量留学精英完成。

1901年，清政府决定重开京师大学堂，吴汝纶接任大学堂总教习后赴日本进行考察。吴汝纶考察了日本的小学、中学、大学及职业学校、师范学校、士官学校、聋哑盲人学校40余所。《东游丛录》是吴汝纶在日本考察期间的忠实记录，以其翔实丰富成为诸多旅日日记之首。1904年，张之洞、张百熙、荣庆拟定的《奏定学堂章程》对各级各类学校的组织架构、课程设置、学校管理做了具体的规定，开启了中国近代化教育的开端。癸卯学制中明确规定，各

---

① （清）梁启超：《变法通议》，《饮冰室合集·文集之一》，中华书局1989年版，第8页。
② （清）梁启超：《变法通议》，《饮冰室合集·文集之一》，中华书局1989年版，第10页。
③ （清）梁启超：《新大陆游记及其他》，岳麓书社1985年版，第472页。

省办理学堂员绅，宜先派出洋考察，也正由此催生了一批与教育相关、走马灯式参观学校的东游日记。

晚清时期，行游者远渡重洋异常艰难，为了能够达到"壮游"的标准，游记中记录下来的必然是脱离原有生活的新鲜事物，又要具有"引领性"。"学校"这一符号在异域游记中反复出现，反映了这一时期中国教育观念在中西汇通的背景下的迭变过程。"学校"历来被认为在古之"三代"既已完备，是儒学引以为傲之处。要接受中学不敌西学，要依照西方教育模式进行改革，这是知识分子最难相信与接受的一点。当异域行游者参观西方大学时，耳闻目见其宏大华美的建筑，浏览其海量藏书，了解其严格的学制不免心生钦羡。不过除了自小就接触西方教育的容闳、伍廷芳等少数人外，士人何种程度的羡慕都是不能在观念中接受以西学代替中学的。接受西学是在万般不得已的大环境下的被动选择，但是若"阁束六经，吐弃群籍，于中国旧学既一切不问，而叩以西人富强之本，制作之精，亦罕有能言之而能效之者"[1]。梁启超的教育观念在当时很有代表性，中学与西学并不是有你无我的关系，"故欲兴学校、养人才以强中国，惟变科举为第一义"[2]。创设新式学堂、废除科举制度、建设新式教育体系是中国社会现代转型的重要环节，而异域游记中关于东西方"学校"的叙事真实反映了知识分子对比、学习、批判、变革、反思的复杂思想历程，而现代教育观念正是在这种历史环境下生成并逐渐走向成熟。

异域游记作者在凝视西方时，选择记录的都是逸出固有认知范围的"新"事物。晚清异域游记中呈现的关于"器"的符号，是当时国人最感兴趣，也是最不同于国内日常生活的片段。器物层面的"新"，最易被接触、被感知，与中国传统文化观念的冲突性尚小，

---

[1] （清）梁启超：《变法通议》，《饮冰室合集·文集之一》，中华书局1989年版，第19页。

[2] （清）梁启超：《变法通议》，《饮冰室合集·文集之一》，中华书局1989年版，第28页。

而其所提供的功能性也可最大程度发挥优势，抵消反对声音。早期出游者在异域感受到的便利与舒适的设施很快就在上海等口岸城市复制，饮食习惯、城市设施、交通工具、戏剧表演等也很容易被都市居民尝试接受，至于枪炮战船、机械制造、开矿浚河本就是清政府学习的目标，而文化思想观念方面的情况则比较复杂。

绝大多数的异域行游者受传统儒家思想熏陶，"圣人之道"已根深蒂固，认为所有的西方文明都应是源自东方，异域游记中也经常性地为西方世界的新事新知在中国传统文化中寻找比附。在写作中，准确凝练符号表意也反映着作者们的真实心态。诸如藏书、学堂、博物院等文化事业，符合文人的理想追求，就比较容易达成一致。异域行游中虽然打着"政治考察"旗号的游历居多，但真正涉及政治体制革新的内容则仅停留在"议院"的符号化表述上，显示出谨慎的态度。

行游者虽然没有在异域游记中就西方的物质与精神文明展开全面系统的论述，但正是这些符号化的表述迅速将新事物与新观念简单化，使之更容易被传播；从另一个侧面而言，符号化的传播方式也容易造成读者对西方世界的理解进入简单的模式化，所生成的刻板印象长久留存，凝结成几代中国人心目中的关于世界的记忆。

第四章

异域游记的读者

异域游记写作完成后，束之高阁便会泯没于历史的尘埃中，只有进入传播领域，才能探讨其在历史社会发展中的作用。近年来，从阅读史角度研究晚清书报成为新趋向，试图以讨论读者的阅读动机、阅读行为和阅后心态变迁来反观图书的出版、发行及社会意义，尤其是作为"西学"载体的新式书报对社会思潮的影响。这种研究思路新颖独到但仍然难以摆脱文本研究的倾向[1]，究其原因主要在于缺乏读者阅读的系统资料，只能从读者的笔记、日记中寻找零星记述。这种情况在晚清时期尤为突出，当时并没有现代图书馆借阅图书的登记系统，出版商的出版目录与销售数据也缺损严重。在史料不足的情况下，对异域游记读者的整体描述难以全面翔实，本文选择具有典型性的读者个体，研究他们获取游记的途径、阅读体验，以及他们背后的人际网络与社会关系，分析不同读者阅读相同文本时的心态反映，以折射晚清读者群体心理与观念变迁。

考察晚清异域游记的读者，首先要解决的问题是"谁"在读。在没有系统、完整史料的情况下，游记的出版信息、序、跋、题记等都是了解读者阅读动机，管窥读者阅读心态的入口。晚清异域行

---

[1] 参见郭恩强《从文本想象到社会网络：传播研究视域下中国阅读史研究的路径反思》，《现代传播》2019 年第 12 期。

游渐次发生，由少至多，因此游记的出版传播在时间上也呈现阶段性，而对于读者来说，游记出版完成后即可进入传播领域，不同时代的读者完全有可能阅读同一文本，或者是同一文本的不同版本。然而，读者受自身知识结构、社会关系及时代风潮影响，阅后心态各异，对异域游记也有不同评价。

晚清异域游记的主要传播路径有二：一是通过人际传播渠道赠送、传阅；另一个则是通过商业出版的发行渠道扩散到更广泛的读者群中。晚清士人具有较为固定的人际交往模式，血缘、学缘与地缘构成基本人际网络，凭借科举、捐纳、军功等方式进入官场后，又有同僚与上下级关系；未能入仕者，还可通过入幕、讲学、印书、办报等方式建立新的人际关系。早期的异域游记正是通过人际关系网络传播，勾连出一个读者世界。

第一节　读者阅读异域游记的动机

游人海外归来，乡人亲友会纷纷索看游记，对异域的好奇是阅读的初始动力，如果游记作者文名远播，或在社会中有较高地位，求索者就更多，这种需求也促动行游者撰写游记。不过，晚清异域游记并非如今日单纯的行旅记录，写作动机的复杂性决定了阅读动机的多样性。

（一）政治决策参考

早期的异域行游多为官方派出的出使游历人员，而游记写作也是应命而为，行游者返归国内后立即将所录游记校对誊抄，呈交朝廷。出使游历官员的纪程通常由总理衙门代奏皇帝，因此推知，同治帝、光绪帝以及实际掌握皇权的慈禧太后都有机会在第一时间看到这些游记。斌椿归国抵达广州后，停驻七日，便开始绘图并誊写《乘槎笔记》，在此期间他还与广东官场诸员互相拜访，其中包括瑞麟、蒋益澧、方濬颐等人，方濬颐还赠送给斌椿《二知轩诗抄》和《重修郑仙祠》等诗册。① 斌椿同治五年（1866）九月十八日回到北京，总理衙门十一月二十一日上奏，内称"该员到京时，臣（奕䜣）等面加询问，虽不能毕悉底蕴，其于所历之国山川形胜，风土人情，尚能笔诸日记，略举端倪。今将该员斌椿所撰日记一本，抄录恭呈御览"②。这份奏折获得的御批为"知道了"，太后、皇帝有没有细读游记则不得而知。志刚、孙家毂归来后的奏折中则未提及日记等项。③

　　光绪帝是比较乐于了解西方世界的皇帝，在他亲政后的1889年，调阅了总理衙门中所存的出使日记；甲午战后，光绪帝阅读了黄遵宪的《日本国志》和《日本杂事诗》④，而有出使经历的张德彝在1891年担任了光绪帝的英文教师；戊戌变法前，张荫桓多次蒙光绪帝单独召见，也向皇帝讲述过欧美之强。除了皇帝外，总理事务衙门负责收集使臣日记，因此在总理衙门供职的各员也有机会阅读到这部分游记。总理衙门大臣奕䜣、董恂、徐继畬、夏家镐、周家楣等都有机会成为上交游记的读者，此外由驻外公使卸任后，直接被任命为总理衙门大臣的陈兰彬、曾纪泽、张荫桓、洪钧、许景澄、裕庚等人，也有机会互相交流出使经验。

　　除总署官员外，担任北洋大臣、直隶总督的李鸿章因长期处理对外事务，总署也会在第一时间将日记钞件递送至李鸿章处，李鸿章及其幕府中的主要僚属也可以阅读到这些游记。高级官员阅读异域游记，试图从中获得某种支持自身政见的理据。19世纪60年代，经历了内忧外患的清政府不得不正视现实，寻找解决危机的方法。长久搁置的遣使议题被提到日程上来。1866年至1868年，关于遣使问题，朝廷在各省督抚及南北洋通商大臣、船政大

---

① 参见（清）斌椿《乘槎笔记》，岳麓书社1985年版，第141页。
② 李书源整理：《筹办夷务始末》，中华书局2008年版，第1959页。
③ 参见李书源整理《筹办夷务始末》，中华书局2008年版，第3177页。
④ 杨家骆编：《戊戌变法文献汇编》（一），台北：鼎文书局1973年版，第521页。

臣中开展了普遍的意见征询。在参与讨论的二十余位重臣中，多数人对遣使问题不置可否，反对者则忧心所派使臣在礼仪方面会有损国威，又或担心使臣被扣为人质。总理衙门章京周家楣旗帜鲜明地要求对外派遣使臣，在他的《拟请派员出使外国疏》[①] 中，以斌椿的游记作为论证依据，首先承认西方世界的强盛，"各国宫室园囿之穷侈，奇巧淫巧之相尚，政柄下移于商贾，礼制无别于冠裳，屠市楼台殆不可久，而民无乞丐，境有严防。工作巧则获利必倍，枪炮精则取胜有凭，其目前富强之势诚为可虑"。在互不了解的情况下，难以解决所面对的外交困境，唯有奉使之员既履彼土，相处切近，闻见必真，其可以得彼国之动静。针对使臣的境遇问题，周家楣发现"斌椿之行，各国君民有啧啧称慕中国礼仪者，虽在异族，岂独无情感化所，至于和好大局甚有关系"。除此之外，"洋人所恃轮船之迅速，枪炮之精利"之术，久居其土，随带知巧之士，留心学习，终必和盘托出，夺其所恃而为我所长。周家楣还通过斌椿游记了解了自中国香港至新加坡等处贾于其地的华人盼望华官的殷殷之情，认为也可通过派驻使臣笼络民心，延揽人才。

1871年，曾国藩、李鸿章在派遣幼童赴海外学习的问题上联合上折，其中提到，"自斌椿及志刚、孙家谷，两次奉命游历各国，于海外情形，亦已窥其要领。如舆图、算法、步天、测海、造船、制器等事，无一不与用兵相表里。凡游学他邦，得有长技者，归即延入书院，分科传授，精益求精，其于军政、船政，直视为身心性命之学"[②]，中国欲想自强，应行仿效。异域游记中，是否能够刺探西方世界的情报，是否能揭示列国的富强奥秘成为判断其优劣的标准。

[①] （清）周家楣：《期不负斋政书》，沈云龙主编：《近代中国史料丛刊》初编第92辑，台北：文海出版社1973年版，第66页。
[②] 李书源整理：《筹办夷务始末》，中华书局2008年版，第3323页。

表4-1　　　　　官员阅读斌椿《乘槎笔记》
《海国胜游草》《天外归帆草》情况表

读者类型	姓名	二次传播情况
总理衙门官员	宝鋆	筹办夷务始末·同治朝
	徐继畲	作序
	董恂	作序
	周家楣	《拟请派员出使外国疏》
	夏家镐	题诗
	方浚师	校订《乘槎笔记》
各省督抚及在京高级官员	曾国藩	挑选幼童赴外国肄业章程的奏折
	李鸿章	挑选幼童赴外国肄业章程的奏折
	李宗羲	《两江总督李宗羲奏议覆总理各国事务衙门详议海防折》
	彭祖贤	题诗
	方浚颐	题诗
	蒋彬蔚	题诗
	潘曾绶	题诗
	龚自闳	题诗
	杨能格	作序
	翁同龢	《翁同龢日记》
出使官员	曾纪泽	《曾纪泽日记》
	邵友濂	《邵友濂日记》
	王仁俊	《格致古征》卷一，光绪二十二年刻本，第4页引用斌椿日记

甲午战后，地方督抚派遣士绅赴日留学风潮渐起，张之洞、袁世凯、周馥、端方、恩寿、丁振铎、陈夔龙、赵尔巽等人也会收到来自留学生返国后提交的各类考察游记和报告。朝廷要员们获取出使游记较为便利，但从阅读意愿角度来说，洋务派官员更加主动地进行阅读，他们对异域游记的评判也主要从是否有益于国事角度出发。袁世凯驻朝鲜期间，为延缓日本觊觎朝鲜之心，他刊印了《随

节幕府记》,"并另译洋文一种,分送各国,冀可一体通知,隐破东人妄昧成见";同时将自己所作的《使韩纪略》一册送与自己的老师吴重熹①,显然这里的游记分送阅读已经涉及国际关系问题的处理上。

  游记中作者对事件的处理虽是关于异域的二手经验,但在信息极度匮乏的情况下,将之作为政治决策参考也算聊胜于无。如此,异域游记写作的真实性就变得至关重要,写作者往往被要求事无巨细、如实记录,以备当政者采择。

(二) 实用旅行手册

  异域游记有用性的另一方面体现在可以作为后续出游人员的参考书。面对完全陌生的海外世界,寻找前人的游踪路线及行游攻略是每个出行者必做的功课。承担使臣任务的官员们在出使前都会认真搜集前人的游记研读,他们阅读时比一般读者的目的性更强,详细核对旅途中的实用性信息。斌椿出发前,携带了《瀛寰志略》《随轺载笔》和《海国番夷录》,在行程中对照前人的间接经验逐一印证,并对误差之处给予校正。这种传统被延续保留下来,薛福成在旅途中感慨"昔郭筠仙侍郎每叹羡西洋国政民风之美,至为清议之士所抵排。余亦稍讶其言之过当,以询之陈荔秋中丞、黎莼斋观察,皆谓其说不诬。此次来游欧洲,由巴黎至伦敦,始信侍郎之说"②。曾纪泽出发前就开始阅看刘云生(刘锡鸿)的《使西日记》③、郭嵩焘的《使西纪程》、李圭的《东行日记》④,评价刘锡鸿日记有意钓誉,立言皆无实际,不足取也。⑤旅途中曾纪泽发现"郭筠仙丈所记,无一字不符者"⑥,抵达欧洲后立即索要李凤苞日

---

① 骆宝善、刘路生主编,《袁世凯全集》,河南大学出版社2012年版,第64页。
② (清)薛福成:《出使英法义比四国日记》,岳麓书社1985年版,第124页。
③ (清)曾纪泽:《出使英法俄国日记》,岳麓书社1985年版,第70页。
④ (清)曾纪泽:《出使英法俄国日记》,岳麓书社1985年版,第103页。
⑤ (清)曾纪泽:《出使英法俄国日记》,岳麓书社1985年版,第106页。
⑥ (清)曾纪泽:《出使英法俄国日记》,岳麓书社1985年版,第136页。

记阅看①，驻使期间他还阅读了李圭的《环游地球新录》、张德彝的《四述奇》。②傅云龙读过《环游地球录》《使美纪略》③；邹代钧提到过谢清高的《海录》④；王之春阅读了《使西纪程》⑤；严修在旅途中购买了单士厘撰写的《癸卯旅行记》⑥。薛福成在出使前就特别留心洋务，尽可能搜集使臣游记，除郭嵩焘的《使西纪程》外，还阅读了《英轺日记》、何如璋的《使东述略》、陈兰彬的《使美纪略》和曾纪泽的日记，并做了摘抄。⑦吴宗濂则阅读了郭嵩焘、曾纪泽、薛福成和邹代钧的出使日记。⑧张荫桓的《三洲日记》中提到了陈兰彬、志刚、谭乾初、黎庶昌、顾厚焜、郭嵩焘的游记，⑨并且在为谭乾初的《古巴杂记》撰写序言时写道，"他日四库重开，博搜海外记载，则是编仍不失为蠡勺豹斑。更愿同役诸君随事为记，毋骋空谈，即以是编为嚆引可乎？考殊域之土风，写征人之雨雪，安石碎金，景纯剩锦，固非文采自矜夫？岂心思误用也哉"⑩，对自己与同僚们撰写使臣日记提出更高要求。

进入 20 世纪后，出洋留学考察风潮兴起，行游者在出发前也需要做一番案头准备。徐兆纬（1867—1940），江苏常熟人，1889 年中进士，1890 年授翰林院编修，1907 年赴日本游学。为了解海外情况，准备游学，徐兆纬利用北京、上海购阅新书的便利条件，从 1905 年开始阅读了王之春的《使俄草》、潘飞声《天外归槎录》、宋育仁《泰西各国采风记》、崔国因《出使美日秘国日记》、徐建寅

---

① 参见（清）曾纪泽《出使英法俄国日记》，岳麓书社 1985 年版，第 189 页。
② （清）曾纪泽：《出使英法俄国日记》，岳麓书社 1985 年版，第 427、911 页。
③ （清）傅云龙：《游历美加等国图经馀纪》，岳麓书社 2016 年版，第 13、44、157 页。
④ （清）邹代钧：《西征纪程》，岳麓书社 2016 年版，第 60 页。
⑤ （清）王之春：《谈瀛录》，岳麓书社 2016 年版，第 46 页。
⑥ （清）严修：《东游日记》，岳麓书社 2016 年版，第 121 页。
⑦ 参见（清）薛福成《薛福成日记》，吉林文史出版社 2004 年版，第 186、202、262、297 页。
⑧ 参见（清）吴宗濂《随轺笔记》，岳麓书社 2016 年版，第 37 页。
⑨ 参见（清）张荫桓《三洲日记》，岳麓书社 2016 年版，第 75、187、243、418、435、506 页。
⑩ （清）张荫桓：《三洲日记》，岳麓书社 2016 年版，第 250 页。

《欧游杂录》、邹代钧《西征纪程》、黎庶昌《奉使伦敦记》《卜来敦记》《巴黎赛会纪略》《游日光山记》、薛福成《白雷登避暑记》、洪勋《游历意大利闻见录》《游历瑞典、那威闻见录》《游历西班牙闻见录》、谭乾初《古巴杂记》、陈兰彬《使美纪略》、李圭《美会纪略》、傅云龙《游历古巴图经》、黄遵宪《日本国志》、顾厚焜《巴西国地理兵要》《巴西政治考》、斌椿《乘槎笔记》、张德彝《航海述奇》《使英杂记》、王之春《东游日记》《东洋琐记》、姚文栋《东槎杂录》、陈家麟《东槎闻见录》、康有为《欧洲十一国游记》等以及小说《孽海花》，① 直至上船出发。徐兆纬阅读异域游记的经历表明此时文本数量与流通渠道更为丰富，相应地读者人数也有大幅提升。

（三）西学必读书目

西学作为西方学术的简称，在明代就开始应用，晚清时期，"西学"一词的使用愈发频繁，包括范围也相当广泛。晚清时期，与"中学"相对应的"西学"渐起，相关书籍逐渐增多，早期传教士与口岸文人翻译出版的书报中涉及西方学术近三十个学科门类，自然科学、工程技术、医学化工与人文科学均有涉及却又程度不一，缺乏系统性。晚清异域游记在中国古代图书分类中被归于史部地理类和集部，因为涉及域外内容也被认为是西学的组成部分。对于西学的阅读与接纳问题，熊月之的《西学东渐与晚清社会》、潘光哲的《晚清士人的西学阅读史》、张仲民的《种瓜得豆：清末民初的阅读文化与接受政治》都展开了系统性论述。②

早期异域游记作品出现后，即被传抄收录在不同的与西学相关

---

① 参见《徐兆纬日记》黄山书社 2013 年版，第 509、510、513、514、520、549、556 页。

② 参见熊月之《西学东渐与晚清社会》，上海人民出版社 1994 年版；潘光哲《晚清士人的西学阅读史》，台北："中央"研究院近代史研究所 2014 年版；张仲民《种瓜得豆：清末民初的阅读文化与接受政治》，社会科学文献出版社 2016 年版。

的文集中，随着晚清士人对西学的逐渐关注，越来越多的异域游记与译著被共同收入各类冠以"西学"名头的丛书中。

同治十三年（1874），十七岁的康有为"始见《瀛寰志略》、地球图，知万国之故、地球之理"[①]。光绪五年（1879），康有为得到《西国近事汇编》、李圭的《环游地球新录》及西书数种览之，又游历了香港，"见西人宫室之瑰丽、道路之整洁、巡捕之严密，乃始知西人治国有法度，不得以古旧之夷狄视之"[②]。自此之后，奠定了他讲求西学的基础，光绪九年（1883），康有为购阅《万国公报》，大攻西学书，"声、光、化、电、重学及各国史志，诸人游记，皆涉焉"[③]。

甲午战后，维新思潮渐起，时务报刊图书在上海大量涌现，南来北往的文人学子在上海中转时都顺便采购此类书报。康有为、梁启超等人适时推出西学书目单，方便世人按图索骥购阅西书。康有为1894年在《桂学答问》中提到了解"外学"中的"政俗"，可看各使游记，如"《使西记程》《曾侯日记》《环游地球日记》《四述奇书》《出使英法义比四国日记》《使东述略》，皆可观"[④]。梁启超在1896年编成《西学书目表》，他在序例中明确提到，"中国人言西学之书以游记为最多"[⑤]，将异域游记单独列为一类。随着维新变法的推进，康梁影响力日盛，所荐图书成为市场追捧的热销书。

孙宝瑄在1898年频繁前往《时务报》《知新报》《昌言报》《东亚时报》馆，购《西学述略》《国闻汇编》，种类繁多的书报令他发出"自东国游学途辟，东学之输入我国者不少，新书新报年出

[①] （清）康有为：《我史》，姜义华、张荣华编校，中国人民大学出版社2010年版，第9页。

[②] （清）康有为：《我史》，姜义华、张荣华编校，中国人民大学出版社2010年版，第13页。

[③] （清）康有为：《我史》，姜义华、张荣华编校，中国人民大学出版社2010年版，第14页。

[④] 姜义华、张荣华编校：《康有为全集》，第2册，中国人民大学出版社2007年版，第23页。

[⑤] （清）梁启超：《饮冰室合集》，第一册，中华书局1989年版，第125页。

无穷，几于目不暇接，支那人脑界于是不能复闭矣"①的感慨。光绪二十八年（1902），何荫枏奉差往沪，为选购新刊时务政治各种书籍，以备秋闱，供主试分校之翻览。主要原因是"本科改章，废时文而尚策论经义，姑无论多士之泛而无归，即主司之看朱成碧，五色俱迷，亦在所不免焉"②。现实需求激发了西学传播的加速，阅读西学书籍从少数知识分子扩散到更为广大的读书人群体。

"庚子重创而后，上下震动，于是朝廷下维新之诏，以图自强，士大夫惶恐奔走，欲副朝廷需才孔亟之意，莫不曰新学、新学。虽然，甲以问诸乙，乙以问诸丙，丙还问诸甲，相顾错愕，皆不知新学之实，于意云何。于是联袂城市，徜徉以求其苟合，见夫大书特书曰'时务新书'者，即密集蚁聚，争购如恐不及，而多财善贾之流，翻刻旧籍以立新名，编纂陈简以树诡号，学人昧然，得鱼目以为骊珠也，朝披夕哦，手指口述，喜相告语：'新学在是矣，新学在是矣！'"③冯自由这段描述虽然充满着讽刺意味，但也确实反映了当时士人求购西学书籍的迫切心态。

19世纪后，面向读书人的东西学书单频繁出现在士人、学子的眼前，徐维则的《增版东西学书录》中收录了当时市面所见的六十余部中国人撰写的游记；顾燮光的《译书经眼录》中收录十部异域游记；沈兆祎的《新学书目提要》中列入七种；赵惟熙的《西学书目答问》中列出了三十五种异域游记，由此可以推知当时异域游记的普及程度。④

第二节　阅读行为

晚清士人阅读游记有主动阅读和被动阅读之分，部分读者是收

---

① （清）孙宝瑄：《忘山庐日记》，《清代日记汇抄》，上海人民出版社1982年版，第391页。
② （清）何荫枏：《鉏月馆日记》，《清代日记汇抄》，上海人民出版社1982年版，第358页。
③ 冯自由：《政治学》前附，广智书局1902版。
④ 相关数据根据熊月之《晚清新学书目提要》（上海书店出版社2007年版）整理。

到异域游记后随意翻览，而更多的读者因迫切想要了解西方而主动购买、传阅，除了有限范围内的人际传播外，书院、学校、报馆以及新型图书馆等也是可获取异域游记的地方。

（一）来自人际圈层的赠阅与传阅

早期使臣游记虽由总理衙门刻印出版，但是并没有广泛传播的意思，只在官僚阶层中传阅。郭嵩焘《使西纪程》遭遇毁谤后，总理衙门也更加审慎，刘锡鸿也曾刻有一本日记，但是"专送朝廷大官"[①]。郭嵩焘自己也收到了赫德所赠李圭所著的《环游地球新录》。相较于低级官员，高级官员获取异域游记的机会更大、时间更早。1878年，冯焌光交卸苏松太道后，在谒见沈桂芬时，方获赠郭嵩焘的《使西纪程》。[②]早期异域游记传播非常依赖作者的人际关系网络，出游者归来后，亲朋好友都会索要游记一睹为快，不少游记作者也是为应对这种阅读需求而整理传抄，刻印出版的。成书之后，作者会分赠亲友，也会作为礼物赠予初次见面的文友，异域游记还会在人际交往圈层中传阅，因此阅读数量远高于实际出版数量。

王闿运先后有友人送来《使西纪程》《泰西各国采风记》[③]，李慈铭借阅了刘锡鸿的《英轺私记》[④]，王文韶收到姚文栋所赠的《日本地理兵要》八册[⑤]。光绪十一年（1885）十一月，江标从友人处获赠庄介祎撰写的《日本游记诗》《和日本杂事诗》;[⑥] 光绪十七年，他又收到缪佑孙赠送自撰的《俄游汇编》十二卷;[⑦] 孙宝瑄从

[①]（清）郭嵩焘：《伦敦与巴黎日记》，岳麓书社1984年版，第737页。
[②]参见本社编《清代日记汇抄》，上海人民出版社1982年版，第322页。
[③]（清）王闿运：《湘绮楼日记》，岳麓书社1997年版，第569，2359页。
[④]（清）李慈铭：《越缦堂读书记》，上海书店出版社2000年版，第522页。
[⑤]参见袁英光、胡逢祥整理《王文韶日记》，中华书局1989年版，第672页。
[⑥]参见江标《江标日记》，凤凰出版社2019年版，第141页。
[⑦]《江标日记》，凤凰出版社2019年版，第433页。

戴鸿慈处获得其撰写的《出使九国日记》①。蔡元培从友人处借得吴稚晖《东游日记》，誊抄以备刻印，感叹"此君心思甚周密"②。1906年，陈琪将其《新大陆圣路易博览会游记》一书送与孙怡让，请其作序，张棡也因此机会看到这本游记，认为其非寻常游览之作。③刘绍宽从黄庆澄处获赠《东游日记》十册，并接受其嘱托分赠诸好，④而当刘绍宽日本考察归来后撰写了《东瀛观学记》，出版后也分赠尊长亲友，还作为奖品颁赠予学生。

　　通常，高官及名士更容易获得赠书，作为意见领袖，他们对待异域游记的态度至关重要，能够在人际圈层中决定图书的口碑。而那些以藏书、读书而著称的知名学者则在图书流通环节中充当着枢纽作用。藏书大家缪荃孙在日常交往中获赠《俄游汇编》十部、《日本图经》一部，送给友人《日本杂事诗》二册，至于自己所撰写的《日游汇编》，他更是广赠亲朋，日记中记载的赠书名单包括张之洞、盛宣怀等十余人。⑤

　　晚清时期，文人圈的日常交际活动极其活跃，图书的相互借阅是士人日常生活常态。尤其是那些远离京城和上海的读书人，相互借阅新书极其普遍。在文人日记中，我们可以频繁发现"借、送"异域游记的描述，侧面说明异域游记的早期传播较多依赖于熟人圈的书籍流转。

（二）公共阅读

　　晚清时期，公共阅读场所的设立被看作是新政推行的指标之一。在现代公共图书馆建立之前，私人及书院的藏书楼逐步对外开放，形成早期图书馆的雏形。书院是古代社会中的一种教育组织形式，

---

① 中华书局编辑部编，童杨校订：《孙宝瑄日记》，中华书局2015年版，第1064页。
② 中国蔡元培研究会编：《蔡元培全集　第十五卷》，浙江教育出版社1998年版，第350页。
③ 参见（清）张棡《张棡日记》，上海社会科学院出版社2003年版，第104页。
④ 参见温州市图书馆编《刘绍宽日记》，中华书局2018年版，第86页。
⑤ 参见缪荃孙《缪荃孙全集·日记2》，凤凰出版社2014版，第261、275、310页。

与科举考试关系密切，以培养科举人才为目的，晚清时期，出现了与传统书院并行的新式书院。① 晚清书院可大致分为三类，即：传教士开办的新型书院、各省督抚督办的改良书院以及传统书院。山长是书院的主要管理者，是书院核心教育理念的贯彻者。受聘山长者多数曾官居高位或文名远播，与朝廷要员、地方官绅往来密切，具有较高的社会地位。"山长之名始于宋，及元时与学正、教谕并列为官，选于礼部及行省宣慰司。近世则不然。省会书院，大府主之；散府书院，太守主之。以科第相高，以声气相结。"② 书院除讲学外，亦是图书出版、交流、阅读的重要场所，山长的阅读书目、读后体验直接影响受教的众多学子。

同光年间，前代书院大量毁于战火，以曾国藩、李鸿章为代表的地方实力派督抚谋求迅速恢复"道统"，大力兴建书院、书局。曾国藩作为湘乡学派的代表，他的学术影响力通过密友、弟子向全国渗透。王闿运、吴汝纶、张裕钊等全力投入教育；郭嵩焘、李鸿章、曾国荃等人则积极办学，通过书院构建起庞大的学术关系网络。据统计，同治朝全国新建书院366所，修复和重建前代书院14所；光绪朝新建书院671所，修复重建11所，至光绪二十七年（1901）书院废止前，两朝新建和修复前代书院共计1062所。1874年，李鸿章担任直隶总督后，聘请黄彭年、张裕钊、吴汝纶到莲池书院讲学，在京畿形成推崇桐城义法的"莲池学派"。通过书院这种组织形式形成的学缘关系网也是图书出版流通与阅读的重要网络。王闿运受四川总督丁宝桢之邀到成都担任尊经书院山长，回到湖南后主持长沙思贤讲舍、衡州船山书院；缪荃孙受聘于钟山书院；俞樾受聘于求至书院、诂经学院；邹代钧、梁鼎芬受聘于两湖书院；黄以周、王先谦受聘于南菁书院；陈荣昌受聘于经正书院；皮锡瑞先后主讲于湖南桂阳州龙潭书院、江西南昌经训书院、湖南

---

① 参见白新良《中国古代书院发展史》，天津大学出版社1995年版，第236页。
② 陈元晖编：《中国近代教育史资料汇编》，上海教育出版社2007年版，第312页。

高等师范馆、中路师范、长沙府中学堂。

晚期洋务运动的代表人张之洞热心于教育事业，在他曾任职的浙江、湖北、四川、山西、两广、湖广等地重建新办多所书院学堂。张之洞网罗缪荃孙、许景澄、袁昶、孙怡让、沈稼村等人掌教书院、开办书局、校勘经籍。梁鼎芬（1859—1919）因弹劾李鸿章被交部议处后，辞官回到广东，在张之洞力邀之下主持丰湖书院。梁鼎芬在各方人士捐资捐书的帮助下，建立起丰湖书院藏书楼。除了丰湖书院外，他掌教端溪时，创设书库；掌教广雅时，扩充冠冕楼，所到之处均大力提倡藏书与阅读。梁鼎芬获得张之洞的信任后，又推荐了刘岳云、沈曾桐、缪佑孙、陈三立等人参与书院教学。

张之洞推崇维护"圣道"的经世之学，又有学习西方先进科技的愿望，因此在他的办学思路中，除了通经学古也非常重视留学教育。1898年，张之洞派遣姚锡光赴日考察，归来后提交的《东瀛学校举概》为他制定中国学生留学计划提供了依据。此后，担任湖广总督的张之洞先后选派大量湖北籍学生留学日本，而两湖书院拥有直接选派留学生的资格，唐才常、黄兴、廖仲恺等人都因此获得留学日本的机会。

光绪十七年（1891），康有为在广州长兴里建立"万木草堂"，集天下英才而教之，在课程上虽然仍有义理、考据、经世、文字之学，但在儒家经典外，遍及百家，兼讲各国史地和自然科学。《万木草堂丛书目录》记录了学生所阅书目，包含中学与西学。康氏后来在《桂学答问》中为年轻学子提供的西学书目中包含："《列国岁计政要》《西国近事汇编》《西国学校论略》《德国议院章程》《西事类编》《西俗杂志》《普法战纪》《铁轨道里表》。此外，各使游记，如《使西纪程》《曾侯日记》《环游地球日记》《四述奇书》《出使英法义比四国日记》《使东述略》，皆可观。张记最详，薛记有考据，余皆鄙琐，然皆可类观也。"[①]

[①] 姜义华、张荣华编校：《康有为全集》，第2册，中国人民大学出版社2007年版，第23页。

缪荃孙（1844—1915），江苏江阴人，字炎之，晚号艺风老人，曾担任南菁书院、钟山书院讲席，创办了江南图书馆和京师图书馆。缪荃孙曾于1903年赴日考察教育，归来后由钟山书院刊刻了《日游汇编》。缪荃孙一生著述繁多，勤于刻书，交友广泛，从他的日记中，可以发现他阅读的巨量书籍中包含若干异域游记。《艺风堂友朋书札》中整理保留了他与157位同时代知名学者的书信，其中洪钧、许景澄、戴鸿慈、宋育仁、缪佑孙、江标、文廷式、张元济、张謇、郑孝胥、盛宣怀、钱恂、罗振玉等人都有海外行游经历，而缪荃孙在图书目录学中的成就与声望又使得他的藏书阅书目录备受关注。

由政府财政支持的著名书院资金充裕，有能力大量添置图书，光绪四年，"合肥相国置书二万余卷，使诸生得纵观，增课经古，以时奖劝，于是远近来学者日众"①。时值晚清，不论何种类型的书院，都不再泥古不化，西学书籍逐渐进入书院的阅读书目。根据《中国藏书楼》一书对广雅书院的记载，书院藏书2664部，43555册，书院后期还购置了一批外文书籍。上海格致书院藏书除经、史、子、集、丛外，增设东西学书目类，且该类书藏数量多于其他五类。味经书院开设外洋各国历史、要求学生阅读外洋政治、万国公法等书，涉猎火轮舟车、兵事、电气、光学、化学、医学、算学、重学等科目。此外，还要求学生勤阅报章，《京报》《申报》《万国公报》以及新出各报，时务斋均拟购一分，俾诸生分阅。而时务斋购活字铅版及印书器具一架，译各报纸有用者，每月排印一册，散给时务斋诸生及会讲友人各一册，余存刊书处货卖。② 杂志、报纸成为书院收藏的必备品，福建厦门博闻书院购备《万国公报》、《京报》《中西闻见录》、《申报》、香港的日报及各处新报供人观览。③ 改良后的

---

① 黄彭年：《陶楼文钞》卷3《莲池书院记》，沈云龙主编：《近代中国史料丛刊》初编第36辑，台北：文海出版社1978年版，第233页。
② 参见邓洪波《中国书院章程》，湖南大学出版社2000年版，第267页。
③ 参见任继愈《中国藏书楼》，辽宁人民出版社2001年版，第1846页。

书院藏书楼不再仅对院内学生开放，也逐步开放接待公众。

　　书院藏书主要为师生提供借阅服务，早期书院的藏书制度均要求学生院内读书，书籍带离书院后会造成损毁和丢失，直接导致书院藏书的流失。王闿运执掌尊经书院之初，立即清点收回书院借出图书，"限本月尽将存书退缴验收，如有遗失，依定例每本罚银三两，由监院借钞补完"①，依靠这种方式回收保护书院藏书。不过，随着开民智的呼声渐高，书院的图书管理也考虑社会中一般民众的阅读需求，端溪书院规定院内藏书准院外者"到院翻阅，不得携出"②；广雅书院冠冕楼藏书不再局限于院内学生，也将复本"供东西两省士人借阅"③；上海格致书院藏书楼专辟报刊阅览室，供学者浏览；厦门博闻书院对当地"仕宦绅商文雅之士，有志欲来书院观看各书各报者"④；开放南京惜阴书院向江苏"本籍士子无书者"⑤开放。书院藏书理念，由秘而不宣向公共阅读转变，书院制度消亡后，新式学堂和公共图书馆蓬勃发展，公众有更多渠道接触到异域游记。

　　山长与教习对待异域游记的态度在书院中极具代表性。时至晚清，传统教育体系遭受巨大冲击，学制变革要求传统书院进行调整以适应时代发展。山长与教习自是经史学素养深厚的饱学之士，但他们多数都关心时政，思考教学内容的变革。皮锡瑞（1850—1908）科举之路受挫后，专心讲学著述，有感于国事衰微，积极讲求新学，大量阅读新式书报，并在戊戌变法时期担任南学会学长。他非常注重吸纳西学知识，异域游记是他持续搜罗与阅读的图书品类。他的阅读对象既包括早期的郭嵩焘、刘锡鸿、曾纪泽的出使日记，也有康有为、梁启超流亡海外撰写的游记，还包括了载振、戴

---

① （清）王闿运：《湘绮楼日记》，岳麓书社1997年版，第742页。
② 邓洪波编著：《中国书院章程》，湖南大学出版社2000年版，第228页。
③ 罗志欢：《岭南历史文献》，广东人民出版社2006年版，第211页。
④ 邓洪波：《中国书院学规集成》，中西书局2011年版，第573页。
⑤ 任继愈：《中国藏书楼》，辽宁人民出版社2001年版，第1846页。

鸿慈考察宪政的日记。皮锡瑞虽说积极支持变法，并因此获罪被株连，但是他在阅读异域游记时仍然保持着客观的态度。当他阅读了宋育仁的《采风记》后认为该作甚佳，"学有本原，故不偏激。见西人之长，而不讳其短，必如此乃能兼采中西之长"①，显示出客观持重的对待西学的态度。皮锡瑞将他的理念灌输到自己的教学中，并鼓励学生出国留学，增长才干。

清末，不少书院、山长在推行新政、改革学制的大背景下被派赴日本考察学务，归国之后也出版了一批异域游记（见表4-2），有的就是在学校里进行印刷，近水楼台，学生也在第一时间能够阅读游记。山长、教习的异域经验在学校范围内成为明显的意见领袖，形成两级甚至多级的传播模式。书院山长、教习对待异域游记的态度会直接影响学生，但在新知识、新观念勃发的晚清时期，学生往往更容易关注和接纳新鲜事物，教师由学生处获得异域游记的情况也时有发生。清末，异域对青年学生的吸引力更大，学生热衷于搜罗游记，更热衷于出洋留学，谨慎持重的夫子们的异域经验愈发变得沉闷，"革命"思潮在留学生的异域书写中占据越来越重要的比重。

表4-2　　　书院山长、教习撰写的异域游记

姓名	书院	所在地	撰写游记
黄庆澄	梅溪书院	上海	《东游日记》
缪荃孙	钟山书院	南京	《日游汇编》《日游笔记》《东瀛小识》
邹代钧	两湖书院	武昌	《西征纪程》
陈荣昌	经正书院	云南	《乙巳东游日记》
吴汝纶	京师大学堂	北京	《东游丛录》
陈兰彬	高文书院	广东	《使美纪略》
胡玉缙	京师大学堂	北京	《甲辰东游日记》《癸卯东游日记》

---

① （清）皮锡瑞：《皮锡瑞日记》，中华书局2020年版，第703页。

续表

姓名	书院	所在地	撰写游记
罗振玉	京师大学堂	北京	《扶桑两月记》
黎庶昌	川东洋务学堂	重庆	《西洋杂志》
严修	南开学校	天津	《壬寅东游日记》《甲辰第二次东游日记》
李宗棠	京师大学堂	北京	《考察学务日记》《考察日本学校记》《东游纪念》
王咏霓	安徽大学、存古学堂	安徽	《道西斋日记》
方燕年	山东大学	山东	《瀛洲观学记》
项文瑞	上海第一、二、三师范传习所	上海	《游日本学校笔记》
林炳章	福建高等学堂	福建	《癸卯东游日记》
姚文栋	山西大学	山西	《日本地理兵要》
刘绍宽	温州府学堂	浙江	《东瀛观学记》
萧瑞麟	凤池书院	云南	《日本留学参观记》
周学熙	天津高等工业学堂	天津	《东游日记》
姚锡光	女子学校	华北	《东瀛学校举概》
姚永概	龙门师范	安徽	《东游自治译闻》
唐文治	上海高等实业学堂、邮传部高等商船学堂	上海	《东瀛日记》
王丰镐	闸北飞虹义务小学堂	上海	《丁未年警察日记》
许景澄	紫阳书院	福建	《出使函稿》
吴庭芝	白鹿洞书院	江西	《东游日记》

表4-3　　书院山长、教习阅读异域游记情况

姓名	书院	省份	阅读异域游记书目	来源
王闿运	成都尊经书院、长沙思贤讲舍、衡阳船山书院、南昌江西大学堂	成都长沙	《使西纪程》《采风记》	《湘绮楼日记》

续表

姓名	书院	省份	阅读异域游记书目	来源
李慈铭	天津问津书院	直隶	《使西纪程》《英轺私记》《游历日本图经》《游历古巴图经》	《越缦堂日记》《蔡元培日记》
张佩纶	天津问津书院	直隶	《使西纪程》	《三洲日记》
缪荃孙	钟山书院	南京	《俄游汇编》《日本杂事诗》《东游丛录》《西轺日记》	《缪荃孙日记》
贺涛	信都书院、莲池书院、保定文学馆	直隶	《海录》《采风记》《出使英法义比四国日记》《使西纪程》《十一国游记·意大利记》《法兰西游记》《新大陆游记》	《贺葆真日记》
张棡	莘塍聚星书院瑞安中学堂	浙江	《出使四国日记》《出使日记续编》《环游地球新录》《日本国志》《英轺日记》《使西日记》《东槎闻见录》《新大陆圣路易博览会游记》《漫游随笔》《使英随笔日记》《十一国游记》《东瀛观学记》《南游记》《新大陆记》《航海述奇》	《张棡日记》
皮锡瑞	龙潭书院、经训书院	湖南	《使西纪程》《环游地球新录》《西征纪程》《俄游汇编》《使俄草》《日本国志》《四国日记》《采风记》《英法日记》《英轺日记》《新大陆记》《意大利游记》《英轺私记》戴鸿慈《游记》	《皮锡瑞日记》
姚永概	龙门师范	安徽	《出使日记》(薛福成)	
刘绍宽	温州中学	浙江	《东游日记》《日本国志》	《刘绍宽日记》

(三) 主动购阅

异域游记除了通过人际网络传播外，商业出版是其扩大影响力的重要渠道。更多读者依靠购买图书与报刊接触到这些游记。晚清时期，文人购阅图书、藏书的情况较为普遍，藏书家被士林称道，拥有较高的社会名望，藏书家多藏古书，但也对包含新学内容的异域游记感兴趣。光绪十年（1884），江标游走于各地辅导童生，批改试卷之余，不忘利用各种途径搜索图书。江标通过《申报》刊登的图书广告寻找感兴趣的图书，然后托友人购买。江标在光绪十一年（1885）二月二十五日的日记中记录了上海新北门内穿心街文艺斋有售《西俗杂志》，售价是洋一角。① 光绪二十八年（1902），王同愈用一元八角购得《东游丛录》。② 蔡元培日记中记录他曾在北京琉璃厂购买了《环游地球新录》。③ 阅读清末文人日记笔记可知，省城都市是图书重要的集散地，居于偏远县乡的士人通过委托朋友代购的方式获取西学书籍，而北京、上海等书肆集中地，售卖中西学图书的比例也在悄然变化。光绪三十一年（1905），贺葆真游北京琉璃厂时发现，"近日书肆售旧书者十之七八，售新书者亦且二三。新书肆日增，旧书肆必为所夺矣"④。图书市场销售情况的变化如实反映着文化传播的现实状况。

从《遐迩贯珍》登载的《瀛海笔记》《瀛海再笔》《日本日记》到《中国教会新报》连载斌椿的《乘槎笔记》，近代报刊创办伊始就特别关注中国人自己撰写的异域游记。报刊的读者自然成为游记的读者，尽管早期华文报刊的销量不大，《遐迩贯珍》每期在五个口岸城市共发行3000份⑤，《中国教会新报》1871年每期销量估算在1000份左右，报刊读者的具体情况较难把握。总体来说口岸城市中士绅阶层购买者数量居多，上海税务司、旗昌洋行这类带有涉外机构中的职员也有阅报的习惯。

---

① 参见江标《江标日记》，凤凰出版社2019年版，第91页。
② 参见（清）王同愈《栩缘日记》，上海人民出版社1982年版，第368页。
③ 参见中国蔡元培研究会编《蔡元培全集》第15卷，浙江教育出版社1997年版，第42页。
④ 贺葆真：《贺葆真日记》，凤凰出版社2014年版，第115页。
⑤ 参见［日］松浦章、［日］内田庆市、沈国威编《遐迩贯珍——附解题·索引》，上海辞书出版社2005年版，第594页。

1872 年《申报》创办后，阅报读者数量持续增多，从最初每期 600 份，很快上升到 4000 份[1]，并且报馆不断增设在全国各地的分销点，扩大销售地域的覆盖面，1877 年销量攀升到 1 万份。[2]《申报》创刊后，除在上海本地销售外，由信局带往京都及各省销售。外地销售点有：镇江、宁波、南京、杭州、苏州、扬州、嘉兴、九江、仙镇、汉口。不过，创刊初始的《申报》并不受重视，日销量不足千份，1873 年日本借口台湾生番事件侵占琉球，美查派出记者四处采访消息，"由是人知新闻之有益，争先购阅，日销数千张"。进入 19 世纪 80 年代后，外埠分销点有北京、天津、南京、武昌、汉口、扬州、安庆、南昌、苏州、杭州、福州、宁波、香港、广西省城、重庆、长沙，其余外埠由各信局及京报房代售处售卖。由此可见，此时《申报》的行销网络已全面铺开。1887 年增加了保定、营口、烟台、厦门、温州；1888 年新增了陕西和山东，1896 年又增添了山西。近代报刊在全国各地建立的分销点往往服务多家报纸，也兼营图书业务，无形中扩大了出版物流通的版图。

　　晚清异域游记通过刊印成书在知识精英阶层中传播，近代报刊的加入打破了这种关于世界知识的垄断。报刊将异域游记原本层级式的垂直扩散转变为平行式传播。这种平行指的是官僚知识分子阶层的传播渠道与市民阶层的传播渠道并行，报刊信息、知识、观念的传播分别可达上下两个阶层。1883 年 8 月 15 日《申报》刊登了袁祖志的《仓山旧主海外杂诗》，引起他与国内读者诗歌唱和的热潮。袁祖志归来后，通过《申报》及时向读者报告返回信息，1885 年同文书局刊发了石印袁翔甫辑《谈瀛录》的告白。[3]

　　李圭的《环游地球新录》在《申报》连载后结集成书，1878 年 7 月 15 日的《申报》广告版上同时刊登了两篇关于这部游记的售书告白，一为通商海关造册处，一为代售点啸园书局。根据海关

---

[1] 参见《铅字印书宜用机器》，《申报》1873 年 10 月 24 日第 1 页。
[2] 参见《论本报销数》，《申报》1877 年 2 月 10 日第 1 页。
[3] 参见《上海同文书局石印各种书帖发兑价目》，《申报》1885 年 7 月 3 日第 7 页。

造册处告白可知:"京城地方由总税司署代售,上海在啸园书局及美华书馆发售,余如牛庄、天津、烟台、宜昌、汉口、九江、芜湖、镇江、宁波、温州、福州、厦门、台湾淡水、潮州、广州、琼州、北海等处,均由新关税务司处发售。"① 1879年5月20日,上海千倾堂书坊也加入这部书的代售行列。②

除了连载异域游记外,报刊还积极督促、呼唤更多的异域游记能够与读者见面,《申报》虽然已在曾纪泽出使之初就搜罗了其日记片断排印问世,但在其归来时,猜测曾纪泽的异域游记将会在西方出版,"阅西报言曾侯在英有星轺日记之著,其起程回国欲将此书交与英京友人刊以行世,想海外人情物理必且悉数搜罗,有心人争以先睹为快矣"③。报刊还将官场中关于"出游"的应酬唱和之作披露于报端,1886年12月14日,《申报》刊登了王咏霓和曾纪泽的八首唱和诗④。出洋各官员多从上海出发、返回,南北各地参加科举考试、访友探亲、游历旅行的文人知识分子以上海为枢纽,人员的频繁流动也在促进近代书报的流动。王锡祺的《北行日记》记录了1879年他北上应顺天试,搭招商局轮船往沪,到达上海后,即购买申昌馆书籍。随后至新报馆,订《西国近事报》一份,《新报》一份,托荔泉按月汇寄。⑤ 他还至美华书馆观印书籍,对机器印刷兴趣浓厚,托印《金壶浪墨》一千部,他在沪交往的密友葛芝翁、涂紫巢、李习之等人服务于西人创办的报馆、书馆,涂紫巢后来开办了著易堂,出版了王锡祺编辑的《小方壶斋舆地丛钞》。

商业报刊热衷于推广异域游记,希望能够从游历人员中获得更多的作品,"游历人员可与出使随员相辅而行,惟随员各有职守不

---

① 《环游地球新录出售》,《申报》1878年7月15日第6页。
② 参见《新书出售》,《申报》1879年5月20日第7页。
③ 《星轺日记》,《申报》1886年7月1日第1页。
④ 参见《送曾劼刚袭侯还朝四律》《次韵奉酬见赠》,《申报》1886年12月14日第3页。
⑤ 参见(清)王锡祺《北行日记》,《清代日记汇抄》,上海人民出版社1982年版,第333页。

能涉历远方，公事之暇亦可悉其国政民情，土风俗尚，勒为成书。如近日参赞黄公度之日本杂事诗，日本国史，文案姚子梁之日本地理兵要志，皆能详其沿革，明其利病，灼然可采而卓然可传者也。游历之员专心致志于此，何独不能然哉"[1]。报刊将异域游记的作用从猎奇赏玩上升到明利病、启新知的高度。异域游记也经由报刊这一渠道，获得更大范围的传播。晚清名士孙宝瑄家中藏书颇多，可谓坐拥书城，但他同时热衷于阅读报刊，他在《万国公报》上读了谢希傅撰写的《游美洲安达斯山记》，觉得该游记"绘刻形胜景态"，让他有"如履其地"之感。[2] 对于孙宝瑄而言，获得异域游记渠道很多，但是对于更多普通文人来说，报刊无疑是廉价又便捷的方式。

随着传播渠道的扩大，报纸的读者层也在逐步下移，草根文人与市民依靠报刊获得新认知，在晚清西学东渐的大潮中，大众传媒承担了启蒙民众的任务。这种启蒙采用通俗化的形式，诸如图画、小说、白话文，写实中掺杂着想象，构成似是而非的异国环境。不过，信息接收者的接触时间、已有知识水平均有不同，对"世界"的理解也各不相同。清末最后十年间，国人关于世界的观念呈现出不同面向。

（四）基于阅读的再创作

晚清时期，文人交往主要通过雅集、书信往来、诗文唱和等方式实现，与此同时，传统文人圈具有浓厚的读书、著书、刻书的氛围，以书为媒，可进一步扩大交往圈层。基于私人关系的书籍交流成为传统文人常规交往模式。

凭借报刊与书籍出版成为晚清名士的王韬非常关注异域游记。相似的经历使其比其他读者更能够解读异域游记中的意象与理念。1875年，王韬在《瓮牖余谈》中就介绍了斌椿游记的情况。王韬除

---

[1] 《书总署所定出洋游历章程后》，《申报》1887年6月5日第1页。
[2] 参见（清）孙宝瑄《孙宝瑄日记》，中华书局2015年版，第107页。

自己创作了两部游记外,还积极地出版、推介黄遵宪、蔡钧等人的异域游记。王韬于1879年游历日本时,结识了黄遵宪。此时的王韬从欧洲旅行归来,在香港创办了《循环日报》,又撰写了《普法战纪》,虽然未曾获得一官半职,但凭借报刊政论已跃升为"名流"。二人相见后非常投契,王韬主动要求刊印黄遵宪的《日本杂事诗》,并为之作序,称其"意主纪事,不在修词,其间寓劝惩,明美刺,存微旨;而采据浩博,搜辑详明,方诸古人,实未多让"①。王韬与蔡钧相识于邹梦南观察召集的宴席上,十余年后,二人在上海重逢时,蔡钧将《出洋琐记》和《出使须知》赠予王韬。王韬阅后,欣然作跋,②认为《出洋琐记》追述作者耳目之所见闻,舟车之所游历,"凡道里之远近,山川之诡异,土风俗尚、国政民情,无不备载焉,俾未至海外者,可作宗少文卧游观";而《出使须知》,则"凡随使以渡重瀛,备皇华而专应对,折冲乎樽俎,焜耀于敦槃,周旋晋接夫宴享朝会之间,以克副此使才之选,而无虞乎陨越者,必以是书为先路之导识涂之马焉"③。

异域游记还有一类特殊的读者,他们不仅热衷于搜集阅读异域游记,还开始着手汇编文集,加入异域游记传播渠道中,而他们个人的阅读心态也有迹可循。正是他们秉持的编辑思路,将原本零散的游记集纳,并将之划归为"西学"范畴,逐步建构关于"世界"的知识库。

异域游记的汇编情况,本书第一章已有所述及,这些编辑者人生经历各有不同,但具有某些共性:首先,他们酷爱读书、藏书,对传统的舆地知识感兴趣。江标师承叶昌炽,表兄赵元益是江南制造局翻译馆编译,与汪鸣銮、吴大澂、潘祖荫等皆沾亲带故。江标的家乡苏州,历来文教兴盛,藏书、校书、刻书传统深厚。他光绪十五年(1889)中进士,十六年(1890)八月上旬至十月,赴日考察,

---

① (清)黄遵宪:《日本杂事诗》,岳麓书社1985年版,第574页。
② 参见(清)蔡钧《出洋琐记》,岳麓书社2016年版,第97页。
③ (清)蔡钧:《出洋琐记》,岳麓书社2016年版,第97页。

归国后，一度谋求充任使臣之职。1894年，江标被任命为湖南学政，上任后，他着手整顿校经书院，要求学生兼修传统经史的同时，也要讲求西学。他陆续编成的《灵鹣阁丛书》中，收录了8种西学游记。

王锡祺生平喜好舆地游览之书，家中藏书过万，庚寅（庚辰）泛海赴日游历，增长见识。"闻人谈游事则色然喜，阅诸家记录与夫行程日记，即欣然而神往，窃维局促囿一隅深可惭"①，认为只有广开见闻，方能免夏虫井龟之讥。

诗文唱和是文人重要的交往方式与手段，海外行游者利用文人间的雅集、诗歌唱和交流表达、传播域外见闻与情感，读者也表达自身的阅读感受与思辨。斌椿除《乘槎笔记》外，还写了《海国胜游草》和《天外归帆草》两本诗集。杨能格、周家楣、夏家镐、方濬颐、方濬师、龚自闳、陆仁恬、彭祖贤、蒋彬蔚、潘曾绶与之唱和酬答。在这些诗作中，无一例外都对斌椿此次九万里壮游称赏不已，将之比作汉之张骞，但在豪情万丈的同时，也有"艰难今日事"②的感慨。虽然《海国胜游草》被钱锺书讥为打油诗③，但作为官方派出的第一人，斌椿的诗作还是获得了早期读者的认可。

晚清时期，中日文人交往密切，同文优势减少了部分语言障碍，在日的中国文人也更有用诗歌交流的愿望。罗森发现日本人民酷爱中国文字诗词，他在日一月之间，为人题扇500余柄。④ 首任驻日公使何如璋是传统的词林学士，在日期间，处理公务之余，广泛与中日文士进行交流，著有《使东述略》《使东杂咏》和《袖海楼诗草》。据学者周鸿承统计，何如璋《袖海楼诗草》中收诗52首，记录与26位日本士宦交流的情景。⑤ 随同何如璋出使的还有副使张斯

---

① （清）王锡祺：《小方壶斋舆地丛钞》，杭州古籍书店2004年版，第1页。
② （清）斌椿：《乘槎笔记》，岳麓书社1985年版，第152页。
③ 参见钱锺书《汉译第一首英语诗〈人生颂〉及有关二三事》，《七缀集》，上海古籍出版社1994年版，第154页。
④ 参见（清）罗森《日本日记》，岳麓书社1985年版，第38页。
⑤ 参见周鸿承《清代首任驻日公使何如璋与日本士宦食事交流研究：以新史料〈袖海楼诗草〉中饮食记录为基础》，《楚雄师范学院学报》2013年第8期。

桂、参赞黄遵宪以及各类随员近 40 人。国内赴日行游者到达日本后，都会前往使馆拜会公使，王韬、王锡祺、李筱圃等人在自己的纪行作品中都有记述。此外，在日经商和生活的华人在 19 世纪 80 年代就有六千人左右，他们与使馆和游历人员都有频繁的联系，是域外诗歌的早期阅读者和写作者。何如璋之后的黎庶昌、李经方、汪凤藻诸公使基本保持了与日本文士、中国商民的频繁聚会交往。张斯桂的《使东诗录》、黄遵宪《日本杂事诗》、黎庶昌的《重九燕集诗序》、姚文栋整理的《重九登高集》、孙点整理的《癸未重九宴集编》《樱云台宴集编》、谭国恩的《海东新咏》、王之春的《东京杂咏》与《东京竹枝词》等在中日文坛反响巨大。

潘飞声的《西海纪行卷》《天外归槎录》有萧矍常、张德彝、陶森甲、李欣荣、罗嘉蓉、潘仪增、何桂林、赖学海、张振烈、邱诰桐等人唱和。潘飞声1887年赴德国讲学，1890年归国后，在香港担任《香港华字日报》和《时报》的主笔，晚年移居上海，加入多个诗社、词舍，交游广泛。潘飞声虽是广州十三行后人，但到他这一代家境清贫。"所著《柏林游记》《凿空狂言》等书，论洋务诸款，洞中綮肯，乃无力梓行，只刊《西海纪行卷》并《海山词》，一时艺林争相购取。今将饥驱北上，弹铗依人，复出《天外归槎录》一卷刊以壮行箧。"[1]

广东南海萧矍常是光绪戊子年（1888）在岭东题《西海纪行卷》（按时间推测应是阅读手稿），光绪庚寅年（1890）题《天外归槎录》。张德彝是1888年在柏林使署所题，陶森甲题于1889年，南海李欣荣则是1894年，潘飞声游历海幢寺时受邀题写，东莞罗嘉蓉也是在潘飞声拜访赠送诗集后题诗，而且李欣荣和罗嘉蓉题诗时均已过八十岁，广东顺德赖学海题诗时七十九岁，他们都是广东文人圈的宿儒。潘仪增、增城何桂林、张振烈、顺德邱诰桐也是当地活跃的文人。海外行游诗的唱和呈现出传统文人交往圈在传播新知

---

[1] （清）潘飞声：《天外归槎录》，岳麓书社2016年版，第125页。

中的渠道与方式。

晚清时期，小说创作、销售和阅读热潮兴起，与报刊相比，通俗小说除了文人阅读外，粗通文字的普通市民及城市女性也可阅读，进一步扩大了读者队伍。晚清的通俗小说中反映社会人情的长篇白话小说，取材于现实生活，细致刻画日常生活细节、社会潮流及人物的真情实感，在这些小说作品中，域外行游因素也嵌入其中，间接传递到读者群中。《孽海花》中的主人公之一金㴥原型系出使德国大臣洪钧，书中讲述他在丁忧期间纳名妓傅彩云为妾，奉使德国后，携彩云充做公使夫人。小说细致地描写了他出发前的应酬、海上行程、到达德国后诸般活动，宛若集众家异域游记于一炉而进行艺术加工，活灵活现。

小说《孽海花》最初由金松岑构思大纲，于1903年开始写作，并在《江苏》杂志发表了前两期，1904年，金将所写的稿子寄给曾朴，并委托他续写。曾朴完成了二十回后，直到1930年，才继续连载到三十五回。曾朴（1872—1935），江苏常熟人，字孟朴，笔名东亚病夫，二十岁中举，四年后进入同文馆学习法文，准备应考总理衙门，从事外交工作，但未能如愿。[①] 曾朴虽从未出洋，对域外的想象也不是无中生有。1898年，曾朴结识了曾在法国担任外交官的陈季同，在他的指导下深入研究法国文学。金曾二人皆是清末民初知名文人，他们早年接受传统教育，考取功名，又在清末西学风潮中译介图书、创办报刊。朝廷的孱弱、官场的腐败、租界生活的奢靡给他们的创作奠定了主基调。相较于传统的异域游记，官员们持节出使壮游的神圣感被消解，五光十色的异域风光在租界城市同质化建设中也渐失魅力，出使官员的颟顸昏聩被戏剧性夸大，通俗文学作品中的海外行游也成为批评与讽刺的对象，进而形成大众心目中的刻板印象。《孽海花》问世后，再版十五次，行销五万余部，引发读者广泛关注，知识分子、学堂学生、市民阶层都成为其拥趸，影响巨大。

[①] 参见魏绍昌编《孽海花资料》，上海古籍出版社1982年版，第159页。

1903年，由李伯元创办的《绣像小说》连载了40期的《京话演说振贝子英轺日记》。这部作品将载振、唐文治的《英轺日记》分章节译为白话文，改用第三人称，附有六幅插图，用以推广白话，开启民智。白话本并非原本的逐句翻译，而是进行了编辑删减，篇幅较原本简练，删除具有考据性的资料，使其口语讲述特征更为明显，适应了下层读者的阅读需求。

第三节　读者的阅后心态

　　文人阅读异域游记行为发生后，会在已有的认知结构基础上产生不同的观感，而阅后感又会反过来在某种程度上改变原有的认知结构，进而影响读者的判断与行为。晚清异域游记读者的阅后心态可以有积极型、观望型和保守型的分别，但积极与保守又常会混杂在一起，或者出现在同一个人的不同时期不同场合，呈现出复杂多元的阅后心态。

（一）积极接收西方文化

　　异域游记是对世界，尤其是西方世界文明的新认识，主动选择、阅读游记的读者表现出对了解世界的浓厚兴趣，他们往往成为西方文化的早期接受者。

　　1897年蔡元培先后阅读了马建忠的《适可斋纪言》和宋育仁的《采风记》，并专门写了读后感。二者之中，蔡元培对《采风记》更为赞赏，认为"时务论以西政纠中国之弊，而以《周礼》证明之，谓《考工记》即冬官事典，冬官未尝缺，非是。以西法比附古书，说者多矣。余尝谓《周官》最备，殆无一字不可附会者。得宋君此论，所谓助我张目者矣"[1]。

---

[1] 高平叔编：《蔡元培全集》，中华书局1984年版，第76页。

异域游记中的风光人文对拥有浮海心的文人具有示范效应，他们更加向往陌生的世界，也更渴盼获得强国富民的密钥。康有为读书时，对西方梦想神游，想"其地若皆琼楼玉宇，视其人若神仙才贤"①，江标积极谋求作为随使人员出国，黎庶昌也力劝他出洋，并且写信给薛福成，为他谋参赞之职，但后来因故没有成功。江标自念"年力尚轻，有志远游，昔人使绝域，每读史至此辄徘徊不已"②。光绪十六年（1890）他赴日本短期游历，并于日本古董铺寻得其曾游日本的五世叔祖的诗册，③基于这些经历与心态也使得江标更加关注异域游记，并着手收集、整理与刊印。由云龙"忆自髫龀时，即嗜读西行各种日记，如李小池《环游地球新录》、薛叔芸《出使四国日记》、曾惠敏《使西日记》、刘云生《英轺日记》诸书，靡不一一涉猎之"④。阅读之余，不禁神往于东西两大洋风涛澎湃之间，认为大丈夫生当世界大通之际，苟不得作九万里汗漫之游，遍览其山川人物之优美、政治风俗之良善，则是虚度此生。

（二）褒贬夹杂的复杂心态

斌椿出使之前，仅为微末小员，出身内务府正白旗汉军，加捐副护军参领衔，曾任山西襄陵县知县，之所以能够进入使臣选择的视野，主要因他曾受赫德延请办理文案。因为要出游各国，方才赏给三品衔，虽喜爱诗文，但也谈不上文学功力深厚。他所撰写的游记如果单纯依靠个人声望与才学自是无法获得众多高级官员瞩目的。能够不畏艰苦，泛海远行，是众人赞赏他的主要理由，至于游记文本中所描绘的异域风光、风土民俗并未在官员阶层引起太多注意。为斌椿校订《乘槎笔记》的方浚师在后来刊行的《蕉轩随录》

---

① 江标：《江标日记》，凤凰出版社2019年版，第91、453页。
② （清）康有为：《欧洲十一国游记二种》，岳麓书社1985年版，第71页。
③ 参见江标《江标日记》，凤凰出版社2019年版，第411页。
④ 李德龙、俞冰主编：《历代日记丛钞》，第166册，学苑出版社2006年版，第367页。

中说道:"《乘槎笔记》斌君著,予曾为之校订。所至者九国,但叙其程途之远近,服御之奇巧,大要仍不出《瀛寰志略》范围,验游踪则可。"① 李鸿章收到应宝时所寄的斌椿《图记》,认为"所载各国风景如读异书,惜险要关键茫然耳"②。早期阅读斌椿游记的读者体会大致相仿,王韬总结斌椿等人:"在英京时,日出眺览,搜罗奇异,恢扩眼界,真有见所未见、闻所未闻者,如园囿中之珍禽怪兽,不可名状;水涌地中,有若喷珠溅雪;机坊中飞梭运轴,不借人工,皆水火二力之妙。凡其制作,无不巧夺天工,至于山川风土,亦皆触景异观。登临采访之余,殊深兴感,故各人于耳目所及,寄诸吟咏。"③ 对于异域奇境,眼界开阔的王韬尚能领会,但对于绝大多数读者而言,已经超越了认知经验,无从想象而以为怪异不可信。同样遭遇到这种质疑的还有郭嵩焘的《使西纪程》,王闿运与裴荫森认为郭氏的海外游记"无以异于斌椿也"④。

　　对于这些使臣日记,清末的读者屡有评判,"近人西游日记不知若干种,以郭、薛、曾三星使称最,然皆荦荦大者,详于朝而略于野,详于国政而略于民风。如君之身縋煤井几千百尺,郭、薛、曾讵有此,东坡所谓士大夫终不肯以小舟夜泊绝壁之下者?宜西人之以华人第一次至此标识为荣也"⑤,"各种日记以薛庸盦为最,而郭筠庵、曾袭侯所著亦略有可观,余则自哙而已"⑥。这些评价可以算得上当时的代表性意见,薛福成的出使日记以其全面细致而被称道,又因其代表国家出任使事而更被推崇。随着异域游记问世数量增多,读者的态度也有所变化,"海通以来,使槎络绎、下逮寮佐,

---

① (清)方浚师:《蕉轩随录》,中华书局1995年版,第326页。
② 顾廷龙、戴逸主编:《李鸿章全集》,第29卷,安徽教育出版社2007年版,第452页。
③ (清)王韬:《瓮牖余谈》,《近代中国史料丛刊》三编六十一辑,台北:文海出版社1966年版,第116页。
④ (清)王闿运:《湘绮楼日记》,岳麓书社1997年版,第569页。
⑤ (清)池仲佑:《西行日记》,岳麓书社2016年版,第76页。
⑥ (清)池仲佑:《西行日记》,岳麓书社2016年版,第78页。

大抵有所撰述。道其所见所闻，归而饷遗于吾国人，此亦采风者之职所宜就也。郭侍郎、曾惠敏尚矣，若李氏凤苞、徐氏建寅、薛氏福成、马氏建忠，其为书皆精审，辞约而事核，考外事者多取资焉，此外则无闻矣。陈陈相因，琐碎繁芜，徒耗学者目力，而无裨于实用。书虽伙，读者心弗餍焉"①。更有"方今中外一家，环地球而游、谈外邦之事者不鲜人。其庸猥污下之辈，略通一语言一技艺之末，自托洋务以炫其能者无论矣，其有一二才智之士，半都摭拾旧闻，翻译成书，归国夸著作，盗名欺人，实无当于用者"②的犀利评价。梁启超更是直接指出："中国前此游记，多纪风景之佳奇，或陈宫室之华丽，无关宏旨，徒灾枣梨。"③ 不过，日人冈千仞在北京游历时，历搜书肆，购得斌椿西使以后游海外诸名人日记笔录十数部，认为张德彝的《四述奇》尤为详备。"是人以善洋学从郭嵩焘，驻扎英俄二国。其书各国教法学术、器械工艺、风俗人情、饮食飨宴、琐末仪节，登录无遗。时交议论，犹讽中土泥守旧习，徒尚浮华者然。……嵩焘《初使泰西纪》，亦时有创论。"④ 友人张经甫说《述奇》不已，曰："昔作者无学问见识。"盖慊此书不为中土占地步也。冈千仞回答："人各有所见，中人记西学，无出斯书之右者。敝邦岩仓、大久保、木户三大臣，历使于欧米各国，草日记。其纪风土国体，参观史传；其纪工艺学术，质问各科学士，修为若干卷，曰《欧米回览记》。今取《述奇》与此书照观，欧米万里，了如掌纹。此二书实为东洋人说欧事之嚆矢。"⑤ 可见，不同读者的阅读体验自有不同，评价也便迥异。

王闿运（1833—1916），湖南湘潭人，咸丰二年（1852）举人，

---

① （清）凤凌：《游余仅志》，岳麓书社2016年版，第5页。
② （清）王咏霓：《道西斋日记》，岳麓书社2016年版，第5页。
③ 梁启超：《新大陆游记》，岳麓书社1985年版，第419页。
④ ［日］冈千仞著，张明杰整理：《观光纪游 观光续纪 观光游草》，中华书局2009年版，第147页。
⑤ ［日］冈千仞著，张明杰整理：《观光纪游 观光续纪 观光游草》，中华书局2009年版，第153页。

曾入曾国藩幕，政见并不完全相同，但与湘军系人物交往密切。王闿运是新旧交替之际文人的典型代表，他的《湘绮楼日记》完整地反映了他读书治学、心态变化的历程，这种变化蕴于日常生活，并未发生急进与激变。王闿运与郭嵩焘早年相识，虽为密友，但在看待西学方面有较大差异。与众多文人相同，王闿运最初接触西方概念时完全凭借猜想来附会经学，比如他在读史记时，认为英吉利火轮车道始见于史传。①不过，王闿运凭借与湖南、四川官场中的密切交往，获得朝廷信息较为便利，郭嵩焘的《使西纪程》完成后，很快就送到他的手中，②阅读之后认为郭嵩焘"殆已中洋毒，无可采者"③，但在闻知该日记被毁版后，认为何金寿弹劾的原因也只是官场的自相攻击④。郭嵩焘出使返归故里后，王闿运前去拜访，盛谈夷务。"筠仙（郭嵩焘）言政事好立法度，望人遵守，以夷国能行其法为不可及。且以为英吉利有程、朱之意，能追三代之治，铺陈久之。余以为法可行于物，而不可行于人，人者万物之灵，其巧弊百出，中国以之，一治一乱。彼夷狄人皆物也，通人气则诈伪兴矣。使臣以目见而谀之，殊非事实。"⑤王闿运听闻后也未敢多辩，不置可否。

　　李慈铭阅读《使西纪程》后在日记中虽也数落了郭嵩焘的罪状，但同时也有"嵩焘力诋议论虚骄之害，然士夫之有为此议论者有几人"的感慨。李慈铭在日记中抄录了郭嵩焘《使西纪程》中的议论，对时势之岌岌可危之时，仍背公营私以冀苟安的官场现状感到悲哀。⑥在读刘锡鸿的《英轺私记》后，李慈铭虽肯定了他"于所见机器、火器、铁路，皆深求其利弊，言之备悉"，对西方优越之处皆能言其实，而风俗之陋亦俱言之不讳，但也提出"中国外交

---

① 参见（清）王闿运《湘绮楼日记》，岳麓书社1997年版，第2页。
② （清）王闿运：《湘绮楼日记》，岳麓书社1997年版，第569页。
③ （清）王闿运：《湘绮楼日记》，岳麓书社1997年版，第569页。
④ （清）王闿运：《湘绮楼日记》，岳麓书社1997年版，第579页。
⑤ （清）王闿运：《湘绮楼日记》，岳麓书社1997年版，第881页。
⑥ 参见（清）李慈铭《越缦堂日记》，广陵书社2004年版，第7456页。

之道，当据理直言，不可为客气之谈，尤不可为阴阳之论"①。

贺涛阅读宋育仁的《泰西各国采风记》后，认为宋之文强为附会，在评价陈蓉龛《论泰西学校》一文时评价当时文人"论外国必引我先王，为中国壮门面，乃不免书生之习气。西学与教，盖两事，论学不必言教，泰西与中国自古不通，中国之说何得传于彼？宋芸子《采风记》谓耶稣本于墨子，亦强为中国作门面，奈何本此以立论耶？"② 宋育仁的《采风记》以介绍西方政教风俗翔实而著称，被认为是维新思想的倡导者，而他的同年、桐城派文家贺涛则直指中西之学皆有精微之处，仅停留在粗浅、世俗之处难以真正领会。贺涛眼部有疾，由儿子贺葆真诵读了大量报刊和异域游记，表现出对西学浓郁的兴趣。

近年来，在研究晚清士人的阅读史时更强调他们西学阅读的情况，展现他们通过阅读，了解世界，探究国家强弱根源，思考因应之道。不过，当我们细细考量士人的读书活动就会发现，他们的书单并未发生西学之书取代中学之书的情况，而是对中学西学之书的共同阅读。异域世界缤纷的世相与身边百废待兴的现实，陌生的西方政治体制如何对接传承千年的皇权专制，外邦的历史文明、哲学思想能否丰盈国人的精神世界，这些都是阅读者阅读中时刻惦念的。孙宝瑄在读《史记·货殖传》时，日记中做了如下批注："《新大陆游记》所谓经济界之拿破仑是也。计然之术，所谓旱则资舟，水则资车，贵出如粪土，贱取如珠玉。理财家名言。"③ 知识库的扩容丰富了解决现实问题的方案，但并不意味着抛弃已有的认知框架。袁昶在阅读《使西纪程》时虽也认为"危词耸论"，但仍在日记中认真摘录。④ 袁昶等理智的读者虽不完全赞同以"和"之方略制夷，但对郭嵩焘以南宋故事为例分析晚清困境颇为赞同，读者与

---

① 参见（清）李慈铭《越缦堂读书记》，上海书店出版社2000年版，第522页。
② 贺葆真：《贺葆真日记》，凤凰出版社2014年版，第37页。
③ （清）孙宝瑄：《孙宝瑄日记》，中华书局2015年版，第1062页。
④ 参见（清）袁昶《袁昶日记（上）》，凤凰出版社2018年版，第286页。

作者高度同频,即便在述说"洋务"时也能营造共通的"中学"意义空间。

当我们试图为晚清异域游记的读者画像时,自然会沿着"西学东渐"的路径追踪。近年来,众多研究侧重于讨论西学对文人阶层知识结构的重组,以证明晚清士人思想观念的变化,进而推动整个社会的现代化。此类研究更倾向于那些具有变革性思想的文人精英,而考察异域游记的阅读者会发现,他们来自不同阶层、具有不同的阅读动机,阅读后也有不同的观感体验。从异域游记传播渠道来看,是否可以获得文本是关键点。高级官员及围绕在他们身边的幕僚有机会最早阅读这些游记,但是他们阅后感各有不一。深受传统文化观念浸淫的阅读者,接受和肯定西方文明还存在着巨大的障碍。阅读者的立场决定着他们的阅读选择,顽固者不屑于阅读此类文本,洋务派官员需要从文本中寻找支撑政见的依据与获得快速强军强国的密钥,至于维护统治的"道统"是万万不可更动的。应激反应式的洋务运动在甲午战败后彻底破产,"求变"成为时代新的主题要求。

变局时代所改变的不仅是外部环境、应对策略,更重要的是人心之变。异域游记中所展示的西方科技发展与现代城市建设在口岸城市依次展开,器物层面的差距逐渐缩小,生活于其中的文人知识分子和普通市民对"西洋景"从陌生到熟悉,客观上也为异域游记的阅读与理解创造了条件。商业出版极大拓宽了异域游记的传播范围,越来越多的读者接触到该类型文本,不过读者在阅读异域游记时,始终都在进行选择性接受,也就是说,思想观念的变迁虽然受外部影响,但最终仍是依靠内在动力向前推进的。

第五章

作为中日交往媒介的晚清异域游记

异域游记除了内容文本意义外,其介质作用也益发凸显,人与人、文化与文化、思想与思想凭此聚合交流,互通互融。异域行游除了饱览山川景色,凝视人文景观外,与异域人士交往也是其中重要一环,异域游记中也大量记载着中外人士交往的实录。政治性的觐见与礼节性的拜访虽是重要的外交活动,但就影响力而言,中外人士民间交往与思想交流更具有时代特征,也更有启发价值。19 世纪以来,中日之间交流日渐频繁,两国作者写作的异域游记数量与日俱增。中国人日本考察、游历的游记被统称为"东游日记"。日本学者实藤惠秀竭毕生经历收集东游日记,其中晚清时期撰写了 148 种,后都完好无损保存在东京都立中央图书馆。研究晚清时期的异域游记还不能忽略另外一批具有群体特征的作品,那就是日本人来华旅行后写就的大量中国游记。目前散见于日本各大图书馆的近代中国游记专著多达数百部,其中以作为国立国会图书馆支部的东洋文库收藏为最。①

来华日人写作的游记通常被称作中国行记,这些作品同样从晚清时期就开始在中国传播,游记类丛书的编纂者也将它们收入其中,共同发挥着影响力。东游游记与中国行记中,充斥着"看"与"被看";视角转换下,"千年变局"的动因也有不同的阐释解读;

---

① 参见张明杰主编《近代日本人中国游记》丛书总序,中华书局 2007 年版。

不同底层逻辑下的"富强"路径指向也便有所不同。

1862年,日本幕府第一次向中国派遣贸易船"千岁丸",前往上海进行贸易,同船而来的51位日本人考察了上海的社会情况,纷纷撰写了考察日记,其中具有代表性的有纳富介次郎的《上海杂记》、高杉晋作的《游清五录》、日比野辉宽《赘疣录》《没鼻笔语》等。千岁丸抵达的时候,上海作为通商口岸已开埠17年,租借地的繁华与清政府内忧外患的境地形成鲜明对比,选择的天平在日人心目中发生倾斜。

中国行记的日本作者有外交官员、学者、记者、作家、军人、留学人员、商人、宗教人士等,他们背后也有日清贸易研究所、东亚同文书院、满铁调查部等在华组织和机构的支持。中国行记的日本作者多数都精通汉学,所谓"同文"的优势最大限度地降低了游记传播的门槛。竹添进一郎的《栈云峡雨日记》、冈千仞的《观光纪游》、山本梅崖的《燕山楚水纪游》、内藤湖南的《燕山楚水》在中国市场也具有较大影响力。竹添进一郎(1842—1917),字渐卿,号井井,进一郎是其通称。他自幼学习儒家经文和诗词写作,16岁时入儒学名家木下犀潭门下学习。1874年,竹添进一郎作为日本驻华公使森有礼的随员来到中国。1876年,竹添扮作蒙古行脚僧,一行三人从北京出发,经函谷关入陕,横跨秦蜀栈道进入四川,后下长江,过三峡,最终抵达上海。竹添进一郎将此次长途旅行的见闻汇集,1879年由奎文堂刻印刊行为《栈云峡雨日记并诗草》。这部游记获得了李鸿章和朴学大师俞樾的序言身价陡增,该游记另有1893年秀英舍的活字版本,还有日文翻译版本和译注本。内藤湖南(1866—1934),本名虎次郎,字炳卿,出生于士族家庭,自幼受汉学熏陶,1885年毕业于秋田师范学校高等科。1894年成为《大阪朝日新闻》记者,1897年任《台湾日报》主笔,1899年9月至11月第一次到中国旅行。《燕山楚水》是内藤湖南第一次来华旅行的游记,其中内容先在日本的《万朝报》上连载,后整理成书,1900年6月由博文馆出版。冈千仞(1833—1914),字振衣,号鹿门,出生于仙台下级藩士之家,自幼修习四书五经,曾参与倒幕维新运动。1884年,冈千仞受王韬邀请来华游历,参观了各地名胜后,拜访了李鸿章、俞樾、王韬、郭嵩焘等士人。其作品《观光纪游》是一部十万字的汉文体游记,更是一部晚清社会生活的考察报告。《观光纪游》1886年8月出版,1892年再版,清末,其节录版即收入了《小方壶斋舆地丛钞》,而为中国读者所熟悉。山本宪(1852—1928),字永弼,人称梅崖,出生于汉学世家,明治维新后修习洋学。1897年9月,山本来华游历,归国后将旅途见闻增删补订,1898年自行刊印,定名为《燕山楚水纪游》。

表 5-1　　　　　日人书写中国行纪的主要作品

姓名	名称	出版时间
日比野辉宽等	《1862年上海日记》	
小栗栖香顶	《北京纪游》《北京纪事》	1873
曾根俊虎	《清国近世乱志》《诸炮台图》《清国漫游志》《北中国纪行》	1878；1878；1874；1875
竹添进一郎	《栈云峡雨日记》	1879
井上陈政	《西行日记》	1883
后藤昌盛	《在清国见闻随记》	1884
小室信介	《第一游清记》	1884
尾崎行雄	《游清记》	1884
冈千仞	《观光纪游》	1886
岛弘毅	《满洲纪行》	1887
黑田清隆	《漫游见闻录》	1888
安东不二雄	《中国漫游实记》	1892
大鸟圭介	《长城游记》	1894
中村作次郎	《中国漫游谈》	1899
山本梅崖	《燕山楚水纪游》	1899
村木正宪	《清韩纪行》	1900
内藤湖南	《燕山楚水》	1900
小越平陆	《白山黑水录》	1901

续表

姓名	名称	出版时间
木村奰市	《北清见闻录》	1902
户水宽人	《东亚旅行谈》	1903
植村雄太郎	《满洲旅行日记》	1903
河口慧海	《西藏旅行记》	1904
高濑敏德	《北清见闻录》	1904
小山田淑助	《征尘录》	1904
德富苏峰	《七十八日游记》《中国漫游记》	1906；1918
桑原骘藏	《考史游记》	1942，实为 1907—1908 年出版
竹中清	《蒙古横断录》	1909
日野强	《伊犁纪行》	1909
夏目漱石	《满韩漫游》	1909
米内山庸夫	《云南四川踏查记》	1940，实为 1910 年出版
阿川太良	《中国实见录》	1910
永井久一郎	《观光私记》	1910
小林爱雄	《中国印象记》	1911
橘瑞超	《新疆探险记》	1912
川田铁弥	《中国风韵记》	1912
中野孤山	《横跨中国大陆——游蜀杂俎》	1913
来马琢道	《苏浙见学录》	1913
鸟谷又藏	《中国周游图录》	1914
大谷光瑞	《放浪漫游记》	1916
山本唯三郎	《中国漫游五十日》	1917
宇野哲人	《中国文明记》	1918
河东碧梧桐	《游中国》	1919
青木文教	《西藏游记》	1920
佐藤春夫	《南方纪行——厦门采访册》	1922
那波利贞	《燕吴载笔》	1925
芥川龙之介	《中国游记》	1925
木下杢太郎	《中国南北记》	1926
吉田平太郎	《蒙古踏破记》	1927
户水宽人	《东亚旅行谈》	

第一节　中国行纪的主要内容及晚清印象

日人来华旅行首先要饱览中国壮美的湖光山色,"自上海入天津,观燕京,逾长城,徘徊韩魏齐鲁之间;登泰山,访齐鲁,观孔孟之遗迹;历殷周故墟,出江淮之间,吊汉楚兴亡,曹刘胜败之迹,恒华之巍峨于天外,沧溟之浩渺于地限,与夫鲲鹏之出没,蛟龙之变幻,凡足以悚耳目,壮志气,以发底蕴者,悉皆收揽之"①。这是冈千仞的旅程,也是更多日本来华旅行者的路线。晚清时期,日本文人对于文化母国的情感复杂而多变,"顾中土与我同文国,周孔我道之所祖,隋唐我朝之所宗,经艺文史,我之所以咀其英而嚼其葩;九流百家,我之所以问其津而酌其流;历代沿革,我之所以举其详而论弃要;鸿儒名家,我之所以诵其书而穷其旨,而不一游其域可乎?"② 文化上的溯源与寻根,使他们的旅程充满朝圣意味,但踏上中国的国土后,颓败萧条的地方、贫苦辛劳的民众、保守又妄自尊大的官僚让来华的日本人心生轻视。

德富苏峰(1863—1957),原名德富猪一郎,号菅正敬、顽苏等,是活跃于日本明治至昭和时期著名的新闻记者、历史学家和评论家。德富苏峰的对外扩张思想是基于日本国内人口不断增加,为避免发生自相残杀的问题,提出应该学习英国开拓海外殖民地。德富苏峰曾两次游历中国,第一次为1906年5月至8月间,第二次则为1917年。第一次游历中国的游记命名为《七十八日游记》。这一次游历是在日俄战争结束之后,他从东京出发,经朝鲜,至奉天,在中国主要游历了东北、京津、汉口、武昌及苏杭、上海等地。德

---

① [日]冈千仞著,张明杰整理:《观光纪游　观光续纪　观光游草》,中华书局2009年版,第7页。
② [日]冈千仞著,张明杰整理:《观光纪游　观光续纪　观光游草》,中华书局2009年版,第3页。

富苏峰的游记是以连载形式登载在《国民新闻》报上，所以游记要适合报纸文体的特征，篇幅短小，文风朴实。德富苏峰此行参观了奉天故宫与昭陵、北京的万里长城和十三陵、湖南的韶山与岳麓书院、长江与洞庭湖、南京的钟山孝陵、杭州的灵隐寺与西湖、苏州的虎丘与枫桥，拜见了直隶总督袁世凯、盛京将军赵尔巽，对文溯阁、文澜阁所藏《四库全书》称颂不已。德富苏峰不遗余力地夸赞中国的壮美河山与人文景观，也一改早期日人批评中国肮脏落后的论调，呈现了清末新政后在城市建设和文明观念上的进步。

除了山川景观、社会风貌外，人文历史也是来华日人关注的重点。桑原骘藏（1870—1931），生于福井县敦贺市的造纸世家，1893年考入东京帝国大学文科大学汉学科，因编写出版《中等东洋史》，声名传于日本，1899年上海东文学社印行了中译本，题名为《东洋史要》，从清末开始就对中国学界起到重要影响。1907年桑原骘藏来到中国，开始为期两年的官费留学生活。桑原骘藏的《考史游记》主要是他在中国留学期间在西安（长安）、山东、河南、东蒙古踏查古迹的情况，对周、秦、汉、唐、宋时的史迹、旧址、陵墓及碑碣等，辽、元、清代的城址、遗迹等进行了探访。桑原骘藏的游历写作与史书地志紧密结合，通过亲身游历实证中国史籍记载的可靠性。不过，桑原骘藏认为在中国寻访名胜古迹，甚为困难，其主要原因是：一是没有精确的地图；二是通志、府志、县志等的记载，笼统模糊，其指示的方向、距离，常不够明确，甚至彼此或自身前后矛盾；三是当地的官民等多不识古迹。[①] 1873年，日本僧人小栗栖香顶克服旅途艰难到达北京龙泉寺学习佛法，一年之后返归日本。1876年8月，他再次来到上海，创建了首家日本净土真宗东本愿寺别院，向中国人传播日本佛教。在北京学习佛法期间，小栗栖香顶撰写了中文口语体《北京纪事》和古文体的《北京纪游》，作者虽是僧人身份，但游记中记录了旅程中耳闻目见的市井百态。

---

① 参见［日］桑原骘藏著，张明杰译《考史游记》，中华书局2007年版，第61页。

在西方基督教的冲击下，中国佛教日益衰落，这给了日本佛教反传中国的机会。小栗栖认为，在中国传道，要适应中国社会，也要改良社会，提出要传授孔子之教，戒除不洁，改良风俗；要废除女子缠足之恶习；要戒除鸦片烟。应该说，小栗栖的这些主张对晚清社会状况是具备积极意义的，但是他的宗教思想并没有超越日本人的身份，国家意志在传教中依然体现明显。总的来说，晚清时期日人来华目的虽各有差异，但是在观察视角与游记叙事上是一致的。虽然明治维新后，日本在道路选择上倾向于西方，但是那些接受了中国儒家传统文化的日本文人在情感上难以立时转向；日本维新后的建设发展让来华日人保持着优越者的心态，他们其中的一部分萌生了帮助中国摆脱西方列强压迫，走向顺利发展的愿望。在这种意识的驱使下，来华日人积极寻找中国的有识之士笔谈交流，述说自己的主张。而这些交流会谈被记录在游记中，再现了真实的历史场景与时代思潮。

日俄战争的胜利使日人的殖民野心愈发膨胀，游历至东北各地时，"占有"意识愈发强烈。小林爱雄在奉天参观时发现："（奉天）到处能看到日本式的商店，不过都是些不起眼的小店。听说此地有三千左右的日本人，但势力在逐步衰减，没能发财的人居多。我原本想象着只要到了奉天就会像回到日本国内一样，但出乎意料的是，日本人的势力只在战争期间短暂地维持了强劲的势头，现在日语也不通用了，纸币的信用度已下降，被总督府发行的货币挤到了一边。"① 就算以批判现实见长的日本作家夏目漱石，在 1909 年受满铁之邀来华考察旅游时，对满铁在东北修建的新式铁轨和在大连修建的美丽公园赞不绝口，认为在日本国内也没有见过如此精巧的高质量建设。夏目漱石的《满韩漫游》在《朝日新闻》上连载，为日本读者描述着"新乐土"，膨胀着殖民野心。

德富苏峰对奉天、营口、大连等地的情感完全不同于关内，进

---

① ［日］小林爱雄著，李炜译：《中国印象记》，中华书局 2007 年版，第 119 页。

入东北后，他非常关心当地的铁路建设和经济发展，到达旅顺后，看到俄国留下的各项设施无比兴奋，"一想到现在我来到了他们当年的老巢，就觉得太高兴，太高兴了"①。甲午战后，德富苏峰曾踏上旅顺的土地，但是殖民的兴奋迅速被三国还辽的消息破灭掉，当时气愤无比，"只是捧了一把旅顺港外的沙砾，用手绢包起来把它当作一点特产带走了"②，如今，打败俄国，重新夺回旅顺的管理权，欣喜之情溢于言表。

股野琢③（1838—1921）1908年来华游历的行程与德富苏峰极其相似，也是自朝鲜入东北再入关，借由京汉铁路抵达汉口、船行至长沙、南京，转乘铁路至苏州，水路抵达杭州和上海，后将此行见闻辑录成册，命名为《苇杭游记》。同是书写胜景，股野琢更乐于将风光与诗文典故结合起来，显示出深厚的汉学造诣。股野琢来华时，正担任日本帝室博物馆总长，此行也有"官游"的便利，因此他的游记中不仅有普通游客所见的人文景致，更有紫禁城内宫殿之美，金匮石室之秘。此行中，股野琢受到了两江总督端方的热情接待，两度设宴招待，并参观总督府所藏古董玉器、碑版书画，宾主相谈甚欢，端方还赠以绍兴酒一瓶及埃及石像拓本二幅。

第二节　游记中记载的中日文人交流

1877年，清政府派出首任驻日公使何如璋后，中国使节的驻地

---

① ［日］德富苏峰著，刘红译：《中国漫游记　七十八日游记》，中华书局2008年版，第382页。
② ［日］德富苏峰著，刘红译：《中国漫游记　七十八日游记》，中华书局2008年版，第382页。
③ 股野琢，字子玉，号蓝田、邀月楼主人，明治后期和大正初期的汉学家。股野琢自幼接受严格的儒学教育，后师从儒学大家安积艮斋等修经史、习诗文。明治维新后，历任内阁记录局长、宫内省书记官、帝室博物馆总长、内大臣府秘书官长、临时帝室编辑官长、宫中顾问官等职。

公使馆成为中日文人交往的重要地点，日本文人学者频繁造访，何如璋、黄遵宪、张斯桂、沈文荧等人与日本文人建立了密切的交往关系，并以此为契机，打开人员互访交流的通道，东京、大阪、京都、长崎等地留下文人唱和的诗文。甲午战后，随着日人对华的强势渗透，来华日人逐渐增多，交流的舞台转移至中国，北京、上海、汉口成为中日文人交往的新地理空间。

岸田吟香（1833—1905），日本冈山县人，17 岁开始学习汉文典籍，曾作为《东京日日新闻》主笔，随军到中国台湾活动。后在东京开设乐善堂药店，贩卖书籍，兼办广告业务。1878 年赴上海，开设乐善堂药店上海分店，同时经营眼药水，创办印厂，获利颇丰。在华三十年间，岸田吟香广交文人，营建人际关系网络，四处游历，撰写调研报告，乐善堂成为日本政界与军方的谍报大本营。1882 年，岸田在中国出版科举用书获利后，捕捉到日本国内的汉诗热，萌生编辑汉文诗集的想法。岸田请到朴学大师俞樾编选日本汉诗集，将 170 多种日本的汉诗集寄给俞樾。俞樾最终编选了 44 卷本的《东瀛诗选》，诗集收录了从飞鸟至明治时期的 5 千多首诗作，是日本最全的汉诗集。俞樾因此在日本名声大振，他所居住的杭州俞楼便成为日人来华必访之处。竹添进一郎来华后，初至诂经精舍访俞樾而不遇，又赶赴苏州春在堂与俞樾会面笔谈，并出示所写游记，俞樾欣然作序，"竹添井井以东国儒官来游中土又非生长于斯者，比余初以为游屐经临不过吟风弄月，排遣旅怀耳，乃读其所著栈云峡雨日记二卷，则自京师首涂由直隶、河南、陕西而至四川，又由蜀东下道楚以达于吴绵，历九千余里，山水则究其脉络风俗，则言其得失政治则考其本末，物产则察其盈虚，此虽生长于斯者尤难言之"[①]。竹添进一郎此行及游记在日本国内引起极大反响，竹添本人被"朝廷擢任外务省，摄朝鲜公使，拥节旌，从舆马，驻劄韩

---

① ［日］竹添进一郎、［日］股野琢著，张明杰整理《栈云峡雨日记 苇杭游记》，中华书局 2007 年版，第 17 页。

京，士林荣之"①，为日人钦羡，有志之士皆想仿效。

1879年，王韬即将东渡赴日本游历之际，特意拜访了竹添光鸿，对他的《栈云峡雨日记》及诗抄高度评价，二人笔谈后，甚相契合。王韬以《普法战纪》名动日本，到达东京后，日本文士22人聚于东台长酡亭欢迎他的到来。王韬在日期间，日本文士争相前来拜访、会谈，宴饮唱和，以文会友。而"报知社"主笔冈千仞性情豪爽，文字慷慨激昂，又对泰西情形了如指掌，为王韬特别看重，后更迁居于"报知社"。王韬东游所著《扶桑游记》在日出版，虽然游记中并未涉及政治问题，更多是诗酒风月的记录，但日本文人依然报以热情，认为他"郁郁不得于内者，托之声色豪华"②。王韬此行游记在记录中日文人交流情况上颇为详尽，而出现在游记中的日人也都陆续来华游历。

冈千仞（1833—1914），字振衣，号鹿门，原仙台藩士，精通汉学与西学，著有《尊攘纪事》《米利坚志》《法兰西志》等书。曾为黄遵宪《日本杂事诗》校评诗稿。冈千仞1884年来华游历一年，行程万里，写成《观光纪游》。冈千仞来华后与张焕纶对谈，讲明他来华的主要意图，"仆在日东，目击欧米事兴以来，治乱兴废之故，略知东洋所以致今日之难。已以疏狂，为当路所外，常思一游中土，见一有心之人，反复讨论，以求中土为西人所凌轹之故"③。冈千仞初至上海，在接风宴席上遇倪耘劬，一见如故，二人笔谈时，冈千仞询问上海名流有哪些可以拜会，倪氏答"胡公寿、杨佩甫、葛隐耕、袁翔甫、钱昕伯、万剑盟、吴鞠潭、黄式权，而王君紫诠为第一流"④，而张焕纶、葛士浚、范本礼、姚子让等沪上

---

① ［日］冈千仞著，张明杰整理：《观光纪游 观光续纪 观光游草》，中华书局2009年版，第90页。
② ［日］王韬：《扶桑游记》，岳麓书社1985年版，第513页。
③ ［日］冈千仞著，张明杰整理：《观光纪游 观光续纪 观光游草》，中华书局2009年版，第84页。
④ ［日］冈千仞著，张明杰整理：《观光纪游 观光续纪 观光游草》，中华书局2009年版，第16页。

第五章　作为中日交往媒介的晚清异域游记 / 173

文人也与之常有交流。冈千仞行游苏杭时就"洋事"与"烟毒"与举人王砚云展开争论，冈千仞发现王砚云虽有奇气，文笔纵横，但言及外事，顽然执迷，殆不可解，问题更为严重的是，类似于这样的文人并不在少数。冈千仞认为"方今风气一变，万国交通，此五洲一大变局，而拘儒迂生，辄引经史，主张漏见，不知宇内大势所以至此。此殆巢幕之燕，不知及堂之火者"①。所以"目下中土非一扫烟毒与六经毒，则不可为也。六经岂有毒乎？唯中人拘泥末义，墨守陈言，不复知西人研究实学，发明实理，非烂熟六经所能悉。孟子不言乎？尽信书，不如无书。六经有可信者，有不可信者。若不信其可信者，而信其不可信者，则六经之流毒，何异老庄之毒晋宋乎？"② 普通士子如此，冈千仞求见的官员也多语及外事，茫如雾中。

　　冈千仞在华期间恰逢中法战争爆发，他千方百计打探战况，衡量战争走向，并积极出谋划策。不过，冈千仞的计划是请醇亲王及李鸿章赴法和谈，如法拒不停战，就要赴英、普二国，利用列强的不合解决战争。在与中国文人谈论诗文时，冈千仞表现出对汉学十足的倾慕与谦逊，但谈论政治见解时则带有浓厚的国家色彩与倾向。无论是对琉球问题，还是中法之战都与中国士子产生意见分歧。在与《申报》众主笔欢宴时，黄梦畹提出"日人幸中土多故，故生事端，其谋可知"。冈千仞立刻辩解："敝邦立国于中土庑下，无一人不闻法事而切齿。中人臆推揣摩，辄谓敝邦有凶图。榎本公使为贵国苦心，每有一异闻，报衙门诸大臣，李中堂公或知之。"③ 私人情谊与家国政事而言自是不能混为一谈，近代以来，虽然日本的明治维新颇受中国士人推崇，但是对日渐强盛、野心渐强的日本

---

　　① ［日］冈千仞著，张明杰整理：《观光纪游　观光续纪　观光游草》，中华书局 2009 年版，第 53 页。
　　② ［日］冈千仞著，张明杰整理：《观光纪游　观光续纪　观光游草》，中华书局 2009 年版，第 69 页。
　　③ ［日］冈千仞著，张明杰整理：《观光纪游　观光续纪　观光游草》，中华书局 2009 年版，第 151 页。

也始终保持着提防之心。

  冈千仞到达广东后结识了文廷式，文廷式中学卓异，同时对洋务也更为热心。文廷式在与冈千仞交谈时最为关心的就是日本的变法革新问题。文廷式首先发问，日本学欧美，以三千年礼仪之邦，一旦弃其旧，不可痛惜乎？冈千仞回答："敝邦国是，在取万国之长，而补其短。试言一端，敝邦改服制。弟野人，野服，新旧唯其所欲。"文廷式答道："欧米戎事精炼，工艺巧妙，唯伦理纲常，东洋自有万古不可易者，不可一日弃我而取彼。"冈千仞也认为伦理纲常，圣人之所以继天立极。我东洋各国之卓出万国，实在于此也。此外东西互有长短，平心夷考，东洋短所十中七八，西洋短所十中一二，此敝邦之所以取彼长而补我短也。文廷式又继续询问日本的神道古典及西教传播情况。文廷式最后感慨"祖宗辟国日千里，威武行于海内外，而上下恬熙，不见兵革，二百年于今。一旦海警，致是狼狈，不可长息乎？"①青年时代与冈千仞的交往拓宽了文廷式的视野，此后，文廷式在光绪帝亲政之初即成为帝党一员，仕途顺达，超擢翰林院侍读学士兼日讲起居注官，成为天子近臣。甲午战起，文廷式为坚决主战派，多次上书弹劾李鸿章及疆臣等贻误军国，力谏拒绝和谈。甲午战败后，文廷式协助康有为、梁启超等在京创办强学会，成立强学书局，介绍西学，聚讲办报，宣传维新。1896 年 3 月 30 日，文廷式以遇事生风、互相标榜、语多狂妄，及与内监往来等罪由被革职、永不叙用并驱逐回籍，不准在京逗留。至此，他冀望通过光绪帝推行维新振作的主张都化为泡影。去职之后，文廷式锋芒不减，仍在多方谋求推动变法，并与在华日人宫崎寅藏、平山周、白岩龙平、内藤湖南等联系交往。1899 年，内藤湖南在上海游历会见文廷式时，二人讨论了戊戌变法失败的原因，比较了中日两国维新变法的不同。② 1900 年，文廷式受日本同

---

  ① 参见［日］冈千仞著，张明杰整理《观光纪游　观光续纪　观光游草》，中华书局 2009 年版，第 170 页。
  ② 参见［日］内藤湖南著，吴卫峰译《燕山楚水》，中华书局 2007 年版，第 88 页。

文会的邀请赴日游历，17年后，当他再次见到冈千仞时，不免感慨唏嘘。文廷式的《东游日记》中并未谈及时政，"固由不在位不谋政，亦知诸君之无暇及此也"①。

内藤湖南抵达天津后，向《国闻报》记者方若询问本地有哪些名士，方向他推荐了严复、王修植、陈锦涛、蒋国亮、温宗尧、王承传等人。内藤湖南首先约见了严复和王修植，与二人刚一见面，内藤湖南就问起清廷是否还有变法的可能，而与严复的对话则先围绕《天演论》展开。内藤湖南请教严复如何解决政府的财政问题及官员腐败问题。② 事实上，这一次交谈非常短暂，实质性内容不多。到达上海后，内藤湖南先后与文廷式、宋伯鲁、张元济、叶瀚等人进行了晤谈，方是时，维新变法失败，这些参与变法的有识之士无不悲愤难抑，言语间多有激愤与失望流露。

永井久一郎（1852—1913）在1897年至1900年间旅居上海，担任日本邮船会社上海支店长。在华期间，广交文友，与文廷式、李伯元等人过从甚密。回国前，他作留别诗四首索和，一时和者甚众，内有汪康年、姚文藻等名流。永井将其编为一集，名曰《淞水骊歌》。③

1897年11月，山本宪抵达上海，此次中国之行，山本宪与张謇、力钧、罗振玉、汪康年、狄葆贤、蒋斧、叶瀚、汪大钧和曾广钧等人会面笔谈。关于此次中国行的目的，山本在游记中阐明："在昔朝廷与隋唐通好，士留学彼地者往来不绝，而彼我邻交亦密。今则官曹商贾之外，绝无往游……而近年欧米人渐猖獗，动欲逞虎狼之欲。为邦人者，亦游彼土，广交名士，提挈同仇，以讲御侮之方。"④ 此行之中，山本宪与汪康年建立了深厚的友谊，分别后，双

---

① （清）文廷式著，汪叔子编：《文廷式集》，中华书局2018年版，第1661页。
② 参见［日］内藤湖南著，吴卫峰译《燕山楚水》，中华书局2007年版，第34页。
③ 参见王宝平主编《中日诗文交流集》，上海古籍出版社2004年版，第13页。
④ ［日］山本宪：《燕山楚水纪游》上册，上野松龙舍1898年版，第1—2页。转引自吕顺长《清末维新派人物致山本宪书札考释》，上海交通大学出版社2017年版，第4页。

方保持了频繁的通信关系，山本宪向汪康年赠送了自己撰写的《燕山楚水纪游》。汪康年将收到的游记自留一部，其余分送给叶瀚、汤寿潜和梁启超。汪康年阅读游记后认为山本宪此行采风问俗，随地留意，不虚此行，"书中于敝邦政治颓废之原、孔教式微之故，尤能洞见瘕结，言之确凿……至于兴亚之念，中东联合之思，时时流露于言间，则尤足见先生志事所在，不仅以笔墨雅饬追踪古人已也"①。

　　早期来华日人不但与中国文士频繁交流，也乐于结交官员，不过，李鸿章、张之洞等高级官僚经常公务繁忙无暇接见，再加上官场烦琐的礼节也令人却步。因此这些来华日人也没有机会向当权者献策，而与官员有千丝万缕联系的文士就成为双方沟通的重要纽带。不过，还是有一些例外。1878年，任职于大藏省的竹添进一郎奉大久保之命，携带日本募集救济中国北方旱灾的款项来到中国，与李鸿章办理赈灾事宜，给李鸿章留下好感。李鸿章在给《栈云峡雨日记并诗草》写的序言中提道："光绪三年，畿辅、山西、河西饥。其明年，日本井井居士竹添进一，实来饩饥氓以粟，余既感其意而谢之，就与语，闳豁无涯涘，盖笃雅劬学士也……余又闻海东旧俗，其俗近古，其传有先秦以来未见之书，其士多恢奇博辩，往往遗世独立，徜徉岩壑，以颐其志。……居士其为我告之，方今两国文轨相同，往来相通，畛域之分，非复曩时比。继自今有踵居士而来游者，余将东向速客，延之上座，一叩其胸中之奇也。"② 序言之中虽为客气之语，却也表达两国建交之初的敦睦之意。

　　来华日人热衷于向高官进言的"传统"也逐渐被中国官员熟知，德富苏峰在拜会了直隶总督、北洋大臣袁世凯后收到了袁氏赠送的照片，后来听说袁世凯对德富苏峰在会面时没有大发议论而表

---

① 吕顺长：《清末维新派人物致山本宪书札考释》，上海交通大学出版社2017年版，第332页

② [日]竹添进一郎、[日]殷野琢著，张明杰整理：《栈云峡雨日记　苇杭游记》，中华书局2007年版，第16页。

示奇怪。① 盖因当时以宗方小太郎、中西正树、井手三郎等日本浪人频繁结交官员，四处兜售政治见解，各地督抚早有耳闻，习以为常。

第三节　行游、交往、集会：晚清中日文人 互访的政治诉求与历史走向

晚清时期来华日人的身份异常复杂，来华目的也各有不同，异域游记呈现旅程的缩影，建立人与人的关系，阐释特定时间段内结成某种团体的契机。自"千岁丸"商队后，来华日人在回溯文化源流与寻求对抗西方的双重情感因素推动下与中国人交往，并希望达成某种合作，不论是文化上还是政治上。1876年，小栗栖香顶修建的东本愿寺别院是中日佛教徒交流的场所；1886年，荒尾精（1869—1896）在岸田吟香和町田实一的资助下成立汉口乐善堂，1890年又在上海创办日清贸易研究所，聚合当时在华日人进行特务活动。不过，这些日本的侨民、商人身份极为隐蔽，在与中国文人交往时表露出的都是亲善的面貌。甲午战争后，中日文人的民间交往变得更为微妙，是战争的对手，是维新变法的榜样，也是拯救危局的盟友。甲午战后，"三国干涉还辽"的发生使日本上下认识到其国际地位依旧低下，为抵抗西方的扩张与侵略，朝野内外的日本人纷纷来到中国，接触官僚与文化精英，力图构建黄种人联合起来抵抗白种人侵略的局面。居于上海的汪康年、江标、康广仁、欧矩甲、曾广铨、陈季同、叶瀚等维新人士忙于迎来送往，与日人畅谈变法路径。

戊戌变法前后，日本成立了很多研究中国问题的组织，1897

---

① 参见［日］德富苏峰著，刘红译《中国漫游记　七十八日游记》，中华书局2008年版，第396页。

年，日本众议院议员犬养毅、玄洋社社长平冈浩太郎和新闻界的陆实、池边吉太郎等人组成了东亚会，几乎在同时，常年在中国活动的岸田吟香、宗方小太郎和日本政界要人近卫笃麿、大内畅三等人组成了同文会。1898年11月，两会合并，组成东亚同文会。同样成立于1898年的上海亚细亚协会，可看作是中日民间联合的组织，是日本"兴亚会"在中国的分会。该会以"联结同洲、开通民智、研究学术"①为宗旨，强调亚洲诸邦士、商人等皆可入会，公举日本总领事小田切为正会长，待鹤山人为副会长。但是这个协会还未开展实质性的活动，就因"季夏京中有变，人心镇恐，故即解散，人多惋惜"②。

　　日人拉拢中国的意图非常明显，但在戊戌前后，清廷事实上面对着两种选择：一是张之洞、刘坤一等人主张与英日结盟反对沙俄，形成松散的联日派；另一种则是亲俄抗倭。后者在甲午战后尤其在朝野上下具有吸引力，在巨大舆论压力下，张之洞等也暂时放弃联日的打算。1897年底，德国强占胶州湾，沙俄紧跟着占领了旅大，这种背信弃义的侵略行径立刻打破了亲俄派的幻想，而日本方面趁机缓和与清政府的关系，派遣各方人士来华游说。日渐高涨的维新运动也打起以日为师的旗号。《时务报》成为舆论领袖后，不仅康有为和梁启超，汪康年也进入了日本人的视野。汪康年早年担任张之洞孙辈的家庭教师，1890年，进入湖北志局校阅省志，1893年进入自强学堂编纂《洋务辑要》。在家乡杭州和谋事的湖北，汪康年搭建了广泛的交际网络，王文韶、瞿鸿机、李文田、张之洞等官员，夏曾佑、叶瀚、章炳麟、张元济、蔡元培、缪荃孙、杨守敬、屠寄、邹代钧、陈三立、杨文会、华世芳、徐建寅、辜鸿铭、黄绍箕、钱恂、梁鼎芬、吴德潇等名士组成他的社交圈。1890年和1894年，汪康年两度入京会试，又结识了梁启超、李希圣、叶德

---

① 夏东元编：《郑观应集》，上海人民出版社1982年版，第218页。
② 夏东元编：《郑观应集》，上海人民出版社1982年版，第220页。

辉、汤寿潜、赵启霖、熊希龄、张謇、王照、孙同康等人。这些人中，不少都是维新变法志同道合的同志，庞大的人际交往网络还在滚雪球般吸引精英士子的加入，为汪康年的维新事业奠定了坚实的基础。1897 年，汪康年与来华的宗方小太郎相识，1897 年 2 月 22 日出版的《时务报》刊登了章炳麟的《论亚洲宜自为唇齿》一文，明确提出联合日本，远敌泰西，近御俄罗斯，公开传递了以《时务报》为代表的维新派的外交见解。① 来华日人友善而热情的态度使汪康年迫切希望能与日本联合，助力中国的维新事业，同时汪康年也渴望东渡日本，采访政治风俗并与日本朝野进一步沟通联络。1897 年年底，汪康年以《时务报》总理的身份与记者曾广铨访问日本。汪康年一行在日本受到热烈欢迎，作为中国维新运动的代表人物，他虽然在日时间不长，但意义重大，非寻常游历可比。

　　清末中日交往除了活跃在前台的文人外，在晚清政局中具有举足轻重地位的重臣也会在对外决策中受到幕僚与所接触的外国人的影响。张之洞在外交政策中应该"联俄"还是"联日"的问题上立场比较鲜明，反对李鸿章签订的《中俄密约》，在处理东三省的问题上，主张自行通商，而他的主张正是受到来华日人的影响。张之洞在给朝廷的奏折中提到："日本近日遣其著名武将来长江及浙、闽、广东游历，叠接日本委员及游学生来电来函，均谓该日将此次来华极为郑重，具有深意。"② 又言接到近卫笃麿来函，内有详细规划东三省各项事宜的蓝筹。由此可知，张之洞不仅和来华游历的日人长期保持着密切关系，而且在政事判断和决策时也受其影响。早在 1897 年，日本参谋大佐神尾光臣一行三人至鄂，张之洞未曾亲见，仅派江汉关道和知府钱恂接待。其汇报了神尾光臣的来意，张之洞为日方所提出的同种、同教、同文、同处亚洲所打动，愿

---

① 参见廖梅《汪康年：从民权论到文化保守主义》，上海古籍出版社 2001 年版，第 159 页。
② 苑书义等主编：《张之洞全集》，第二册，河北人民出版社 1998 年版，第 1456 页。

意协商具体办法,希望神尾光臣能重回武汉。① 神尾等人此行还在汉口见到了谭嗣同,唐才常将这次会面记录下来,登载在《湘报》上②。神尾在谈话中表示甲午之战对中日双方皆无好处,中日本为兄弟国,唇亡齿寒,因此愿意支持中国抵抗列强瓜分。唐才常等认同神尾对战争的表态,认为此时的中国应与英日联盟,而两湖士人更应多到日本游历、求学,以达到"通其气谊,群其心力,均其盈虚,化两为一"的目的。

1898 年,神尾再至武汉协商新法练兵,选人就学日本事宜,张之洞认为此事颇为重要,力邀盛宣怀来湘共商。最终,盛宣怀在上海接见了神尾,并详细询问了日本的陆军制度,并指派郑孝胥与神尾进一步沟通,订立军制及士官学堂章程。③ 随后张之洞即派姚锡光、张彪赴日本考察教育、兵制,筹划选派学生赴日留学的具体事项,正式开启湖北地区与日本的官方联系。张之洞认为:"欲采西法之长,而不资诸曾游海外亲见西政之人,与夫平日博览群书考求西法之人,是冥行者,必迷其方也。"④ 在张之洞的认知中,海外游学经历是考求西法、施行西政的必要条件,而在清末具体的时代环境下,日本取代欧美成为新政的样本,自 1875 年岸田吟香在汉口开设乐善堂药铺分店起,日人持续奔走,联络官场的努力终于得见成效。

第四节　中日异域游记叙事的框架与逻辑

异域游记是以作者的眼光看待"他国",并选择性地进行书写,这种书写与建构必然受到社会价值观念的影响,形成某种"框架"。晚清时期,中日交流频繁,东游日记和中国行记数量颇为可观,对

---

① 苑书义等主编:《张之洞全集》,第九册,河北人民出版社 1998 年版,第 7446 页。
② 参见《湘报》第二十三号《中国近代期刊汇刊·第二辑》,中华书局版,第 179 页。
③ 参见劳祖德整理《郑孝胥日记》,中华书局 1993 年版,第 645 页。
④ 苑书义等主编:《张之洞全集》,第二册,河北人民出版社 1998 年版,第 1465 页。

照比较即会发现两者在叙事上差别明显。游客眼中的"异域"是客观世界与主观世界的混合体,态度变化也会影响叙事方式。罗森书写的日本是开埠之前落后的景象,尽管罗森本人是名不见经传的小文人,但言语中依然是天朝上国的口吻。罗森眼中的日本街市:"见铺屋,或编以茅草,或乘以灰瓦。比邻而居,屋内通连。故曾入门见其人,再入别屋,而亦见其人也。女人过家过巷,男女不分,虽于途间招之亦至。妇人多有裸裎佣工者。稠人广众,男不羞见下体,女看淫画为平常。"①罗森问日人取士之方,对方回答"文、武、艺、身、言皆取,而诗不以举官。所读者亦以孔孟之书,而诸子百家亦复不少"②。此时的日本各方面都相对落后,对儒家文化还是全面服膺的。自中国向日本正式派使至甲午战前,中国人所书写的日本游记中观察了明治维新后日本的新变化,官制、兵制、学制等都是考察的重点。日本自维新政出,百事更张,一切效法西洋,改岁历,易冠裳,甚欲废六经而不用,这些变化都让来自中国的旅人有些失落,"日本虽僻处东隅,汉唐遗风,间有传者,一旦举而废之。初与米利坚通商,继欲锁港拒之,后又仿其法之善者,下至节文度数之末、日用饮食之细,亦能酷似。风会所趋,固有不克自主者乎?"③

鸦片战争后,日本总结了清廷失败的原因,选择开国、倒幕、维新,迅速开启现代化发展之路。对于身边的参照样本,相当长的一段时间内,朝廷并未重视,因此,出现了一种奇怪的局面:"两国虽同在一洲,情谊乖违,音问隔绝。近世作者,如松龛徐氏,默深魏氏,于西洋绝远之国,尚能志其崖略,独于日本,考证阙如;或稍述之,而惝恍疏阔,竟不能稽其世系疆域,犹似古之所谓三神山者之可望不可至也。"咸同以来,日本维新"不免为天下讥笑,

---

① (清)罗森:《日本日记》,岳麓书社1983年版,第40页。
② (清)罗森:《日本日记》,岳麓书社1983年版,第37页。
③ (清)何如璋:《甲午以前日本游记五种》,岳麓书社1983年版,第102页。

然富强之机,转移颇捷。循是不辍,当有可与西国争衡之势"①。光绪初,何如璋、张斯桂、黄遵宪、黎庶昌等驻日使官,李圭、王韬、李筱圃等人自费游览日本,他们的笔下更注重书写日本的历史,既写中日古代渊源,更写开埠后日本变化情况。忧心国事的文人虽然觉察到日本的崛起,但国内洋务运动的实效以及长久以来对"道"的自信使他们认为可以在亚洲诸国那里维持原有的地位。薛福成的预判在当时的知识分子中相当具有代表性:"自今以后,或因同壤而世为仇雠,有吴越相倾之势;或因同盟而互为唇齿,有吴蜀相援之形。"② 不幸的是,前半句一语成谶,半个多世纪里,日本几度发动战争,战后两国关系纠葛复杂,情感在两极横跳。

甲午战后,中日关系短时间就从仇视进入以日为师的阶段。在张之洞等人大力提倡下,出现了集中赴日考察、留学的潮流,官绅、留学生在进行异域书写时带有明确的目的性,叙事中的"维新"甚至"革命"意味渐浓。"日本为什么能在短时间内迅速崛起?"是每份游记需要回答的问题。商业、农业、军事、教育、警察等都因是答案的选项而被重复书写。国势衰弱,每况愈下,变法已成为不能回避的问题,明治维新迅速强国的效果打动了朝野上下,以日为师成为当时的共识。此时的东游日记对日本的各项建设推崇备至,力求记录详尽以便效仿。"入其境,见夫田畴井井,厘若画图,男妇勤能,风物都美,古所谓野无旷土,国无游民者,不图得于今日遇之。不唯是也,遍国中学校如林,铁轨如织,无人不学,无学不精,凡商业、工艺、武备、警察、开垦、矿产诸大政,靡不悉心筹计,不稍留缺憾于纤微。宜乎以区区三岛,向称积弱之国,不四十年,巍然足与泰西诸大国相颉颃,夫岂幸致也哉?要亦处心积虑者久矣。"③ 黄璟描述的日本是一个完美的理想国,虽语有

---

① (清)黄遵宪:《日本国志》,岳麓书社2016年版,第2页。
② (清)黄遵宪:《日本国志》,岳麓书社2016年版,第2页。
③ (清)黄璟:《考察农务日记》,岳麓书社2016年版,第44页。

夸张，但的确符合部分士人的期待与想象。中日几乎同一时间启动追寻富强之路，然"吾国言富强久矣！前十年喜言兵，近十年喜言学，举倾国之财以驰骛于东西人之议论，效未见而力已疲，是求富强而适得贫弱也。嗟夫！商业之不讲，工艺之不兴，利权失，漏卮巨，地产坐弃，游闲滋多，其求富强而得贫弱也，固宜"①。出现这种南辕北辙的局面，周学熙总结为风气未开，"明治以前其民情之顽固有甚于中国，而何以一旦幡然能使庸夫俗子心志如此之灵敏？盖所以开通风气者，必有要领。其铁路、轮船、电报、得律风之数者之足以大启民智欤！夫民安土重迁，囿于乡里之所习，大率足所未至，身所未经，则以为异，目所不见，耳所不闻，则以为怪，此人之情也。如此，朝廷虽有良法美意，何由而施？"②

中国士子的东游日记整体上建构了维新变革的话语模式，在知识传输、观念传导方面起到重要的启蒙作用。不过甲午战前，外交官员与少数知识分子写就的东游日记未能引起中国读者的注意，主要原因是当时"整个知识体系的滞后，使中国士子不具备阅读、理解如《日本国志》等文献的能力"③。清末新政推行后，旅日考察士人、留日归国学生通过各类人才选拔方式进入到政府各重要部门，参与新政，此时的他们被认为是具有新知识结构的改革人才。虽然清末新政最终未能挽救清王朝覆亡的命运，但越来越多的知识分子关注新知，倡办新学，通过编印各类出版物普及新知，更新国人的知识库，推动文化的近代转型。

正确处理东西文化与古今文化的关系，是施行新政要解决的根本性问题。明治之初，日本舍中学而就西学，然在发展中逐渐认识到保持本国文化的重要性。吴汝纶在日期间，与众多日本政界要员、教育家会晤，请教如何改良教育，推行新政。古城贞吉劝勿废

---

① （清）周学熙：《东游日记》，岳麓书社2016年版，第85页。
② （清）周学熙：《东游日记》，岳麓书社2016年版，第124页。
③ ［日］沈国威：《新语往还：中日近代语言交涉史》，社会科学文献出版社2020年版，第25页。

经史，百家之学，欧西诸国学堂，必以国学为中坚。古城（贞吉）谓："移易风俗，圣贤犹难，五方交通学有长短，如废贵国之文学，则三千年之风俗，无复存者，人则悉死，政则悉败矣。"①

中日文人在相互书写对方国度时不可避免地受到历史传统与现实境遇的影响，作为完美之国的"日本"必须是经历了"维新"而至强盛的日本，而非变衣冠、改正朔且觊觎周边国家的肘腋之患。晚清士人在书写日本时的心态是矛盾的，全面照搬西方的日本是对传统东亚文化圈的"背叛"，但这种"背叛"换来的却是国力日盛；然而用西方形塑的"现代化"彻底取代中国文明，这是晚清文人无法跨越的心灵障碍。而来华的日本文人同样经受着这种心灵的拷问，部分日人选择彻底抛弃中国文化，转投西方文明，但无论是地理位置还是文化类型都难以真正融入西方，故经常处于尴尬境地。小林爱雄于1908年12月乘坐德国轮船前往中国，刚一上船，他就表现出不同寻常的艳羡，用诗意的语言描述他的快乐：明亮的灯泡、弹簧的床铺、柔软的地面，即使是混合了花香、雪茄、香烟的气息也被他称之为"文明的香气"②。小林爱雄在这部游记的自序中将中国称作"沉睡的国家"，虽然在古代"这个国家曾经出现过被誉为世界三圣之一的伟人，曾建筑过长达万里的长城，曾出现过无数位英雄和诗人，但对于这些，现在的人们已毫不在意，只是沉醉在美酒和鸦片的香味中悠悠沉睡。在这个国家的一侧，有一个不太大的岛，岛上的年轻人忘记了曾经被这个'沉睡国家'培育的事实，开始崇拜远隔重洋的'清醒国家'，并拼命模仿，趾高气扬地以为自己很了不起。有一天，其中一个年轻人去'沉睡的国家'旅行，并自以为这次旅行肯定像'巨人'去'小人国'。但是，等他去了才发现自己大错特错了。在自己的岛上，'沉睡国家'的圣人书被弄成火柴盒似的小册子，流行在电车中睁大眼睛阅读。

---

① （清）吴汝纶：《东游丛录》，岳麓书社2016年版，第64页。
② ［日］小林爱雄著，李炜译：《中国印象记》，中华书局2007年版，第20页。

但是，在这些书的起源地，新的思想正从根本上植入人们的头脑。而且，岛上的人所苦恼的东西文化融合之类的问题，在那里好像能马上解决。岛上的这个年轻人一直在想，到底谁是'巨人'，谁是'小人'？在这次旅行中，年轻人有了很大的收获。那就是，必须想到'沉睡国家'有觉醒的那一刻，我们须在一段时间内为他们盖上被子好生照顾，等他们清醒后手拉手地一起前进"①。小林爱雄的旅行后感颇具代表性，文明的小国与落后的大国在几度交手较量中占据了上风，膨胀了日本上下的野心。宗藩解体后，日本积极谋求再造亚洲中心。晚清日人的中国行纪中虽多用谦逊的语气，文化自豪感却时时溢出文字，不仅是领先一步地移植西方文化，还有对东方文化的搜集、整理与研究，文化自信是国家实力的真实体现。

　　正是基于这种自信，日本部分"轻薄的人"（内藤湖南语）动不动就讲："中国在世界上，是守旧的代表，而日本和中国相邻，是东亚进步的先鞭。两国的冲突，乃守旧、进步两大主义的冲突。我们应该唤醒四亿百姓，引领他们走向进步。这是我们的天职。""中国妄自尊大，非其'道'，则不以为'道'。所以，对欧洲近代的思想都不能理解，只是徒然地拒绝。而我国则很早就欢迎西洋的义理学说，宪章制度，学官教育，全部效仿西方。西方人对中国的学风不熟悉，也就很难诱导启发他们接受新思想。只有我国，以前接受中国的学问，百家都有传播，现在又学习西洋思想，直逼堂奥。所以我国可以作为二者的中介来改变中国。"② 受中国文化熏陶颇深的内藤湖南不同意这种看法，他认为"日本的天职，就是日本的天职，不是介绍西洋文明，把它传给中国，使它在东亚弘扬的天职；也不是保护中国的旧物卖给西洋；而是使日本的文明、日本的风尚风靡天下、光被坤舆的天职。我们因为国在东亚，又因为东亚

---

①　[日] 小林爱雄著，李炜译：《中国印象记》，中华书局2007年版，第17页。
②　[日] 内藤湖南著，吴卫峰译：《燕山楚水》，中华书局2007年版，第181页。

各国以中国为最大,我们的天职的履行必须以中国为主要对象"①。可见,无论是"兴亚"还是"脱亚",以至于后来的"征亚",日本都在主动谋求政治、文化的领导地位,持有"兴亚"观念的日本人希望保留中国古代的文化传统,但是文化的中心应从中国转移至日本。

① [日]内藤湖南著,吴卫峰译:《燕山楚水》,中华书局2007年版,第183页。

第六章

思想史视域下的晚清异域游记

晚清异域游记写作与传播前后约七十年，这七十年间也是近代中国思想观念最为活跃，变动最频繁的时期。来源于西方的各种思潮观念通过不同路径进入国人视野，从认知到行为层面，推动现代观念的发生。晚清民初追慕西方文明的革新思潮之"洋务""维新""立宪""革命""新民""文明""西化"等语汇，表征着中国"现代化"理论早期形态的演变。这些词汇后来逐渐被"现代化"概念所取代，或被纳入"现代化"概念之中。①

晚清以降，国人对外来思想观念经历了有选择吸收、全面借鉴、消化整合重构三个阶段，这个过程无法忽略，每一个所谓思想的转折点，前期都经历了量变的积累过程。因此，考察思想观念的变迁不能只围绕触发性事件做"点"的研究。晚清异域游记是主动吸收西方文化观念的重要表征，不同作者考察世界之后，通过文本为国人完成了"世界拼图"，建构了国人早期的行游观、世界观、文明观。有目的的行游与撰写的游记共同作为观念传播的媒介，推动思想观念的变迁。

观念研究历来与哲学研究和思想研究渊源颇深，核心讨论的是客观存在与主观世界的关系。不过，观念与思想还有一定差别，观

---

① 参见高力克《文明的求索：晚清民国思想史中的现代化理论》，《浙江社会科学》2024年第1期，第36页。

念多指"在个体或一代人的思想中,有一些含蓄或不完全清楚的设定不被逻辑的自我意识所细察,但常常成为一个时代的主要的理智的倾向"①。观念所覆盖的范围更为宽泛,19世纪末以来兴起观念史研究,洛夫乔伊强调,观念史的最终任务就是运用自己独特的分析方法试图理解新的信仰和理智风格是如何被引进和传播的,并试图说明在观念产生的心理过程,弄清楚那些占支配地位或广泛流行的思想是如何在一代人中放弃了对人们思想的控制而让位于别的思想。② 晚清时期,大到国家民族,小到日常生活,各种观念都处于变动期,异域游记中折射出的观念变化既是出游者自身精神世界的蝶变,又是同时代知识分子思想观念的缩影。观念的转变源于游历后的亲身体验与讲述,阅读者的理解与再阐释,它既不是西方观念的照搬,也没有形成某种固定的模式,而是心态上的逐步调整与变化。

第一节 异域游记折射出的对外交往观念变迁

在描述中国人的文化品格时,经常会使用"安土重迁"来形容中国人与土地、血缘、宗族的紧密关系。费孝通在《乡土中国》中谈道,中国社会是乡土性的,以农为生、世代定居是常态,迁移是变态,人与空间的关系则是不流动的。③ 不过,这种稳定并不是绝对的,除了人口因谋生、战乱、灾荒而发生的迁移外,行商、求学、科考、任职、游历等行游活动时有发生。龚鹏程将古代社会中的行游划分为三种形态,第一种是以游乐为生命充裕满足、无拘束

---

① [美]阿瑟·O. 洛夫乔伊:《存在巨链》,张传有、高秉江译,商务印书馆2015年版,第9页。
② [美]阿瑟·O. 洛夫乔伊:《存在巨链》,张传有、高秉江译,商务印书馆2015年版,第26页。
③ 参见费孝通《乡土中国》,人民出版社2011年版,第3页。

无压力的优游；第二种是以游为陶写忧愁、消解生命之困苦；第三种是以优游为一种人所追求的生活方式。① 在所留存的游记精品中，多为纾解抑郁苦闷，感时伤怀的羁旅之作，以享乐为目的的优游在传统价值观中难以成为主流。将目光转向西方，17世纪末，"壮游"在贵族、士绅子弟间蔚然成风，早期的"古典壮游"，但求观察、记录美术馆、博物馆或文化涵养高的艺术作品，不掺杂个人情感，然至19世纪，人们更青睐"浪漫壮游"，兴起"风景观光"②。中西对于"游"的认识在清中期可谓大相径庭。一方面，西方出于殖民扩张、地理探险、经商旅行等各种目的频频东顾；另一方面，清廷极力排拒来自西方的"请觐""通商"，也不赞同百姓出海谋生。

晚清异域游记集中讨论了关于"游"的观念，强调了"游历"，尤其是异域游历的重要性。"普通美国人民，恒以游历为要图，此实其特优之点。老死不出里闾，则闻见有所囿而不广。积学之士，虽能以书史之助而知天下事，然实践之阅历，终不若游历者身亲其境之为能详尽。美人重游历，车辙马迹，恒遍各处。以吾国人与较，殊有惭色。中国古俗，以舟车为畏途，虽至今日，涉重洋、游异国，犹以为险。夫生长村市之间，足迹不出百里，无闻见阅历以启迪其智慧，则虽至耄耋，思想偏浅，意念卑近，亦终成其为自私自利之人焉耳。"③ 在伍廷芳看来，游历与"启迪智慧"，改造思想紧密联系在一起，国家求富强的前提在于国民增长见识。

异域行游能够开官智与开民智，背后隐含着古老的东方智慧有必要增添现代性元素的迫切需求。异域行游是对世界的旁观与凝视，也是对自身固有的价值评判标准的质疑、挑战与突破。当然，不同时期不同作者写就的异域游记在思想层面突破的程度也是不同

---

① 参见龚鹏程《游的精神文化史论》，河北教育出版社2001版，第60页。
② [英] 约翰·厄里、乔纳斯·拉森：《游客的凝视》，黄宛瑜译，格致出版社2016年版，第7页。
③ （清）伍廷芳：《美国视察记》，岳麓书社2016年版，第17页。

的，但他们多从"生活"落笔，于日常中渗透那些"离经叛道"的行为。因此，考察异域游记中的观念变迁要将着眼点放在"过程"与"传播"中。

（一）舆论压力下早期出游者的谨慎表达

早期异域游记中，作者既不能表达海外畅游的喜悦，也不能讨论国外生活的安逸富庶。1847年，林针因家贫而接受聘任前往美国从事翻译工作，他将自己此行的实录整理为《西海纪游自序》与《西海纪游诗》。对于他此次行游，镇闽将军、督理海关英桂和福建督粮道、署兴泉永兵备道周揆源都认为是一次壮游。"盖西游者，溯自汉纪及唐元以来，历有其人；然以游之远而且壮者，莫留轩若也。"① "汉代自张骞寻河源，泛斗牛，始达西域。唐元奘、元耶律楚材衔命西游，后此鲜有继者。然张骞未睹昆仑，元奘、耶律楚材仅至西番。唯我朝徐霞客以书生遍游宇内名山大川，出玉门关数千里，至昆仑山，穷星宿海，去中夏三万四千三百里，可谓游之远者。今林君景周由闽挂帆九万余里，行抵绝域，详悉各国风土人情，了如指掌。是霞客而后，游之远而且壮者。"②

自古游历之广，如《淮南子》云："禹使大章步东极至于西极二亿三万三千五百七十里，自北极至南极亦然"，不过这些记载词近荒渺，犹难征信。其后史册所载，或远蹈绝域，而未有为海外之行者。③ 做了这样一场了不起的出海壮游，林针还是要面对人们对他远游的质疑，"景周性惇笃而家甚贫，白发在堂，无以为养。其乘风破浪，孤剑长征，将矣博菽水资而为二老欢也。其游不久即归，非得已者。不知者乃以此相夸诧，过矣！"④ 林针唯有搬出对祖母的思念，以"孝道"来抵御"远游"遭受的非议。

---

① （清）林针：《西海纪游草》，岳麓书社1985年版，第29页。
② （清）林针：《西海纪游草》，岳麓书社1985年版，第31页。
③ （清）林针：《西海纪游草》，岳麓书社1985年版，第30页。
④ （清）林针：《西海纪游草》，岳麓书社1985年版，第33页。

关于远游异域的非议，究其缘由，不在远游，而在于晚清时期，自上而下已经感受到来自西方世界的威胁，对外战争的失败首先激发的是民众的愤慨与敌视。友好地与西人交往，难免会被扣上通敌汉奸的帽子。在这种群体心态下，个人即使对西方感兴趣，也要尽可能压制，以减少来自群体的压力。这种压力不仅对普通人起作用，早期官方派驻的使臣同样要面对这种压力。

两次鸦片战争失败后，对外交往无可避免，朝廷除了成立主管外交事务的总理衙门外，是否需要向西方各国派设常驻使臣成为朝廷内争论的焦点。同治六年（1867），为了应对十年修约，以及回应赫德的《局外旁观论》、威妥玛的《新议略论》，总理衙门上奏朝廷要求各地将军督抚大臣就所需面对的"夷务"进行廷议。总理衙门率先抛出的《条说六条》①成为众臣讨论的蓝本。针对遣使问题，总理衙门认为，我国并无赴外国应办之事，只是在探听他国虚实方面有所欠缺。且"中国出使外国，其难有二：一则远涉重洋，人多畏阻，水陆跋涉，寓馆用度，费尤不赀，且分驻既多，筹款亦属不易；一则语言文字尚未通晓，仍须倚恃翻译，未免为难。况为守兼优才堪专对者，本难其选，若不得其人，贸然前往，或致狎而见侮，转足贻羞域外，误我事机；甚或勉强派遣，至如中行说之为患于汉，尤不可以不虑。上年本衙门奏准，令斌椿带同学生凤仪等，附船赴泰西各处游历，略访其风俗人情，与出使不同，未可再为仿照。此后遣使一节，亦关紧要，未可视为缓图"②。

总理衙门官员已是当时与外务联系最为密切的群体，但此时，他们的观念依然囿于夷夏之防，只不过对于枪炮加持的"夷狄"毫无办法，仅能以"孔子之作春秋也，诸侯用夷礼则夷之，夷而进于中国则中国之。今夷并未自进于中国，而必以中国之礼绳之，其势有所不能"③来安慰自己。管辖沿海地区的督抚在遣使问题上普遍

---

① 李书源整理：《筹办夷务始末》，中华书局2008年版，第2124页。
② 李书源整理：《筹办夷务始末》，中华书局2008年版，第2125页。
③ 李书源整理：《筹办夷务始末》，中华书局2008年版，第2124页。

表达了开明的态度，曾国藩认为"或恐使臣之辱命，或惮费用之浩繁，此皆过虑之辞……纵有一二不能专对之臣，亦安知无苏武、班超、富弼、洪皓者流出乎其中，为国家扬威而弭患，此刻慨然允许者也"①。沈葆桢则认为："舟车寓馆之赀，岁费当不过数万，同文馆艺成之士，当可充翻译之官，愿者遣行。"②

在使才选择上，英桂担忧"臣工衔命遄往，远隔重洋，不通语言，未谙文字，仅凭翻译，安寄耳目，难免亢则交争，卑则见侮"③。左宗棠、沈葆桢对闽浙等地培养的外语人才较有把握，认为"除广东人情浮伪喜事不宜轻用外，其闽、浙两省堪膺斯选者尚多"④。除语言外，使才的品性也是选择的标准，李瀚章要求"择中国读书明理、有操守而又通晓外洋语言文字者数人，由总理衙门察看才具，不惜给予虚衔，派充使臣之任，计功受赏"⑤。

不过官员们还存在另外的疑惧，刘坤一认为分遣使臣往驻各国，不得任其所指，以柱石重臣弃之绝域，令得挟以为质⑥；马新贻就担心"如我使至彼，该夷精与以秉政之虚名，而借口要求，入秉我朝之实政，其患更不可言喻"⑦。中国历史文化中的执节出使，是以张骞、苏武、班超等人为代表的，"汉张骞乘槎寻源，苏武出使绝域；之两臣者，功垂竹帛，光昭简册，每读史不禁向往深之"⑧。不过，先贤们坎坷多难的经历也额外增添了使臣的担忧，不少原被选定的使才会使用各种理由逃避差使。对于人身安全的担忧随着派往海外的使臣见闻汇报而很快消除，但是对异域行游即是对国家和传统文化的背叛这一点，持续抱有疑虑的时间则更长一些。

---

① 李书源整理：《筹办夷务始末》，中华书局2008年版，第2225页。
② 李书源整理：《筹办夷务始末》，中华书局2008年版，第2197页。
③ 李书源整理：《筹办夷务始末》，中华书局2008年版，第2229页。
④ 李书源整理：《筹办夷务始末》，中华书局2008年版，第2254页。
⑤ 李书源整理：《筹办夷务始末》，中华书局2008年版，第2191页。
⑥ 李书源整理：《筹办夷务始末》，中华书局2008年版，第1723页。
⑦ 李书源整理：《筹办夷务始末》，中华书局2008年版，第2270页。
⑧ （清）张德彝：《航海述奇》，岳麓书社1985年版，第437页。

同光之际，国人对于迈出国门、走向世界持保守态度的占多数。比如阅读了张德彝出使日记的旗人孟保认为："在初亲历各国，习其语言文字，察其地势人情，与夫山川道里之所经，一一穷其奇而笔之书。岂徒侈游览之大观，夸新奇以骇俗哉？将为圣朝备有用之材也。且夫无不变者，势之所以必至也，有不变者，理之所当然也。人情日趋于巧利，而挽回气运，不外天理之公。时势莫测其纷更，而华育经纶，不逾人伦之至。（在初）于异端邪说，集中屡辨之矣。"① 张德彝等人早期撰写的游记中，对西方充满矛盾的叙述，褒扬与否定混为一谈正是他们在群体观念制约下个体出游者的自我规训。

（二）从默许到主动："援西入中"观念的缓变

晚清时期的思想界毕竟不是铁板一块，内忧外患中的官绅士子都在迫切地寻找救国之路，虽然他们各自认识不一，但依然有蕴含现代意识的呼声撬动旧思维。"夫人局蹐于一室之中，老死于户牖之下，几不知天地之大，九州之外更有何物。一二儒生矫其失，则又搜奇吊异，张皇幽渺，诧为耳目之殊观，不知天元地黄，一诚之积也。诚之所至，异类可通，况在含形负气之伦有异性哉？"② "吾人所处之地球，所有四大洲，大小数百岛，舟车所通，固不难往而游也。举天下之人，其足迹有不出一郡者矣，有不出一邑者矣，甚者有终身不出里巷者矣。茫茫禹迹，能遍历者，有几人哉！又况九州之外，数万里之遥，隔以大海，浩汗杳冥，巨浪如山，有望洋而叹者矣。即不畏风涛，视险若夷，而中外限隔，例禁綦严，苟无使命，虽怀壮志，徒劳梦想耳。故曰：游必有福。……斌君非独一人游，率天下之人而共游之也。"③ 他们体悟到世界之大，中西各国"几若一家。若英、德、法、美各邦，朝廷既特简重臣往驻其都，

---

① （清）张德彝：《航海述奇》，岳麓书社1985年版，第436页。
② （清）林针：《西海纪游草》，岳麓书社1985年版，第32页。
③ （清）斌椿：《乘槎笔记》，岳麓书社1985年版，第87页。

而又分遣生徒出洋肄业。五洲重译,有若户庭。軺轩往来,不绝于道。有志之士,果能殚心考究,略其短而师其长。则为益于国家者,甚远且大"①。面对各方非议,他们也尝试进行批判。黄遵宪认为自己"所交多旧学家,微言刺讥。咨嗟太息,充溢于吾耳。……及阅历日深,闻见日拓,颇悉穷变通久之理;乃信其政从西法,革故取新,卓然能自树立。……中国士夫,闻见狭陋,于外事向不措意。今既闻之矣,既见之亦,犹复缘饰古义,足已自封,且疑且信"②,深刻批判了守旧者的心理状态。

  第一批驻外使臣派出后,国内的官员士子们在观念上最大的变化是认可这种对外交往行为的正当性,受已有知识结构影响,他们更愿意将西方诸国比作战国时代的诸侯。战国诸雄合纵连横,靠的是辩才卓绝的纵横家,在国弱兵疲的晚清时期,依靠外交与列强周旋是无奈又必要的选择。因此,挑选能堪重任的使才是当务之急。宋文蔚③认识到:"春秋列国,同文最重使才。其时晋、楚、齐、秦诸大国,各以兵力争雄,识微之士,熟审强弱胜负之形,不得不借玉帛以弭兵祸,于是盟会之书,聘问之使,接轨于诸侯之境。……泰西各国,竭其聪明才力,自十九世以来,政事文物,粲然可观,相率以效灵于中夏,又非若前史所纪,献赆贡琛但征媚悦已也。"④曾国荃认为:"昔圣人论士曰:使于西方,不辱君命。盖诵诗三百,其尤要者在乎应对之能专而已。春秋之世,列国诸侯讲信修睦,雅尚辞令,珠盘玉敦之交,彬彬焉,郁郁焉。所以周旋折冲者,固大有人在。是以得一博物君子言交行远,遂足以绥服强邻而增光国家。……大抵不辱命者,在长应对。专应对者,在博学问。此古今所同然也。矧我国中外通商,势将天下一家。其必资博通谙练之

---

① (清)李圭:《环游地球新录》,岳麓书社1985年版,第192页。
② (清)黄遵宪:《日本杂事诗》,岳麓书社1985年版,第571页。
③ 宋文蔚(1854—1936),江苏溧阳人,字澄之,一字彬儒。光绪戊子科顺天副贡,甲午本省举人。后从俞樾,为诂经精舍门下士,著有《五经大义》《湖楼笔谈——说文经字疏证》。
④ (清)吴宗濂:《随轺笔记》,岳麓书社2016年版,第6页。

第六章 思想史视域下的晚清异域游记 / 195

才,于以交邻而修好也,昭昭然矣。"①阎乃竹②则认为"昔春秋时列侯争雄长,会盟聘齮,行礼往来,为命有辞,见称宣圣。盖一言之得失,而国之荣辱系焉。方今海禁宏开,合环球诸邦为一大战国,通商互市,内地杂居,华人之谋生异域,亦无虑数十万。"在这种局面下,使才选择要避免走两个极端,"世之猥琐者,恒昧于大体,或稍通外洋语言文字,遽翘然以为奇才。而唯其儒术者,则又一切鄙夷不屑,徒为放言高论,于险阻艰难情伪,概未究心。二者之蔽,盖交讥焉"③。

关于对外交流的讨论不仅只存在朝廷以及高级官员层面,中西文报刊也在集中展现各方观念。近代报刊中的理念则更进一步,《申报》在获知朝廷任命郭嵩焘担任出使英国大臣后,积极呼吁清廷向各国派驻使臣,以平等开展外交事务,承担保护侨民劳工等责任;除此之外,报刊中的论说大胆提出在异域行游中要从各方面学习西方的先进之处。《申报》登载的《游学说略》中谈道:"古游学者其行也必有以展其才而壮其志,推源其故或借山川湖海以拓胸襟,或借名胜古迹之区以广识见,或察各处风俗人情而资学力,或履勘舆地而知利弊,然后可以问政。"该论说抄录了随郭嵩焘出使的姚彦嘉查览英国斯达佛尔之司多克地方煤铁各厂之日记,记录了姚彦嘉游览矿厂的心得体会,"余得览之下,深知有心人之传述,所谓千学不如一睹已足明验,或谓其言尚略,然而洞悉靡遗"。作者还对比了西方各国的"游"的状况与观念,"泰西各国于近今数十年间,国中设有博物院,是院也,识天文者有之,熟地舆者有之,明格致者有之,谙矿务者有之,各精一艺,各专一家,凡有此学问之人。朝廷为之器重,然而止以本国之见识窄于罩限,不足以广眼界而资学业,其游历不独来华已也,盖通地球凡有路可达,有海可渡者,无论何国何邦何岛何屿,皆欲遍览"。"要使通地球之风

---

① (清)蔡钧:《出洋琐记》,岳麓书社2016年版,第63页。
② 阎乃竹,陕西朝邑人,生平不详,1896年校对出版张荫桓《三洲日记》。
③ (清)张荫桓:《三洲日记》,岳麓书社2016年版,第11页。

俗，人情河海山川动植物产舆地形势至无所不晓，无所不知而后已。余曰朝廷法帑，智士游学归，则仍为国家所用，而办国家之事，不惜重资不抑人才，毋怪乎各西国之所以日富而日强也"①，强调了中国派员赴他国游历，增长见识才干，才能走上富民强国之路。

国人对外交往观念在日见增多的使臣日记影响下逐渐发生变化。除了充当华文报刊主笔的口岸知识分子外，浸淫于传统儒家文化、出身翰林的言官们在"夷夏"观念上也开始分化，并且提出可派人专程到西方学习各项技能。1885年1月，东南道监察御史谢祖源上《请广收奇杰之游历外洋折》，该奏折原文未见，但其内容与主要观点可见于总理衙门《议复谢祖源奏请练习洋务人才折》：

> 近世士大夫囿于见闻，语及环球各国交际之通例，富强之本计，或鄙夷而不屑道。夫外洋测算，衍自中法……礼失求野，岂彼智而我独愚？特中土习为游谈，其平日留心讲习者良少耳！是以欲周知中外之情，势必自游历始。然各国事理与中国不同。彼借游历以传教者无论已，其他或默计中裔相通道里，或私绘山川形势，或考求物产盈虚，或测探煤铁矿苗，非空劳跋涉者。目前我之所亟，唯在察敌情，通洋律，谙制造测绘之要，习水师陆战之法，讲求税务、界务、茶桑、牧矿诸事宜。应请敕下出使各国大臣，随使分饬参赞随员游历境内，考核记载，分门讲求，并督出洋武弁学生等学习各项技艺；董劝并行，以收实效。至翰詹部属中，如实有制器、通算、测地、知兵之选，坚朴耐劳、志节超迈至者，可否请旨敕下翰林院、六部，核实保荐，并咨送总理衙门考核，再行奏请发往各国游历。②

---

① 《游学说略》，《申报》1878年2月18日第1页。
② （清）薛福成：《出使英法意比四国日记》，岳麓书社1985年版，第170、171页。

谢祖源的奏折针对以往使员良莠不齐，使臣自行保奏上的问题，认为出身正途、操守有保证的现任官员才是游历人员的上佳选择。谢祖源的建议时隔近两年后，才获得朝廷事实上的回应。1887年，总署奏拟订出洋游历人员章程折，禀明在实际选拔人才中存在很大难度，"窃于上年十二月初十日奉谕旨，前据谢祖源奏请饬保荐出洋人员经总理衙门议复，请由翰林院六部核实保荐，现在几及两年尚未遽保荐有人。各衙门人员之愿出洋者固不乏有志有才之士，然其中志大才疏于洋务一道，难以体贴者，亦恐难免，除翰林衙门人员由其本衙门先试以记载之笔，再行咨送外，其各衙门人员，俟保送名单会齐之后，拟由臣衙门定期传集考试以定去取，其考试所取专以长于记载叙事有条理者入选"①。面对这种局面，《申报》评论到"出使之选更难于古时，谢侍御知之，故陈奏出使外洋人员请饬翰林院六部等衙门由堂官就属员考察精明干练，才堪胜任者，每二年荐保一次。……中国所重者正途人员，而正途人员必由科甲，彼望科甲者未得之际孳孳矻矻摘句寻章，必不肯以西学分心，有荒举业迨通籍之后则功名已就即学业已成，且一生心血半已消磨。孰则肯复用其心于洋务"②。作者认为，在用人方面不应受品级所限，方能获得真正的人才。

在另一篇论说中，认为泰西列邦与中国立约通商四十年间，中外交涉之事变故多端，日益繁赜，办理者每称棘手，惟事羁縻一说，与之周旋待之固为得其道，驭之亦未合其宜，究其原因是"由于彼此之情隔阂而不通，有如十重帘幕为之障也"。在这方面，西方各国与日本异域游历的观念已全面普及，"（泰西列邦）之来游来处者曰官曰商曰士曰兵，凡自南至北，通商各埠为其足迹之所至，固无论矣，穷邦僻壤，教士亦无不至焉。日本距中国最近，语言虽异，文字则同，游历之员，络绎往来，几于不绝，多改装入内地而

---

① 王彦威纂辑，王亮编：《清季外交史料》卷71，沈云龙主编：《近代中国史料丛刊》第三编二辑，台北：文海出版社1985年版，第1325页。
② 《论延访使才》，《申报》1887年3月22日第1页。

198 / 晚清异域游记传播研究

尤留意于我辽东各处，测水道之浅深，绘关河之险阻，所有形势皆在其记载之中，其用心也可谓叵测矣"。相较之下，朝廷派出人员真正能够有益国事的并不多，"或有一二语涉赞扬泰西者，即指为有失国体，甚且得罪以去如是。而尤望其尽言勿隐，岂可得哉"。面对这种情况，作者建议"不必定取诸翰林之中，必其人能通西国语言文字则于事有济，方始可遣"，因为"事事询诸翻译，步步随乎翻译，则有如水母目虾，且西人之语词同一言也有意在言外者有情在辞内者，翻译者但能传言而不能达意，但能达外辞而不能宣内情。欧洲十数国语言文字各国不同。苟能通其大旨亦有小异而大同者。然非学之而不能知其故。今所遣游历各员亦必兼游学，其出洋也以英之语言文字为本根"，强调了语言在留学游历中的重要性。作者还从游记写作角度提出，游历留学人员"必一一备载于日记之中，庶几不负此举而游历乃始有裨益也"。作者以黄遵宪、姚文栋等出使随员为例，盛赞他们在"公事之暇，亦可悉其国政民情土风俗尚，勒为成书"，"如近日参赞黄公度之日本杂事诗、日本国史，文案姚子梁之日兵要志，皆能详其沿革，明其利病，灼然可采而卓然可传者也。游历之员专心致志于此，何独不能然哉"[①]。

游历学习在观念层面讨论的同时也开始陆续实践，不过这些实践既取得了某些成功，也有碰壁失败之处。

1. 留美幼童的尝试

1867 年，在美国耶鲁大学完成高等教育的容闳通过丁日昌向文祥上呈条陈，提出四项建议，其中第二点即为建议选派青年前往外国留学，接受完善之教育，以为国家服务。这一条陈寄往北京后，因文祥丁母忧而无下文。1870 年，天津教案发生后，容闳赴天津担任翻译，协助曾国藩、丁日昌等处理善后事宜。利用这次机会，容闳重提四项建议，并最终被曾国藩采纳。1871 年 7 月，曾国藩和李

---

① 《书总署所定出洋游历章程后》，《申报》1887 年 6 月 5 日第 1 页。

鸿章联名上奏拟选幼童赴外国肄业章程折,① 计划在上海、宁波、福建、广东等处挑选十三岁至二十岁的聪慧幼童,每年派送 30 名,四年共计 120 名,派陈兰彬、容闳等照料管理。官派留美幼童与此前赴洋学习者不同,不只是要识得洋文洋话,与洋人交易,而是要共明其理,习见其器,躬亲其事,各致其心思巧力,递相师授,期于日异而岁不同。

奏章被批准后,在幼童选拔中却出现了问题,家境富裕的父母不愿意送儿子远渡重洋,除广东外,其余沿海各地仍不能接受留学海外的观念。《申报》推测:"岂有疑于归期之太远耶?岂有疑于水土之不宜耶?学之成否未可料耶?子之年命未可必耶?"② 针对这些疑问,《申报》一一做了解答。不过,在这些表面原因的背后,更多是观念层面对西方世界的误解与恐惧。第一批 30 人未能满额,容闳不得不亲自到香港,"在英国政府设立的学校中挑选几个聪明的学生补充名额,所有申请者大多来自广东省,特别是香山县,而最终一百二十名留学生中百分之九十是南方人"③。19 世纪 70 年代,能够接受留洋观念的家庭或是曾在洋人处做事,或与西人有过接触,总的说来是对西方世界有一定的了解。1872 年 8 月 11 日,第一批留美幼童在陈兰彬的带领下,由上海启程赴美。作为留学监督正委员的陈兰彬没有留下关于幼童留美的游记,只有在驻美公使任上所著的《使美纪略》带过(未述及留学情况),而副监督容闳和护送第三批幼童的官员祁兆熙则分别在《西学东渐记》和《游美洲日记》中做了记述。祁兆熙详细描述了海上行船中,幼童们从晕船啼哭到逐渐适应的过程,他还在旅途中就"写沿途行景四张附家信中,备故乡亲友传观"④,从生活细节入手消除人们对于西方的陌生感。

---

① 参见李书源整理《筹办夷务始末》,中华书局 2008 年版,第 3322 页。
② 《论子弟出洋肄业事》,《申报》1872 年 8 月 16 日第 1 页。
③ (清)容闳:《西学东渐记》,中国人民大学出版社 2011 年版,第 105 页。
④ (清)祁兆熙:《游美洲日记》,岳麓书社 1985 年版,第 215 页。

这批留美幼童虽未能足期完成学业，在1881年就被全数召回，但是容闳认为在留学生的内心深处已形成一种观念，"即坚信西方文明远远胜于中国文明。这个观念给他们以充分理由坚决要使中国以根本上改革，不论他们自己的未来事业可能使他们的环境发生什么变化"。几年之后，"中国是真正觉醒了，而且正在充分发挥他们所拥有的少数几个受过西方教育者的作用。至于这少数几个受过西方教育的人，他们鼓舞激励了政府和人民。自中日之战和日俄之战以后，数百名中国留学生远赴美国求学"①，拉开中国留学海外的大幕。

2. 劝谏皇帝游学的空想

行游观念的讨论不仅针对官员、学子，还涉及最高统治者——皇帝，"余屡阅西字日报载有某国王因某事至某国或至某地者，指不胜屈，及炫奇博物等院开设，而国君往游其院者，每致数国之多，若中国皇帝则不能轻于出游，不能亲往他国，其故何哉？盖欧罗巴各国与中国殊，或为专权之国，或为合众之国，合众之国，君与臣民相同，故国有政事，君与臣民互相谋议，始可施行"②。继这篇议论后，《申报》又刊载了《辩论人主不可微行事》③，两篇论说长篇累牍地追述中国历代皇帝出游的情况，也提及君民相隔的危害性，列举日本与俄国君主亲政的成绩，但最后仍是强调我国皇帝不可出行，言辞间充满着矛盾。

时隔不久，《申报》又刊登了一条《辨南巡事》④，这是针对皇帝南巡所做的一篇辟谣文章，文中提到历史上的皇帝南巡劳民伤财，但又委婉指出，如果皇帝能乘坐轮船巡游，便不会消耗太多国

---

① （清）容闳：《西学东渐记》，中国人民大学出版社2011年版，第122页。
② 《皇帝不可微行论（上中下）》，《申报》1873年12月18日第1页、1873年12月19日第1页、1873年12月20日第1页。
③ 《辩论人主不可微行事》，《接续辩论人主不可微行事》，《申报》1873年12月22日第1页、1873年12月23日第1页。
④ 《辨南巡事》，《申报》1874年10月13日第1页。

帑。及至《西友辨论人君巡游幸事来函》①，终于清晰表达了西方观念中的君主亲民之利。这种讨论期待很快因同治帝驾崩而告终，但当光绪帝即位，正式进学时，《申报》又提出人君应通他国语言文字的要求，论说以清帝需要学习满语、汉语、蒙古语以维持统治为例，认为皇帝冲龄入学，年富力强，何妨添习英语。②

《申报》中关于皇帝游历西方学习的建议并非异想天开的僭越之语，俄国的彼得大帝"易服微行，亲入邻国船厂，学得其法，自行制造，精益求精。乾隆间，其世子又至英国书院肄业数年，竭虑殚精，穷原竟委。其后俄人大船巨炮，不亚于英、法诸邦。此忍辱耐劳，能自得师之明效大验也"③。而暹罗国王也遣其四子偕西医及随从等前赴英国学习西法，国家也得以在强敌环伺下获得生存空间。国势的兴衰与君主的开明程度紧密相连，而要想实现这一点，必须实现皇子与齐民无异，游历各邦，需轻车简从。反观历朝，"自隋炀帝、明武宗诸君侈尚武功，每以巡幸为名，实则宴游自乐。乘舆所历，供给夫费，劳民伤财，迭起怨咨，激为祸乱。后世遂引为殷鉴，深居九重，垂裳而治，非郊祭大典法驾不出禁城。盖恐其有累于民，故为之端拱于上耳"④。这些游记与报刊中反复讲述的西方君主励精图治，振兴国家的故事被知识分子们看作振兴国运的希望，但从根本上来说，不打破专制帝王的特权思维，讨论皇帝、皇子学习西法则是空中建阁式的奢望。

（三）警醒与批判：对王公贵族海外游历的否定评价

20世纪后，海外行游不再是稀罕个案，对于异域游历的讲述也不再完全与求知和救国相连。1902年，醇亲王载沣被派往德国就克林德事件道歉，皇室亲王级人员开始迈出国门；1905年，清政府派

---

① 《西友辨论人君巡游幸事来函》，《申报》1874年10月28日第1页。
② 参见《论人君宜通他国语言文字事》，《申报》1876年2月15日第1页。
③ 夏东元编：《郑观应集》，上海人民出版社1982年版，第102页。
④ 夏东元编：《郑观应集》，上海人民出版社1982年版，第101页。

出载泽、戴鸿慈、徐世昌、端方、绍英分赴东西洋各国考察政治。9月24日，第一次出发时，载泽、绍英在北京火车站被炸伤，后朝廷改派李盛铎、尚其亨取代徐世昌和绍英。五大臣出洋考察是清廷处于政治困境中的被动选择，此时，国内的立宪呼声日益高涨，因此游历的重点被放在宪政考察上。"中国向例，宗室贵胄皆居都门，鲜有至他省者，更何论乎海外诸邦，闻见既隘非特各国之政治尚茫乎未知，即本国之朝政民风亦恍兮惚兮，如堕十重云雾，终其身惟溺情于声色狗马类乎。恶少年之所为又其甚者，见异思迁，崇尚邪术，如前年端庄二邸之所为，国家几为其倾覆。此固由谬妄性成，然深居简出，不能涉历世事，其病抑或由此。"① 亲贵颟顸无知酿成国之巨祸，而这一阶层又始终居于政权的核心位置，开启宗室贵胄学识的迫切性甚至大于开民智与开官智。

清末报刊中，对于政府要员出游的批判性意味逐渐浓郁。中国大员子弟娇养性成，不耐劳苦，倘欲令其出洋习业，莫不视为畏途；行旅途中，又贪图享乐，敷衍学业，没有起到游学的真正目的。光绪三十三年（1907）十月二十五日，《盛京时报》发表的《论中国大员宜出洋游历》② 一文对这种现象做了全面的总结：

> 当此万国竞争，五洲交通之会。天下大势滔滔东来。顺势者昌，逆势者亡。中国当维新过渡之时代。所恃以维系治乱安危之全局者，其惟矫然特异之大员乎。然大员之在今日，有治乱安危之关系。斯必有开通迈往之精神。而后荷天下国家之责任，方足以当之而无愧。不然，则行险侥幸，执方柄以纳圜凿，其不贻天下后世之忧者几希矣。是以大员之出而问世。须有新政治之观念。原不能以率尔操觚者，而胜任愉快。克建夫绝后空前之勋业，乃所能养成如斯之学问资格。若高坐堂廉，而食

---

① 《亲藩宜游历外洋说》，《申报》1902年4月25日第1页。
② 《论中国大员宜出洋游历》，《盛京时报》1907年11月30日第2页。

前方丈，侍妾数百人，燕安逸乐，优游然不肯越户庭一步，亦何足与语今日中国之世局哉。昔日本当明治维新之初年，国气方兴，政局未定。大臣中纷纷出洋游历，以资参考外洋政治之善否。励其精神，拓其识见，归而为国家收新政前途之效果。日本所以有今日完全之政治者。当年大员出洋游历之功也。中国非不知出洋游历为当今之第一要图。故张袁诸大臣，奏定道府州县于到任之先，出洋考察政治，又多遣学生出洋留学。冀为国家收将来人才之效。而各直省之绅商士庶之自费出洋者，犹指不胜屈。然若辈大半为一己之功名事业。率多敷衍苟且，借开捷径。而于国家社会前途之希望不甚裨益。纵不乏热心救世之英，奋发为雄。置身世功名于膜外。但位卑势微，究不能大有造于天下苍生。即乘时得位，或可资助朝廷国家之治安。然大臣中无躬历外洋之人。而外洋现行政治之善否。无由深知其厓略。或谬于历代之习惯，而拒绝之于不愿。或因于一时之愤烈，而过听之以矫枉是皆足祸天下后世，而有余。而大臣之所不能自知者也。然今日中国之大臣，所以与人家国事者，是非出洋游历之躬亲调查焉，不为功矣。然慨夫中国大员，养尊处优。久不惯于山川跋涉之劳，况瀛海万里，航渡维艰。而大员以极可宝贵之身躯。又何可轻试夫波涛风浪之险。是故大员之在中国，非国家命令之派遣出于势不得己。而不能有此外洋一行之远游。遑云于政躬闲暇之时。自请出洋游历乎。然今日中国之世局，正须大员竭力以持。外洋游历之举，所以酝酿其新政治之识力。苟燕安自恣视游历为畏途。将何以对我国家，更何以对我国民。况外洋之政治，倏忽万变，又非亲历其境之不可深知。且铁路轮船之交通机关大启。遍环球而尽属坦途。五十五日而可绕环球一周，尤为千载一时之好机会。中国大员既非经济之困难，又无法律之限制，正宜及时有为。而作此横览环球之想也。果如是也，则裨益于中国者，正非浅显。愿中国大员深自省焉。则中国之国家幸甚，人民幸甚。

除《盛京时报》外，此时的《申报》《大公报》等主要报刊都有类似的评论见报，反映出时代的舆论倾向，王公贵族们虽然已经乐于周游世界，也会撰写游记，但是这些游记大多由专人代笔，保守性强，很难获得读者的好评。晚清最后十年，王朝风雨飘摇，民心已失。考察政治也好，出国留学也罢，皇族独揽权柄的意愿不会发生丝毫改变，因此这种徒糜钱财又于国事毫无益处的"权贵游历"则能免则免。

第二节 异域游记中关于世界地理观念的建构与传播

鸦片战争后来华西人面对的最大困境即是中国人根深蒂固的"夷夏观念"，"告知"中国人"天下"之外还有许多并立的"天下"成为他们的首要任务。裨治文编写的《美理哥合省国志略》、祎理哲的《地理图说》、玛吉士的《外国地理备考》、慕维廉的《地理全志》、罗存德的《地理新志》、慕维廉的《大英国志》、俾士的《地理略论》、戴德生的《地理志略》等关于世界地理的知识给早期学习西方的中国人打下了基础。而在他们创办的华文报刊中，也会首先介绍世界地理情况。1833 至 1838 年间，《东西洋考每月统记传》发表了 35 篇关于世界地理的文章，刊印了《东南洋并南洋图》（1833 年 7 月）、《俄罗斯国通天下全图》（1833 年 11 月）、《北痕都斯坦全图》（1835 年 5 月），后来，郭实腊将这些文章结集出版为《万国地理全集》①；《教会新报》更名为《万国公报》后的第一期就刊印了地球全图，并开始连载万国地图说略，详细介绍了世界各洲情况②。除了从普及地理知识角度配地图外，这些华文报刊也为涉及国际局势的新闻稿件配发地图，《遐迩贯珍》在报道

---

① 参见爱汉者编，黄时鉴整理《东西洋考每月统记传》，中华书局1997 年版，第26 页。
② 参见《地球全图》，《万国公报》1874 年 9 月 5 日附张。

土耳其与俄罗斯交战的新闻时,刊发了土耳其与俄罗斯的边境地图。

西方传教士编写绘制的世界地图是建立在西方殖民统治的思路上,这一点很快被中国知识分子意识到,并迅速开启自主测绘、印刷出版地图的进程。中国古代士人虽早有钻研地学的传统,不过在鸦片战争后对于世界地理的研究确是应激应变之举。林则徐在广州禁烟时,搜集并节译了英国学者慕瑞的《世界地理大全》,将之命名为《四洲志》。《四洲志》不是简单的翻译之作,林则徐敏锐地发现原书中侵占中国领土的意图,并在译文中做出修改。魏源在《四洲志》的基础上,广集中外各家著述,编写了《海国图志》。1842年50卷本的《海国图志》木活字刊本最早面世,此后,魏源不断增补内容,至1852年,扩充到100卷。100卷本收录海国沿革图4幅;汉魏唐西域沿革图3幅、元代疆域图1幅;地球正背面全图1幅、亚细亚洲各国图26幅、利未亚洲各国图4幅、欧罗巴洲各国图23幅、亚墨利加洲各国地图12幅。[①] 这些地图由各类文献中搜集而来,绘制水平普遍不高,形状、距离等都有较大偏差,但在当时确是中国乃至亚洲不可多得的关于世界的地图资料。《海国图志》成书早期,刊印传播速度缓慢,洋务运动和维新运动次第开展后,这部作品作为介绍西方的经典书籍开始广泛流传。

与魏源差不多时间开始着手编辑世界史地资料的徐继畬在1848年出版了《瀛寰志略》,其中也绘有世界地图,与《海国图志》的情况相似,这些地图也直接临摹欧洲人的地图。《瀛寰志略》于1865年受沈桂芬和董恂的推荐,由总理衙门重刻,徐继畬本人也在总理衙门行走,襄办洋务。《瀛寰志略》在获得中央官刻支持后,在高级官员与知识分子中广为传播,1867年,徐继畬担任总管同文馆事务大臣,《瀛寰志略》成为同文馆学生与出使人员的案头指南。

异域行游首先是行游者在物理空间上的拓展,异域行游者经过漫长的海上与陆路旅行,意识到《海国图志》《瀛寰志略》这些文

---

① 参见《近日杂报》,《遐迩贯珍》,1854年1月1日。

人们认可的"世界指南"差错颇多,当晚清第一批外交官员出洋时,他们不得不用自己的亲身经验勘误,并在自己的游记中一一订正。行游者将行程仔细地记录在游记中,不论是否科学严谨,他们都在努力重构中国之外的关于"世界"的地理空间。"天下"的观念在亲身感受世界的过程中悄然瓦解,而愈演愈烈的疆土危机又使行游者格外关注世界地理。

常驻海外的使臣有机会近距离观察西方生活,郭嵩焘到达英国不久,以西洋地图考求英国属地,发现英殖民地遍及各洲,为"自古所未闻者矣"[1]。郭嵩焘出使英国期间,还参加了阿立科克地理会的活动。地理会本应是学术组织,但从郭嵩焘的日记记载来看,该地理会除地学家参与外,各国公使、皇室成员也会频繁参与。郭嵩焘记录了两次地理会的开会情况(一次以不能通洋语,徒为累耳,乃请李丹崖偕马格里同赴地理会),地理会二三千听众,会议主要内容有斯丹雷(斯坦利)在阿非利加(非洲)探险的情况,斯坦利环维多利亚湖,测量并重新绘图;俄罗斯和土耳其的战争情况及领土纷争;关于北冰海和印度至西藏的地理探险者报告详情,古希腊挖掘情况等。最令郭嵩焘印象深刻的是英国人对阿非利加土地的觊觎,会议宣布由英国皇子主持,地理会出金洋五百磅资其办理以经营非洲。[2] 郭嵩焘等使臣不仅增加了世界地理知识,更重要的是,他们已经看到列强瓜分殖民地的野心,直面弱国保护疆域领土的艰难。土耳其的命运让郭嵩焘以及更多的知识分子生发同病相怜之感,英国的立吉门向郭嵩焘出示了俄土和约割分土疆图,并以相赠,而土耳其前宰相密尔得巴沙劝诫"中国为天下第一大国……能早自奋发为佳也",伯克什接言:"中国宜早醒,莫再酣睡,早醒一日有一日之益。"郭嵩焘闻言甚惭,认为其言切至。[3]

越来越多的使臣愈发关注各国舆地问题,并开始着手翻译、绘

---

[1] (清)郭嵩焘:《伦敦与巴黎日记》,岳麓书社1984年版,第155页。
[2] (清)郭嵩焘:《伦敦与巴黎日记》,岳麓书社1984年版,第207、455页。
[3] (清)郭嵩焘:《伦敦与巴黎日记》,岳麓书社1984年版,第461页。

制世界地图。李凤苞在曾国藩的主持下，绘制了《天下全图》，该图合四大洲及诸大小岛，皆详其地名。美国所属舆图，及英国所据之印度，并是与中国相勒。而此二土者，皆自英人开辟之，几近泄天地之精英矣！因地球皆以经纬二度测量，纬度三十六幅（地球二面各十八幅），经度二十七幅，共为图九百七十二幅。阅七年而始成，至今未付刊也。郭嵩焘赞叹"丹崖舆地之学，必能有传，于此尤为伟举"①。李凤苞翻译的《平图地球图》，一副4张，1876年由江南制造局铜版印刷。李凤苞在出使期间留意西方以映相法印刷地图，记录了照相石印术的方法与价格，② 对其表现出浓厚的兴趣。

1887年，傅云龙以头名成绩考取出洋游历大臣，他在游历中特别注重收集各国资料，勘察绘制各种地图和表格。游历后，傅云龙编写了《游历日本图经》《美利加合众国图经》《英属加拿大图经》《日斯巴尼亚属地古巴图经》《秘鲁国图经》《巴西国图经》等。各图经中配有傅云龙手绘地球全图与该国全图，并随编随印，在日以铜板镂图。③ 傅云龙归国后，将所撰图经等呈递总理衙门，受到光绪帝的首肯。

在舆图绘制方面获得更大成就的出使官员是邹代钧。邹代钧出身地学世家，又积极吸收西方测绘理论与技术，1885年，他随刘瑞芬出使英国和俄罗斯。在此期间，邹代钧详细考察了各国的地理地貌，学习使用西方各种测绘仪器，认真思考应对西方诸国侵华野心之道。海外归来后，邹代钧已成为国内公认的舆地学家，他认为舆图于国家防务尤为重要，而国内出版的世界地图往往是书贾谋利之作，实用性不强，因此，邹代钧决意自行翻译绘制舆图。"蒙所见华文地球各国舆图有《瀛寰志略》本，《海国图志》本，制造局地球图本，皆照西人原图译出，然辗转绘刊不无差移且分率过小，山川形势仅得仿佛。近日坊间所印万国舆图及中外地舆图说尤为疏

---

① （清）郭嵩焘：《伦敦与巴黎日记》，岳麓书社1984年版，第624页。
② （清）李凤苞：《使德日记》，岳麓书社2016年版，第177页。
③ 参见（清）傅云龙《傅云龙日记》，浙江古籍出版社2005年版，第246页。

陋，盖书贾射利之作，不足责也。"① 邹代钧设计了出版 600 幅中外地图的宏大计划，因工程浩大，耗资靡巨，初次成本核算需洋31100 元，因此，邹代钧提议以招股形式集资印图。这批地图最终汇集成册为《中外舆地全图》《皇朝直省全图》等，成为影响深远的重要中外舆图资料。

  晚清士人认识到中国必须重视舆图之学，而此时的舆图之学要摆脱经史学的附属地位，不再只是为解经而读图，更重要的是转为实用层面。"地图不仅供水陆舟车之用也，实战阵中必不可少之物，两国纷争，强兵压境，音书断绝，间谍不通，敌之虚实情形无从悬揣而得，何地可以设伏，何地可以列营，何地可偏师以攻，何地可布阵以待。"② 中法战争期间，法人有绘制精确的越南地图，在战争中掌握先机。③ "昔年普法之战，法人冒昧从事，普则养精蓄锐已数年，于兹自统兵大将以迄步骑各兵莫不身畔带有地图以资批阅，大而山川形胜，小而里巷程途一览无余，纤微必悉用能势如破竹，所向无前，拉朽摧枯，几于灭此朝食。"鉴于此，"地图之为用如此其大而为中国可不急为讲求哉。"④ 至于讲求的方法则是要招收聪俊幼童入官办学馆学习，选择熟习舆地、精于测绘的西人教导。《申报》1887 年刊登的几篇讨论世界舆图的文章⑤，集中反映了当时关注西学并愿意学习西方的知识分子的核心观念：若想能够绘制精致的舆图，必须学习和使用西方的测量绘图技术与仪器，实现的途径首先是翻译西书，供人尽览，学有成效后选派精干的学生往世界各国游历，实地测量以考察与现有的世界舆图是否吻合，勘正错误以及补充内容。

  舆图绘制往往工程浩大，很难由个人独立操作，晚清时期，国

---

① 《译印西文地图招股章程》，《时务报》1896 年 8 月 9 日。
② 《论中国宜讲求测绘舆图》，《申报》1887 年 2 月 17 日第 1 页。
③ 参见《论中国宜讲求舆图之学》，《申报》1886 年 3 月 30 日第 1 页。
④ 《论中国宜讲求测绘舆图》，《申报》1887 年 2 月 17 日第 1 页。
⑤ 参见郑菊人《专设测绘学馆说并章程四条》，《申报》1887 年 1 月 15 日第 1 页。

人的自主测绘活动也会以组织形式共同完成。1890年，清政府重修《大清会典》，所有舆图地志都需要重加修订，舆地人才被延揽至会典馆。张之洞于光绪十七年（1891）五月在湖北省城开设舆图总局，派委道员锡璋、蔡锡勇会同藩司善后局司道遴选人才，购置仪器，拟议举办，拣委分省补用知县邹代钧为总纂，湖北即用知县刘翰藻为提调，招致员绅教授学生以三十二人，分为四路，每路八人，公测一州县之地……①除这些由朝廷和地方督抚主持开办官方机构外，能够"仿外洋通例，设立地学会，联合四方同志为一局，互相考求。又与各国地学会中通信往来，广征书籍，此即西人所云交换知识之法"②方是士人之理想。

　　邹代钧被认为是晚清舆图大家，他在制图方面有自己的思考和规划。在出使期间，邹代钧在旅西游记《西征纪程》中特别关注各国防务，钻研舆地之学并非闭门造车，而更多的是心怀忧国之思，力图维新变革。因此，邹代钧创办地学会，结交同志，均带有明显的政治意图。邹代钧海外归国后，受张之洞之邀，赴湖北主持舆图绘制，与陈三立、吴德潇、汪康年等人成为密友。甲午战败，邹代钧悲愤交加，"十余年来，内外泄沓，纯以贿赂为事，危亡之几，不待今日而始著，但不料为倭奴所制耳。吾华自此无颜立于天壤矣！"③因此，他积极投身维新事业，1895年与陈三立、汪康年、张通典等人筹创湖北强学会④，后受陈宝箴委派，赴湖南兴办矿务。邹代钧与汪康年志趣相投，相约分别专注于舆图与报刊，最终均有所成。邹代钧的舆图事业与《时务报》紧密相关，《时务报》的第一期就刊登了《译印西文地图公会章程》，地学会相当于挂牌在《时务报》馆，汪康年等负责在上海接收读者预订舆图的股金；相

---

　　① 参见苑书义等主编《张之洞全集》，第二册，河北人民出版社1998年版，第817页。
　　② 《近代中国对西方及列强认识资料汇编》第3辑，台北"中央"研究院近代史研究所1986年版，第685页。
　　③ 上海图书馆编：《汪康年师友书札》，上海古籍出版社1986年版，第2635页。
　　④ 参见李开军《陈三立年谱长编》，中华书局2014年版，第332页。

对应地，邹代钧负责《时务报》在湖南的发售，同时还就《时务报》的编务、《湘报》的创办等出谋划策，形成报图联动。薛福成的弟子张美翊虽与邹代钧未曾谋面，但互相推崇，搜集并赠予日文版的《吕宋群岛图》《南洋群岛图》《浙洋各岛附千里石塘图》等。① 在闻之有人想创办《地学报》时，张美翊认为，"中国风气未开，士溺章句，即《方舆纪要》《郡国利病》诸书，且无人过问，复何论五洲形势耶？"因此办报不如"先开地学会，译印地理诸书，即托报馆、书坊寄售"②，待阅者众，再行开地学报。

维新变法时期的湖南士绅异常活跃，维新先锋与守旧士人在思想上展开一轮交锋，坚守道统还是向西方学习是争论的核心。谭嗣同批评守旧士人"不辨为某洲某国，概目之曰洋鬼。动辄夜郎自大，欲恃其一时之议论为经济，意气为志节"③。他认为："舆图者为政之纲领，尤行军之首务，中西所同然也。然中国从古至今，无一详而确之图；经史大儒，恒自命舆地专门，于亚细亚沿革形胜，尚纷争不已，无从折中，况此外岂复知为何地！"④ 甲午中日之战中，"前敌虏获倭兵，其身皆有地图。攻某处，即绘有某处之图。山泽险要，桥梁道路，无一不备"⑤。谭嗣同首先从军事战略角度强调了舆图的重要性，进而强调西学各学科皆与舆地相关。西人儿童自小就在母亲的教导下"知地为球体，月为地之行星，地为日之行星，地自转而成昼夜……凡几国，某国与我亲，某国与我仇，及其广狭强弱"⑥。世界地理形势是妇孺皆知的常识，这是维新精英们钦羡佩服之处。

维新精英们试图通过学会讲学普及世界舆地知识，但效果并不显著。南学会曾在开会时请"唐佛生略谈天文、舆地。杨葵生讲天

---

① 参见上海图书馆编《汪康年师友书札》，上海古籍出版社1986年版，第1753页。
② 上海图书馆编：《汪康年师友书札》，上海古籍出版社1986年版，第1754页。
③ 《谭嗣同全集》，生活·读书·新知三联书店1954年版，第400页。
④ 《谭嗣同全集》，生活·读书·新知三联书店1954年版，第416页。
⑤ 《谭嗣同全集》，生活·读书·新知三联书店1954年版，第417页。
⑥ 《谭嗣同全集》，生活·读书·新知三联书店1954年版，第405页。

文。邹沅帆讲舆地。闻者不解,多欲去,秉三不允启门,以致纷纷"①。邹代钧认为:"(学会)所讲之学,门径甚多,我辈数人自问所有,似不足以答天下之问难,且泰西学会无非专门,如舆地会等类是也。今欲合诸西学为会,而先树一学会之的,甚不容易。若能先译西报,以立根基,渐广置书籍,劝人分门用功,互相切磋,以报馆为名,而寓学会于其中较妥。"② 可见,邹氏致力于舆图测绘推广,更看重报刊在普及西学、开通风气方面的巨大作用。维新报刊《时务报》《湘报》《湘学报》《蒙学报》等纷纷连载刊登介绍世界舆地知识,刊刻各类舆图。以时务学堂为代表的维新学堂大量采购舆图、天地球以及测地绘图诸工具,教育学子,更新一代人的知识观念。

晚清时期,重新认识世界是摆在中国人面前的大事,虽然自汉唐以来即有对葱岭以西地势国名的记载,也录有印度、波斯、突厥诸史实,然而这些认识近乎停滞,世界以扁平而又模糊的状态留存于知识分子的头脑中。明清两代,西方传教士通过各种印刷品向士人打开一个纸上世界,不过这些读物的阅读者并不多,读到的人也都将信将疑。鸦片战争后,闭关谢使虽然还是顽固守旧者的策略,但事实上已绝无可能。第一批驻外使节、官派留学生、出洋游历者从海外归来,他们将耳闻目见的世界样貌记录下来,成书传世;与此同时,近代商业出版翻译、刊印的西学书籍、地图已经开始影响早期睁眼看世界的知识分子。商业报刊中关于世界舆图的认识虽然浅薄,但却设置了一种重要的议题,启发士人的思考路径。康有为、梁启超、谭嗣同、唐才常等维新派精英在少年时代都深受他们从市场中搜寻到的西方舆地书籍、地图的影响,建立起最初的世界观念。他们对比中学范畴内的舆图观念,自觉地将二者融合,并构建出全新的舆图观念和世界地理观念。

---

① 李开军:《陈三立年谱长编》,中华书局2014年版,第439页。
② 上海图书馆编:《汪康年师友书札》,上海古籍出版社1986年版,第2639页。

第三节　异域游记中的世界历史观念与文明比较

中国人亲身认识世界后写作的异域游记，是建立在中国传统文化、思维观念基础上的新认识。中西文化间的障碍与隔阂客观存在，中国人认识世界必然要进行本土化改造，是在富国强民大前提下的重新组合。从"西学东源"到"先睡后醒"再到"以东洋为师"，游记中的观念变迁引领国人观念变迁的走向。从排拒到部分接受再到膜拜，西方近代文明观念经由媒介引介，成为优势意见，绵延至今。经历域外行游后，写作者与阅读者凝视世界后自然会回望中国，进行中西之间的文明比较，完成自我的再认识。

（一）异域游记中的世界历史书写

异域游记除了介绍行游者的耳闻目见外，还会将所了解的异国历史记录于游记文本中。行游者关于世界历史的描述并非严格的史学书写，除《日本国志》外，更多的是用搜罗来的"知识"与"他人讲述"拼贴而成的简短篇章。

张德彝在参观美国南北战争阵亡将士墓时，被美人扎克逊告知"八年前，黑人咸服役于合众。北邦因驱使者伤天害理，恐为国患，乃约各邦集议，欲放黑人为齐民。而南方各邦不允，遂构兵夺去数省，波河以南为其所有，以立尺满城为京，鏖兵四载始定，黑人由是放出。南邦虽败，其大酋李义并未见诛，今在威至雅邦莱杏坦城为大学院之教习，在彼严锢与监禁同"[①]，在游览过程中被普及了美国南北战争的历史。

薛福成游览罗马各处古迹之后写道："今泰西诸国文字，往往以罗马拉丁文字为宗。一切格致之学，未尝不溯源罗马。盖罗马为

---

① （清）张德彝：《欧美环游记》，岳麓书社1985年版，第661页。

欧洲大一统之国，昔时英法德奥皆其属地，制度文物滥觞有素，势所必然。然罗马文明之启肇于希腊，以其处开辟名臣大半自希腊来也。当希腊开国之始，政教之源取法埃及，则埃及文字又为其鼻祖焉。尝考埃及创国于上古，而制作在唐虞之世；希腊创国于唐虞，而制作在夏商之世；罗马创国于成周，而制作在两汉之世。彼皆数千年旧国，其间贤智挺生，创垂久远，良非偶然。"① 行旅中了解了欧洲文明的起源与流变。

邹代钧于1885年受曾国荃推荐，随刘瑞芬出使英、俄。受家学影响，他很早就关注历代史书中关于西方史地的记载。在西行旅程中，每至一处，都充分调动已有知识，结合旅行见闻，书写一国简要发展史，写作方式近似于《瀛寰志略》，但更侧重于道咸以来各国的历史沿革，尤其是记录那些更具备"现代性"的历史事件。在介绍法兰西的历史中，邹代钧详细记录了法国大革命的因由：

> 适华盛顿立民立国于米利坚，法人思慕之。于是国中旧有大民会，废置百余年矣，乾隆五十四年，民变将作，遂举行大民会。贵族与齐民争议不决，齐民改大民会为国法议会，欲改国抑王权，令贵族、教士与齐民等。而教士、贵族之思急进者亦党之，诡辩激说以抗政府。王路易第十六虑生变，逮议员过激者数人下狱，以兵自卫。于是齐民会者数百万，入武库取兵器，号改革，兵幽王于巴黎宫中，寻弑之。置筹国会治政事，而君权始替。②

邹代钧还特别书写了"拿破仑"这一"英雄"的奋斗史："改革兵炮卒拿破仑用兵如神，屡立大功，遂掌兵为大将。嘉庆四年，立三首领治事。一首领最贵，二人辅之。拿破仑为大首领。九年，

---

① （清）薛福成：《出使英法意比四国日记》，岳麓书社1985年版，325页。
② （清）邹代钧：《西征纪程》，岳麓书社2016年版，第156页。

国人尊拿破仑为法兰西皇帝，世其位。拿破仑以民党起，当举国思自主之际，卒能登帝位，复君权，盖其威勇能服人也。于是，拿破仑东降日耳曼帝、普鲁士王，南收意大里（利）、埃及、葡萄牙，惟西班牙得英人之助，尚拒命不下。当时欧洲各国，英、俄之外，无敢抗法者。故拿破仑疆域几与沙立曼等。"① 建立不世功业后，拿破仑大举入侵俄罗斯，战事不利，被反攻入法，自己被流放于埃尔白岛；第二年，拿破仑自流放地起兵，重新称帝，"英吉利、俄罗斯、奥斯马加、普鲁士、荷兰、比利时、哈威尔巴威略联兵号百万，分道攻法"。拿破仑不敌，再次被流放于"三达厄勒那岛"，道光初年病死。后，拿破仑三世再度称帝，普法战争爆发，是役，"法人为虏者七十万，战没者十五万，全国三分之一为普所蹂躏，亡财货不可胜计。既而议和，法割西北莱尼、河西二部归普，复偿普兵费五千兆佛郎"②，法国最终成为民主之国。除法国外，《西征纪程》中还介绍了越南、缅甸、印度、伊朗、意大利、英国等国家的历史。邹代钧运用自己丰富的史地知识，将四十几天的旅程游记铺陈成为一部普及异域历史的科普读物。邹代钧虽然是以严谨的态度书写历史，但在材料的选取裁切中还是能感知到作者对西方的"立法议政""刑事诉讼""推翻君权"等话题的关注。

　　晚清时期，对清政府形成巨大威胁的俄罗斯的历史则是由缪佑孙在《俄游汇编》中系统介绍的。缪佑孙总结道："我朝自康熙初年即与俄罗斯修好，雅克萨一役以后，无复兵端，嗣是屡与定界易约，胥受羁縻，载在懎府。其国虽远逾万里，而东北、西北边陲相错，一再侵盗，实为勍邻。"③ 对于俄罗斯的威胁性，出使官员们基本达成一致，薛福成的观念可以作为代表："俄罗斯一国商务之旺不如英，水师之盛亦不如英；地产之富不如法，工艺之良亦不如法；陆师之练不如德，学问之精亦不如德。然则俄当为英法德诸国

---

① （清）邹代钧：《西征纪程》，岳麓书社2016年版，第157、158页。
② （清）邹代钧：《西征纪程》，岳麓书社2016年版，第157—158页。
③ （清）缪佑孙：《俄游汇编》，岳麓书社2016年版，第6页。

所弱矣，而诸国非但不敢蔑视之，且严惮之者，何也？俄之地形广博无垠，以一面制三面，有长驾远驭之威，有居高临下之势；且旷土既多，以其地之产，养其地之人而有余，是得地利。秋冬结冰，入夏始解，虽有强兵猛将，不足以病俄；拿破仑第一莫斯科之役，乃其前鉴，是得天时。俄之君权特重，非若各国有上下议院之牵制；且其开国较迟，所用将相大臣，颇有纯朴风气，是得人和……夫俄不有事于天下则已。俄若有事于天下，东则中国当其冲，西则土耳其当其冲，中则印度当其冲。而细察俄之隐谋，则注意印度为尤甚。然果使印度折而入于俄，则中国与土耳其岂能一日高枕而卧？"① 与清政府同样面临瓜分危机的国度备受异域行游者的关注，薛福成在与土耳其公使交谈时了解到，土耳其帝国本疆域极大，横跨欧亚非三洲，自俄土交兵，在柏林订约后，欧洲与非洲之地颇多分裂。"今欧洲之希腊、罗马尼亚、塞尔雯亚、布加利亚，皆为新立自主之国……及俄之攻土也，俄人始告四国曰：汝若起兵助我，将来议和时当立汝为自主之国，且使土人割地与汝。于是罗、塞、布三国皆以兵助战，而土人力屈受盟。"② 而向为土耳其属地的埃及被英国派员经理，夺走政权饷权兵权，转为英国殖民地。薛福成特意购买了土耳其地图，了解其领土渐失的过程："追溯前事，始知衰弱之国，一启兵端，非特彼之仇敌不得利益不止也，即名为相助之国亦不得利益不止。识者于是叹公法不足恃也。"③ 对于同样处于列强环绕中的土耳其，除表达同病相怜外，也借鉴分析其败因，"因查土耳其兵额名为七十万人，其实可以捐免，又且雇人代替，有名无实，安能致用于临时乎？其所购铁甲兵船，永不出海，常泊海口，盖武备之废弛久矣。所谓整饬者，安在哉？"④ 无独有偶，甲午之战清廷几乎在同样的地方跌倒，所获得的经验并未受到重视。

---

① （清）薛福成：《出使英法意比四国日记》，岳麓书社1985年版，第337、338页。
② （清）薛福成：《出使英法意比四国日记》，岳麓书社1985年版，第129页。
③ （清）薛福成：《出使英法意比四国日记》，岳麓书社1985年版，第140页。
④ （清）崔国因：《出使美日秘国日记》，岳麓书社2016年版，第167页。

宋育仁的《泰西各国采风记》不再是单个国家的历史复述，而是从政术、学校、礼俗、教门、公法五个方面历数西方的文明制度、习俗礼仪等。宋育仁在写作中，详细描述了西方的政体演变、议院制度、选举制度、官吏体制、司法制度、财政税务等等，他将西方的政治文明与《周礼》中描述的上古善政相比较，提出"复古即维新"的政治观点，这种书写已不是简单的西方历史介绍，而是吹响维新的号角。

及至康有为的欧洲游记，历史书写背后的政治意图则更为直接，在康有为的游记中古希腊、古埃及等固然有悠久的文明历史，但在近世之后，无一例外成为弱国。康有为游览之余，不免感慨："念亚历山大大帝、汉尼巴之伟绩，埃及、腓尼士之文明，数千年战争兵舰之影，极目苍苍。"①"奈波里千年来自为国，久为法、班、奥诸大所争，隶属无常，而要为千年立国者也。以其凭控山海，地势雄要，而人才亦最盛。即倡拒奥谋意大利统一自立之加波拿利党又称烧炭党者，亦倡于是。盖自彼一千八百二十年起兵以来，四十年中卒能成意国统一之大业，则奈波里人之功也。加里波的自西西里岛长驱入奈波里，都人苦于苛政，壶浆迎之，即在是地。数十年来，离乱不绝，兵祸至惨。故市里凋敝，元气难复，殆为是欤。甚矣！兵战之惨也。今经四十余年修养，而凋敝尚若此。在奈波里人士，谋意国统一，诚不能已。若我国由统一而求分立，以自削敝，则必至分剖以底绝灭亦。"那不勒斯的遭际使康有为产生忧思，认为"事势至反，而残害尤甚，不可不鉴也"②。

（二）承认西方文明的优势

晚清异域行游者基本在传统儒家教育环境下成长，甫出国门，器物层面的冲击尚易接受，而面对文化层面的差异，行游者们则给

---

① （清）康有为：《欧洲十一国游记二种》，岳麓书社1985年版，第66页。
② （清）康有为：《欧洲十一国游记二种》，岳麓书社1985年版，第75页。

出不同的选择。中西文明比较成为游记中或隐或现的主题。早期异域游记的作者虽然已为先进的物质技术折服，但还是会强调中华文明的优越性。郭嵩焘刚一扬帆出海，就遇所乘轮船与英国铁甲兵船相遇，两船通过旗语互相致意礼让，郭氏感慨"彼土富强之基非苟然也"①。在《使西纪程》中，郭嵩焘还系统讨论了中西交往问题，驳斥了朝野上下普遍存在的以夷狄为大忌，以和为大辱的论调。"南宋以后边患日深，而言边事者峭急徧迫，至无以自容。程子大儒，论本朝五不可及，一曰至诚待夷狄。北宋以前规模广博，犹可想见。孟子故曰：'以大事小者，乐天者也；以小事大者，畏天者也。'而引汤事葛、文王事昆夷以为乐天。汉高祖一困平城而遣使和亲，唐太宗至屈尊突厥，开国英主，不以为讳。终唐之世，周旋回纥、吐蕃，隐忍含垢。王者保国安民，其道故应如此。以夷狄为大忌，以和为大辱，实自南宋始。然而宋、明两朝之季，其效亦可睹矣。西洋立国二千年，政教修明，具有本末。与辽、金崛起一时，倏盛倏衰，情形绝异。其至中国，惟务通商而已；而窟穴已深，逼处凭陵，智力兼胜。所以应付处理之方，岂能不一讲求？并不得以和论。无故悬一'和'字以为劫持朝廷之资，侈口张目以自快其议论，至有谓'宁可覆国亡家，不可言和'者，京师已屡闻此言。"②郭嵩焘的认知远超同侪，很难为世人理解认同，政敌参奏弹劾他，友朋辈也埋怨他言语惊世骇俗。郭嵩焘主张从现实出发，放弃夷狄之见，他特别推崇班固对待匈奴的态度："来则惩而御之，去则备而守之，其慕义贡献则接之以礼让，羁縻不绝，使曲在彼"，明确提出要向西方学习富强之道："诚得其道，则相辅以致富强，由此而保国千年可也。不得其道，其祸亦反是"③。

郭嵩焘驻英法时，深感"此间富强之基，与其政教精实严密，斐然可观；而文章礼乐，不逮中华远甚。其谨守例案，与办事者循

---

① （清）郭嵩焘：《使西纪程》，岳麓书社1984年版，第29页。
② （清）郭嵩焘：《使西纪程》，岳麓书社1984年版，第66页。
③ （清）郭嵩焘：《使西纪程》，岳麓书社1984年版，第91页。

资按序，委曲迟难，视中华亦有过之"，尽管郭氏承认了西方文明，但内心中还是坚守着中华的礼乐文明，充任弱国使臣，经常性地感受屈辱与愤懑，礼乐文明是支撑传统文人面对新世界的精神支柱。

郭嵩焘走在他所处时代的前列，但毁版撤差的命运足以警诫其他异域游记撰写者，在旅途中所有的震撼、赞叹在落笔时不得不慎之又慎，客观上将"西方很好，但中国不可行"的矛盾心态跃然纸上。与郭嵩焘积怨颇深的刘锡鸿在日记中盛赞乘坐火车的便利，也悉数记录了日使井上馨对修建铁路种种疑问的解答，但依然坚持火车在中国不可行，溯其根源，不过是一句"道未可强同也"[①]。刘锡鸿出生于广东番禺，以知洋务而获得郭嵩焘的赏识，进而保举出使，以无知作为其保守的理由显然过于武断。刘锡鸿在英期间非常留意对西方技术、文化的考察，他就修建铁路所记载的内容甚至比郭嵩焘还要多，可以说，在这个问题上，他也是经过反复思虑的。"祖宗制法皆有深意，历年既久而不能无弊者，皆以私害法之人致之。为大臣者，第能讲求旧制之意，实力奉行。悉去旧日之所无，尽还其旧日之所有，即此可以复治。"刘锡鸿在思想上还是倾向于追缅"三代圣王"，这是当时知识分子群体中的一种重要的认知和判断方式。无独有偶，袁祖志游历西方后，也认为"今人之规时世以立说者，鲜不抑中土而崇泰西，几欲事事取法，不惜舍己从人"。他从多方面比较中西文明："中土四时咸备，气候均调；泰西则寒暑不时，冬夏乱序……中土首重伦常，次隆仁义；泰西则子不养父，臣玩其君，妻贵于夫，三纲沦矣……泰西尊卑不分……赋税繁重"等等，得出泰西不如中土论。不过，"惟上下一心，戎卒百练，器械精良，道路整洁，自属差强人意。以余观之，则别有所取：一则朝廷不用极刑，深合古圣王不忍之心；一则民间绝少殴詈之事。所谓孔子家儿不知怒，曾子家儿不知骂者，邈矣此风，不期于海外

---

① （清）刘锡鸿：《英轺私记》，岳麓书社1986年版，第62页。

遇之也。"① 西方的可取之处，正是遵循了古之圣王治世的要求，暗合了西学中源之说。

"西学中源"是清中期后，士人认识和理解西方文化的基础，认为西学中的所有皆源自中国。在早期异域游记中，"西学中源"是表述西学的观念底色，不过时局已非强盛的晚清，中西文化事实上已丧失平等交流的环境，面对现实存在的巨大差距，"礼失求野"不失为一种既保护民族自尊又表达学习愿望的两全态度。洋务运动中通过购买制造轮船、枪炮扩充军备；兴建各类工厂、开采矿产提振经济；创办新式学堂、书局以加速近代文化的传播。然而这些变革仅仅停留在器物与技术表层，王韬较早发觉，"当默深先生之时，与洋人交际未深，未能洞见其肺腑；然'师长'一说，实倡先声。惜昔日言之而不为，今日为之而犹徒袭皮毛也"②。因此，这种种浮于表面的努力未能经受住甲午战争的考验，是全面向西方转向还是退归传统在庚子一役后分出高下。

晚清最后十年，异域行游者在中西文明对比中，已表现出对西方文明的服膺，将清政府的腐败无能贬斥为"野蛮"。自费出游赴西方考察商业与制造业的蒋煦这样描述他所熟知的国度："今有一家焉，栋腐柱折，墙倾垣侧，使人东支而西撑，屋内粉饰一新，为主人者处之，仍申申夭夭，怡怡如也。假令有人招至屋外，请主人环视之，未见不心胆俱裂，知此屋之倾覆在旦夕。而不敢一刻进者也。有一国焉，政令不修，吏治不讲，地利不辟，财政不理，兵戎不备，惟上下交征利，日事钻营，探意旨善周旋，而生长斯国者，自觉彬彬文雅，天朝气象，非蛮貊之邦所能望其项背。假令一旦置身国外，见他国之文明风俗，上下一心，回顾本国野蛮之政治，未有不汗流浃背，知本国之政治风俗，果有不能持久之道，曩者外人之指摘，并非过激而言也。"③ 康有为则说："芸芸众生，阅亿万年，

---

① （清）袁祖志：《瀛海采问纪实》，岳麓书社2016年版，第30页。
② （清）王韬：《扶桑游记》，岳麓书社1985年版，第413页。
③ （清）蒋煦：《西游日记》，岳麓书社2016年版，第9页。

遇野蛮种族部落交争之世，居僻乡穷山之地，足迹不出百数十里者，盖皆是矣。进而生万里文明之大国，而舟车不通，亦无由睹大九州而游瀛海。吾华诸先哲，盖皆遗恨于是。则虽聪明卓绝，亦未区域所限。"① 王佐才指出："不登喜马拉雅山，不知天下之高；不涉东西洋，不知天下之深；不窥南北极，不知天下之大。欧洲探险家每以此种思想发为议论，鼓其毅力，务求达其目的职是故也。中国人士向持保守主义，故步自封，新学不讲。所谓通人博士，大抵闭户潜修，足不出里闾，目不睹海洋。谈理，则扣盘扪烛，丰涉虚无；做事，则依样葫芦，不求实际。自欧潮东渐，科学发明、泰西文明渐输入于东亚，近时人士眼帘之所及，耳鼓之所振，颇有异于闭关时代。"② 徐勤和梁启超的言辞则更为激烈，徐勤劝阻梁启超不要撰写异域游记，因"凡游野蛮地为游记易，游文明地为游记难。子以尔许之短日月，游尔许之大国土吗，每市未尝得终一旬淹，所见几何？徒以辽豕为通人笑耳"③。

当然，我们不能凭借这些言论片面地认为他们已然背弃了中华文明，责之深者爱之切，异域行游者的终极目的还是要全面认识西方，选择学习的道路。在这个艰难探索过程中，"离家方能见家，出国而后见国"④，身处世界后回望中国，行游者们也对中华文明在世界中的位置做了重新评估。

（三）中西文化共荣的文明观念

异域行游者在海外通过参观博物院、图书馆，与国外的官员学者交谈，翻译阅读图书，了解西方古文明的历史。郭嵩焘在使西日记中记录了希腊智者第欧根尼的故事：

---

① （清）康有为：《欧洲十一国游记二种》，岳麓书社1985年版，第56页。
② 王宝平主编：《晚清中国人日本考察记集成：教育考察记》下，杭州大学出版社1999年版，第723页。
③ （清）梁启超：《新大陆游记》，岳麓书社1985年版，第417页。
④ （清）蒋煦：《西游日记》，岳麓书社2016年版，第9页。

希腊数百年前有名谛窝奢尔斯者,隐居一岩穴中,敝衣草履,负暄以为温。希腊主闻其名,就见之,问曰:"先生穷若此,吾能为之援。"谛窝奢尔斯以手挥之曰:"若无当吾前,隔断太阳光,使不得照我。我但求若早去,不望若援也。"其居止唯以一灯自随,出则提以行。人问白昼以灯行何说?曰:"吾遍求一好人不可得,故引灯以求之耳。"①

这则故事使郭嵩焘认识到希腊文学盛于西土,如诗人河满(荷马)及谛窝奢尔斯,皆有高世之行,而安贫乐道,遗弃一世,有类古高士之所为,西洋人无此一种风骨。亦略见希腊文教盛时,与中土高人逸士相颉颃也;另一文明古国埃及出土的古碑、狮身人面的斯芬克斯、埃及女王也引起了郭嵩焘的关注,除文史外,郭嵩焘在欧洲期间,还对西方的自然科学也产生了浓厚的兴趣,培根、牛顿等开创了英国实学,而欧洲各国趋于富强的本源即是学问考核之功。

郭嵩焘《使西纪程》被毁版后,不再向总署呈报日记,因此在记录中也更为大胆,"三代以前,独中国有教化耳,故有要服、荒服之名,一皆远之于中国而名曰夷狄。自汉以来,中国教化日益微灭;而政教风俗,欧洲各国乃独擅其胜。其视中国,亦犹三代盛时之视夷狄也"②。郭嵩焘的《伦敦与巴黎日记》在晚清时期没有机会公开出版,只可能在小范围内有过传播,但越来越多的知识分子承认西方世界同样具有历史悠久的古代文明。宋育仁在《泰西各国采风记》中系统梳理了西欧各国的政治、经济、法律、教育制度后认为,西方引以为傲的天文地理、声光化电诸知识在中国古代社会均有涉猎,不过近世之后知者甚少,"非专门者无术与之辩难,方惊为所未闻。群盲相哗,以为谈天地必宗西学,且若舍西学,无天文

---

① (清)郭嵩焘:《伦敦与巴黎日记》,岳麓书社1984年版,第373页。
② (清)郭嵩焘:《伦敦与巴黎日记》,岳麓书社1984年版,第491页。

地舆。不知中国今日之衰,正由中学不讲耳。士习帖括,不知七政五纬,不辨四方九州,高引圣贤,辄持臧否,士夫习为虚矫,试之以事而立穷,此亦学术衰微之故也。"泰西诸国,民无游惰,按照不同层次进入各类学院学习,而"中国学校废弛,家自为教。上者空谈性道,举一废百;次者猎取科宦,浮沉以取世资;下者无成,欲改习他业,而时已过,则游惰终身"①。

  宋育仁的中西比较观念建立在较充分地了解西方基础之上,因此他推崇"中学"与盲目自大在本质上有所不同。薛福成也认为:"欧美两洲各国勃焉兴起之机,在学问日新,工商日旺,而其绝大关键,皆在近百年中;至其所以横绝地球而莫与抗者,不过恃火轮舟车及电线诸务,实皆创行于六七十年之内,其他概可知矣。今之议者,或惊骇他人之强盛,而推之过当;或以堂堂中国何至效法西人,意在摈绝,而贬之过严。余以为皆所见之不广也。中国缀学之士,聪明才力岂逊西人?特无如少年精力,多縻于时文试贴小楷之中。"② 中学本身没有错,错在学习、研究和应用的方式,早期思想启蒙者不约而同将目光指向学校教育与人才培养,这也是异域游历者考察教育的立足点。缪荃孙在东游日本时,张之洞嘱咐他,"考学校者,固当考其规制之所存,尤当观其精神之所寄。精神有不贯,规制亦徒存耳。然则求学于他国,固当先取吾国所当效法者,尤当先取吾国近今所能效法者"③。

  域外行游者是最早放弃夷夏观念的群体,他们清醒地认识到中国在世界中的处境,并极力在对外交往中阐释中国与世界的关系,发出自己的声音。王韬在游历英国期间前往牛津大学,并以中文演讲:"三百年前,英人无至中国者,三十年前,中国人无至英土者。今者,越重瀛若江河,视中原如堂奥;无他,以两国相和,故得至

---

① (清)宋育仁:《泰西各国采风记》,岳麓书社2016年版,第65—67页。
② (清)薛福成:《出使英法意比四国日记》,岳麓书社1985年版,第132页。
③ (清)缪荃孙:《日游汇编》,岳麓书社2016年版,第5页。

此。唯愿嗣后益敦辑睦，共乐邕熙。"① 之后，他还通过翻译与大学生交流，讨论孔子之道与泰西所传天道的差别，王韬回答说："孔子之道，人道也。有人斯有道。人类一日不灭，则其道一日不变。泰西人士论道必溯原于天，然传之者，必归本于人。非先尽乎人事，亦不能求天降福，是则仍系乎人而已。夫天道无私，终归乎一。由今日而观其分，则同而异；由他日而观其合，则异而同。前圣不云乎：东方有圣人焉，此心同，此理同也。西方有圣人焉；此心同，此理同也。请一言以决之曰：其道大同。"② 综观晚清异域游记，作为个体的行游者多数时候颇受礼遇，但上升到国家层面则无数次遭遇尴尬与屈辱，特别的境遇促使他们重新思考定位世界中的中国。

曾纪泽在完成驻外使命归国前夕，通过翻译马格里撰写了《中国先睡后醒论》一文，并于1887年1月发表在英国杂志《亚洲季刊》上，随后《每日电讯报》《德臣西字报》转载了英文全文，1887年6月14日和6月15日，《申报》刊发了此文的中译版。《中国先睡后醒论》几番转译，中文稿由传教士翻译写作，言词累赘、语义含混，曾纪泽的大意是说，晚清中国陷入危险境地的原因主要是中国沉浸在过往的政教文明中，好似沉酣入梦，庚申之变后，方才幡然醒悟。曾纪泽表达了中西和平交往的愿望，说明中国谋划海防、兴办洋务旨在保持自主独立。因这篇著名的言论，长久以来，"先睡后醒"论被认为是曾纪泽的首创，而事实上，在郭嵩焘离任的1878年，严复翻译的《泰晤士报》中关于对郭嵩焘离任的言论中也有"尝念中国如渴睡初醒人，遇事惝况，不甚分明"③ 之语。1898年4月，梁启超在保国会演讲时提到曾纪泽的这篇论说，后在《清议报》发表的《动物谈》一文，使用"睡狮"这一意象来代表中国。梁启超对睡狮的态度较为悲观，认为"睡狮非狮，只不过是

---

① （清）王韬：《漫游随录》，岳麓书社1985年版，第97页。
② （清）王韬：《漫游随录》，岳麓书社1985年版，第98页。
③ （清）郭嵩焘：《伦敦与巴黎日记》，岳麓书社1984年版，第820页。

老大腐朽外之物，是丧失了其生物秉性的机械、傀儡罢了"，对曾氏的"先睡后醒"①则予以否定。

康有为和梁启超未游欧洲时，"想其地若皆琼楼玉宇，视其人若神仙才贤"，亲身游历才"知其垢秽不治、诈盗遍野若此哉"，康有为游遍欧美至英伦，发觉所见远不若读书时之梦想神游。②多年来自异域游记阅读而产生的关于文明的瑰丽想象被眼见之现实击败，在对比北欧各国后，康有为认为意大利与我国平等相类，"吾国求进化政治之序，亦可比拟意大利，采其变法之次序而酌行之"③。

黄庆澄旅东时虽也赞同日本学校教育之完备，但并未跟风一边倒的全盘肯定，认为"东人论学，动辄曰集万国之长……然过于夸大，往往多似是而非语。如云，三代之学亡于中土，而存于欧美……究之三代自三代，欧美自欧美，援三代之学以驳欧美，不可也。援欧美之学而强附之三代，亦不可也"④。既不盲目崇拜西学，也不将"三代"之学神化，体现出严谨客观的学习态度与思辨能力。

在认识世界之后，异域游者虽充分肯定了西方世界的物质文明与精神文明，但并未抛弃中华文明，这一点体现在异域行游者积极抢救、保护流散海外的典籍文物上。罗振玉认为印刷一事，与国家之文明有大关系，明治之初，日本人从上海学得美国商人的活版印刷术，还归长崎，技术日精，几不让欧美矣。中国印刷业开展早，即是中国文明开化之早的证明。⑤何如璋、黎庶昌、黄庆澄、罗振玉、盛宣怀等人大力在日本搜访汉籍。每有中国知名文人过日游览访问，日本书商则闻风而动，上门送书，盛宣怀在日期间送书者络

---

① 毕坤：《睡狮新解：兼论梁启超1898—1903年间的革命倾向》，《学术探索》2018年第10期。
② 参见（清）康有为《意大利游记》，岳麓书社1985年版，第71页。
③ （清）康有为：《意大利游记》，岳麓书社1985年版，第73页。
④ 陈庆念编：《东游日记 湖上答问 东瀛观学记 方国珍寇温始末》，上海古籍出版社2004年版，第21页。
⑤ 参见（清）罗振玉《扶桑两月记》，岳麓书社2016年版，第112页。

绎不绝，他随阅随购，统计购买新旧图书不下千余种，其中钱牧斋选刻的杜诗、《列朝诗集》、明刻《管子》、仿宋本的《李白全集》都是佳品。从书商处，盛宣怀获知，"日本从前旧书甚多，中国人之来此收买者，以汉阳杨惺吾大令（守敬）为最早最多，继之者有德化李木斋星使（盛铎），瑞安黄仲韬学使（绍箕）"①。对于日本明治维新后的改弦易张，全面西化，中国知识分子在情感上还有难以接受之处，知识分子们通过各种渠道抢救存于日本的汉文典籍，尤其是唐宋时期的珍本，从侧面反映出对中华文化的珍视与传承的信念。

在漫长的古代社会中，文人并不缺乏远行游历的愿望，读万卷书行万里路，是实现知行合一的上佳途径。道路阻塞、交通工具匮乏极大程度上限制了人员的流动。时至晚清，口岸城市开埠及现代交通业的发达为海外行游提供了便利条件，在打开世界之门后，国人逐步认识到国际交往的重要性。"盖在太古，民物未繁，原可闭关独治，老死不相往来；若居今日地球万国相通之世，虽圣人复生，岂能不以讲求商务为汲汲哉！"② 甲午之后，知识分子更是普遍感受到游历之益，所谓百闻不如一见，纷纷西行东渡，考察游历，以增广见识，沟通中西。

晚清异域游记所记述的游踪、游感是一段特别的走向世界的旅程，是大变局时代与国家前途命运紧密相连的行为，他们撰写的异域游记成为中国人了解世界的特殊渠道。与西方传教士、学者、商人翻译引进的西学不同，异域游记是晚清知识分子主动走进西方、自主选择、重建文化主体的重要成果。从传统知识向现代转型层面而言，中国知识并非按照西方人设计的单向传播轨道做被动改造，而是主动消化汇融，最终变异成非西非中的新型学问。③ 异域游记

---

① （清）盛宣怀：《愚斋东游日记》，岳麓书社 2016 年版，第 93 页。
② （清）薛福成：《出使英法意比四国日记》，岳麓书社 1985 年版，第 83 页。
③ 参见杨念群《近百年来清代思想文化研究范式的形成与转换》，《上海交通大学学报（哲学社会科学版）》2019 年第 8 期。

文本因写作者教育背景和写作动机呈现某种共性，同样也因作者思想观念的差异而千差万别。作为媒介的晚清异域游记，促使知识分子在认知层面、态度层面和行为层面发生现代转向，天下让位于世界，民族国家的竞争与合作成为新时代的主题。

　　晚清异域游记主要依靠印刷技术刊印成图书与报刊，沿大众传播与人际传播渠道扩散。知识分子在阅读与实践中对新事物、新观念消化理解，形成对客观世界的再认识。思想观念变化过程并非呈现单向一致性，而是多种复杂心态交织在一起，所谓的顽固、维新、革命思潮会在同一人身上体现，拥有复合心态。"建构思想的历史结构不是去单纯建构思想的历史差异性，而是同时也要建构思想的连续性。"① 中国现代化的进程是一个长期比较、选择、探索的历史过程，知道从哪里来方是明白去到哪里的关键。晚清异域游记虽然不是思想家的系统性论述，但从现实生活的世界中生发出的新思想、新观念随时闪光，成为思想史研究中不可忽视的部分。

---

① 聂敏里：《思想的历史结构和思想史批判》，《社会科学文摘》2024年第2期，第37页。

余　　论

　　古今中外，游记都被认为是一种相对轻松而富有浪漫气息的写作，与皇皇正史、经典著作相比，游记更多被归为杂写杂记类的小品文而易被忽视。游记的另一个特点是具有较强的互文性，同一个目的地，被不同的游客反复书写，非但不会没有读者，反而会常写常新，形成对某国某地的历史记忆。游记作品的特点决定了它在传播中的特殊性，作者、作品、读者数量多，传播渠道多元。通过游记作品的累加可以迅速形塑地方、区域、国家形象，并依靠作品传世形成历史记忆。

　　法国社会学家莫里斯·哈布瓦赫将记忆提升到社会心理学层面进行研究，他认为"存在着一个所谓的集体记忆和记忆的社会框架；从而，我们的个体思想将自身置于这些框架内，并汇入到能够进行回忆的记忆中去"①。也就是说，群体的记忆是通过个体记忆来实现的，并且在个体记忆中体现自身。记忆可由多种符号承载，但最为多见的仍是文字，"所有的历史都是记忆，都是各种记忆的折叠与改写，有意无意地，这其中既有作者的心血，也有各色人等的情绪，还有看得见与看不见的权力，看似冷冰冰的各种历史文本，无疑可以通过记忆的视角进行重新审视，由此可以发掘出历史研究的新机"②。

---

　　① ［法］莫里斯·哈布瓦赫著，毕然、郭金华译：《论集体记忆》，上海人民出版社2002年版，第69页。
　　② 谭徐锋：《察势观风：近代中国的记忆、舆论与社会》，上海人民出版社2020年版，第4页。

异域行游者的域外体验是个体性经验，通过游记形成关于世界的集体记忆，而这些记忆不仅影响了晚清士人，更依靠文本传承绵延至今。晚清异域游记构建的"域外"各国，是中国人对世界的第一批真实认知的记录。在此之前，关于西方世界的描述总是充斥着有意或无意的妖魔化。鸦片战争前，中国人对西方的认知与记忆来自各类史书、地志。《山海经》《旧唐书》《异域图志》等图书中对西方的描述充满了天马行空的想象，《西游记》等神魔小说的流行更加混淆了人们的认知，如拥有翅膀的羽人、马首人身等形象与西方人画上了等号。其实，历朝历代都有外国人来到中国，尤其是明清时期，既有金发碧眼的传教士来华，又有马戛尔尼使团到访中国，为什么在鸦片战争前，道光朝君臣们还会相信诸如洋人的腿不能打弯，离开中国的茶叶与大黄便会消化不良的"传言"。归根结底，清代保守的对外政策决定了在面对西方入侵者时倨傲又软弱的矛盾心理。"犬羊之质"是朝廷上下对西人的常见评价，侵略者的贪婪无耻自是确切不过，但"软弱"和"易欺骗"未免有些自我安慰的意思了。信息更为闭塞而见识愈发短少的普通百姓对西方世界和洋人的认识则更加光怪陆离且根深蒂固。因此，当晚清异域游记出现后，读者的第一感受多是震惊或怀疑，这更能说明此前"记忆"之深刻。

晚清异域游记中影响力大的首推郭嵩焘的《使西纪程》，作为首位驻外公使，他的游记自然备受瞩目，而这部短短的纪程作品最终还是卷入朝廷政争之中。此书虽然奉旨毁版，但在商业出版与人际传播的助力下，非但毁而不绝，反而成为后来者的必读游记。郭嵩焘及其游记的遭遇成了检验顽固守旧与开放维新的试金石。随着时代变迁，郭嵩焘身后荣辱已发生巨大变化，时至今日，我们称之为晚清著名的政治家、外交家，是近代杰出的思想家，有着超出同代人的思想和主张，而他的游记《使西纪程》及后来整理出版的《伦敦与巴黎日记》更是成为其思想的代表。同样在近代思想史上有重要影响力的王韬、薛福成、宋育仁、康有为、梁启超等人撰写的游记揭示了他们耳闻目见西方后的思想变化，成为后世研究可追寻的线索。

在众多游记作品中，我们反复强调晚清异域游记的特殊性是因为在这一时期集中出现的作品恰逢激荡变局时代，文字间充满家国忧思，还要承担着国家道路选择的重任。"在'冲击——反应'的历史模式里，东亚是被动的，古老的帝国在传统的历史时间里停滞，需要西方的推动，才能进入现代性的历史时间里。"① 在"西学东渐"的大背景下，晚清异域游记被认为是西学进入中国的媒介，但由中国人写就的异域游记并不是对西方文明的简单搬运。晚清时期，中西文化的激烈对撞首先作用于个体，"援西入中"的"接引者"们必须将西方知识融入中国本土的知识框架内。"今欲强中国，存中学，则不得不讲西学；然不先以中学固其根底，端其识趣，则强者为乱首，弱者为人奴，其祸更烈于不通西学者矣。"② 张之洞为晚清的西学引进定下了基调，这也基本是晚清异域游记写作的基调。中华文明绵延不绝，历史文脉生生不息，这一点深深铭刻在中国文人骨血里，即便后来中国接受了西方的分科观念，建立起现代学科，但中国本土的知识框架及精神内核依然被保留了下来。中国人自主撰写的异域游记，是重新发现世界，在世界中确定中国坐标的历史书写。

异域游记是旅行者对世界各国的一个短期沉浸观察，不能深入了解全貌是弊端且难以避免。因此，对世界的观察和了解往往是切片式的，不同游记对世界历史重要事件的反复书写也给读者的记忆增加了关于世界的片段。19世纪70年代，中国人刚刚开始对西方重大事件有所关注，信息渠道的缺失不仅导致时间上的滞后，而且很大程度上要依赖诸如传教士、行游者及他们写作的异域游记这类单一的信源。1870年爆发了普法战争，法国在数月之间崩溃，拿破

---

① 葛兆光：《思想史研究课堂讲录续编》，生活·读书·新知三联书店2012年版，第25页。

② 苑书义等主编：《张之洞全集》，第十二册，河北人民出版社1998年版，第9724页。

仑三世在色当被俘。战争是法国发动的，但最终普鲁士大获全胜，建立了德意志帝国，而法兰西第二帝国灭亡，法兰西第三共和国建立，深刻改变了整个欧洲的局势。普法之战，国人绝少亲历，对战争耳闻目见的直观感受来自异域游记的书写。张德彝的《随使法国记》里记述普法战事最为详尽，他在《普法战事记》《马赛波尔多纪事》中交代了德法之战的前因，并逐日记录了战事发展，从德军围攻斯特拉斯堡到色当大战，再到拿破仑三世被俘，法国宣布共和。再至后来法国起义反抗，但最终不敌，反复谈判后签订条约。作为亲历者，张德彝还写出了当时巴黎混乱的情景及使团上下仓皇的心情。

　　刚刚结束了欧洲旅行的王韬刚回到国内就获悉了这一重大事件，他立刻广泛搜集材料，在张芝轩、陈蔼廷的帮助下对战争进行连续报道，后又结集出版，命名为《普法战纪》。王韬撰写的这部书是他对欧洲局势的分析与判断："是书虽仅载二国之事，而他国之合纵缔交，情伪变幻，无不毕具，于是谈泰西掌故者，可以此为鉴。"①

　　普法一战给晚清朝臣、士人巨大冲击，以至于后续到达欧洲的旅人都会去寻找普法之战的痕迹。异域游记中多人多次提到他们在法国游览时参观的关于普法战争的巨幅油画。当时，欧洲非常流行巨幅全景油画的绘制与展出，法国陈列普法交战为内容的全景画堂有多处，前往参观的中国游客看到的并不确定是同一幅。郭嵩焘于光绪四年（1878）四月初十携李丹崖、黎莼斋、联春卿至巴罗喇马（全景图）参观，发现布展之所"为圆屋，四周画德国攻巴黎时事。下层一方为始被围时人民捆载辎重逃难之状：合市皆闭门，炮弹着处，颓墙突火，有受伤伏地者。中有旋梯盘绕而上，上有圆盖覆之，四壁着画。弥望数十百里，则被围后一切摧毁情形：房屋所存

---

① （清）王韬著，楚流等选注：《弢园文录外编》，辽宁人民出版社1994年版，第410页

无几，四望烟火数十百堆，残兵或数十人或数人，相聚运炮及守护军械，不知其为画也。盖圆顶四周皆用玻璃，透光射入外壁，其光自上下射，能因画势远近而倒映之"①。自郭嵩焘后，观览普法战争油画似乎变成驻外使臣的必要活动，后续使臣曾纪泽、张德彝、薛福成等同样在游记中记录当时的游览情况，薛福成的《观巴黎油画记》甚至成为传世名篇。在短短几百字的记述中，薛福成凭借图像与联想为读者还原了战场实境："其法为一大阛市，以巨幅悬之四壁，由屋顶放进光明。人入其中，极目四望，则见城堡、冈峦、溪涧、树林，森然布列。两军人马杂沓，放枪者、点炮者、搴大旗者、挽炮车者，络绎相属。各处有巨弹坠地，则火光迸裂，烟焰迷漫。其被轰击者，则断壁危楼，或黔其庐，或赭其垣。而军士之折臂断足、血流泅地、偃仰僵仆者，令人目不忍睹。仰视天，则明月斜挂，云霞掩映。俯视地，则绿草如茵，川原无际。情景靡不逼真，几自疑身外即战场，而忘其在一室中者。迨以手扪之，始知其为壁也，画也，皆幻也。夫以西洋油画之奇妙，则幻者可视为真；然普法之战逾二十年，已为陈迹，则真者亦无殊于幻矣！"②

参观者除了惊叹画作纤毫毕现地还原战场外，更多时候还会驻足深思，法国为何在战败后能不讳败掩饰，甚至公之于世，供人参观。"马后举免战白旗、道旁脱冠俯首侧立者，为法君那波伦第三。对立一将，乃德之毕驷马也。另一间内高车驰至，德兵举刀迎立，乃当时法君被擒之势也。"③张德彝看到的可能是另外一幅拿破仑三世战败被俘场景的全景画，比战争中炮火连天、血肉模糊更为震撼的是法国人对待国耻的态度。薛福成后来修订了《观巴黎油画记》，加上了一段议论"余闻法人好胜，何以自绘败状，令人丧气若此？译者曰：'所以昭炯戒，激众愤，图报复也。'则其意深长矣，夫普法之战，迄今虽为陈迹，而其事信而有征。然则此画果真耶？幻

---

① （清）郭嵩焘：《伦敦与巴黎日记》，岳麓书社1984年版，第566—567页。
② （清）薛福成：《出使英法义比四国日记》，岳麓书社1985年版，第111—112页
③ （清）张德彝：《五述奇》，岳麓书社2016年版，第40页。

耶？幻者而同于真耶？真者而托于幻耶？二者盖皆有之"①。薛福成观画距离普法战争已过去 20 年，中国的国际境遇愈发艰难，"卧薪尝胆"最容易获得读者的共情，也是当时国人在环视世界诸国后给自己的定位。普法之战对晚清的统治阶层产生极大的震动，被视为欧洲强国的法国，一旦战败同样被迫签订屈辱条约，割地赔款。不仅如此，战败的后果还包括帝国的覆灭，这一点令统治阶层格外心惊。戊戌变法前，康有为还在向光绪帝进呈《法国革命论》，警示皇帝，如果不革新，引发民众不满，则"革命"不远矣。

　　19 世纪末至 20 世纪初，不仅中国迎来世纪挑战与千年变局，欧洲情势同样朝夕变幻、战事频发，而"我国家在此之时，要当奋发有为，亟图振作，为自强计。我中国虽不以欧洲之治乱为祸福，欧洲之盛衰为忧喜，而当其多事之秋，正我励精图治之日"②。此时，更新了知识结构的"士"已将中国融入世界中，自觉地思考"世界的中国"。

　　晚清异域游记中描述的世界各国即为中国人开眼看世界后的最初印象。西方列强以坚船利炮取得胜果显然不能与"文明"画等号，但是，西方世界发明的汽船、汽车、电线、蒸汽机等却是中国人认可的"新文明"。康有为发现"凡欧美之新文明具，皆发于我生百年内外耳"，虽略自恋地认为，"缩地之神具，文明之新制，不自我先，不自我后，特制竭作以效劳贡媚于我"。但能以己身"无所不入，无所不睹，俾我之耳目闻见，有以远轶于古之圣哲人，天之厚我乎，何其至也！"他希望自己能遍游世界，寻找能医治中国贫弱之药。康有为游毕欧洲十一国后，迫切希望通过游记与同胞分享，"将尽大抵万国之山川、国土、政教、艺俗、文物，而尽揽掬之，采别之，掇吸之，岂非凡人之所同愿哉？于大地之中，其

---

① （清）薛福成：《观巴黎油画记》，《庸盦文编》，沈云龙主编：《近代中国史料丛刊初编》，第 943 册，台北：文海出版社 1966 年版，第 1065 页。
② （清）王韬著，楚流等选注：《弢园文录外编》，辽宁人民出版社 1994 年版，第 140 页。

尤文明之国土十数，凡其政教、艺俗、文物之都丽郁美，尽揽掬而采别、掇吸之，又淘其粗恶而荐其英华焉，岂非人之尤所同愿耶？"①

晚清异域游记除了是近代知识传入中国的媒介外，同样也是各种近代思想传入中国的渠道。异域生活增添的见识里自然包括西方的人文思想，郭嵩焘在英国接触了孔德主义②，在法国了解了伏尔泰、卢梭③、笛卡尔、伽利略、莱布尼茨④；在与日使井上馨谈学西洋时，井上馨提到了亚当·斯密的《原富》，书名记作《威罗士疴弗呢顺士》，作者名记为"挨登思蔑士"⑤，碍于所知有限，郭嵩焘、刘锡鸿等人的记述只是寥寥几笔，并且对思想家的名字都是凭借音译记录，不利传播。宋育仁在《泰西各国采风记》中系统考察梳理西方近代的政教体系、制度规范外，同时涉猎西方经济思想，《采风记》中提到西人书《富国策》，并展开介绍了其中的理财之术⑥，此时国内已有汪凤藻翻译出版的《富国策》中译本，宋育仁等精英知识分子已精熟掌握，《采风记》中，宋育仁将西学与中学融会贯通，提出了"复古即维新"的系统思想。

异域游记是对西方世界的全方位观察，对于欧美爆发的社会革命，游记也有关注，不过受制于时代局限，游记作者纷纷反对社会革命。张德彝将奋勇抵抗德军入侵的巴黎人民起义军称为"红头""叛军"，作为朝廷派往法国为"天津教案"致歉的使团成员，站在法国政府的立场实属正常。不过，张德彝还是以比较客观的态度记录了凡尔赛军队与巴黎起义军的交战情况，起义失败后，大批巴黎公社战士被杀害，张德彝睹之恻然，认为"其始无非迫胁之穷民，未必皆强暴性成而甘于作乱"，不过"由于德法已和，盖和局既成，

---

① （清）康有为：《德意志等国游记》，岳麓书社2016年版，第5—7页。
② （清）郭嵩焘：《伦敦与巴黎日记》，岳麓书社1984年版，第209页。
③ （清）郭嵩焘：《伦敦与巴黎日记》，岳麓书社1984年版，第562页。
④ （清）郭嵩焘：《伦敦与巴黎日记》，岳麓书社1984年版，第697页。
⑤ （清）刘锡鸿：《英轺私记》，岳麓书社1986年版，第120页。
⑥ 参见（清）宋育仁《泰西各国采风记》，岳麓书社2016年版，第80页。

勇必遣撤。撤而穷无所归，衣食何赖？因之铤而走险，弄兵潢池"①。被俘战士中更有"女子二行，虽衣履残破，面带灰尘，其雄伟之气，溢于眉宇"，张德彝的文字间充满同情，甚至亦有敬佩之情。

戊戌变法失败后，康有为、梁启超等流亡海外，在总结变法失败原因的同时放眼世界，考察西方各国社会发展形态，了解各类社会思潮，选择适合中国向前发展的方案。梁启超颇为关注"社会主义"，游美国时感慨纽约贫富差距之大，提到"美国全国之总财产，其十分之七属于彼二十万之富人所有；其十分之三属于此七千九百八十万之贫民所有……此等现象，凡各文明国罔不如是，而大都会为尤甚。纽约、伦敦，其最著者也。财产分配之不均，至于此极"②。梁启超认识到贫富差距是社会不平等的根源，相应的也是引发社会革命的动因。但是，梁启超此时并不赞成社会革命。在美期间，社会党人频繁来访，相劝中国施行社会主义改革，梁启超认为他们不了解中国之内情，且极端之社会主义在中国不可行。但是美国之行使梁启超对"托拉斯"发生兴趣，"近来所谓国家社会主义者，其思想日趋于健全，中国可采用者甚多，且行之亦有较欧美更易者。盖国家社会主义，以极专制之组织，行极平等之精神，于中国历史上性质，颇有奇异之契合也"。梁启超虽不主张推行社会主义，但对社会主义党员的热诚苦心尤感钦佩，他们对麦克士（马克思）之著书，崇拜之，信奉之，是墨子所谓"强聒不舍"③，发展壮大自在情理之中。晚清打开国门后，国外各种思潮也相继涌入，忧国忧民的知识分子主动学习了解，选择判断，为中国寻求富强发展的道路。士人在面对新思想时既不是完全排拒，也不是照单全收，而是结合本土文化传统和现实国情的再阐释。

异域游记是行游者海外见闻实录，写作范围广，涉及社会生活

---

① （清）张德彝：《随使法国记》，岳麓书社1985年版，第448、451页。
② （清）梁启超：《新大陆游记及其他》，岳麓书社1985年版，第468页。
③ （清）梁启超：《新大陆游记及其他》，岳麓书社1985年版，第465页。

各方面，为不同主题的研究均积累了史料，因此已被人文学科研究者广泛挖掘使用。目前，多学科以晚清异域游记为研究对象开展全方位研究，成为颇具影响力的近代文献资料。文学界对晚清异域游记的研究重点集中在"现代性"上，王德威在论晚清小说的专著《被压抑的现代性》中提出"没有晚清，何来五四"的命题，认为在西学涌进的前夕，晚清作家想象、思辨"现代"的努力不容抹杀，进而提出"晚清是否果然具有现代性，或如何被压抑和解放"的问题①。虽然，学界对这个论点存在理解的差异，但从研究发展趋势来看，包括异域游记在内的晚清文学研究都在证明"现代性"的发生。研究者从城市、灯光、器物、议院、学校、舞会、女性等各个异域书写的对象中挖掘潜在的"现代性"。而史学研究关注的则是与"现代性"相伴相生的"现代化"问题，现代化标志着人类社会文明演进发展的一种趋势的结构化状态，从一种传统社会的结构形态向现代社会的结构形态转变。现代化范式规定着研究的基本思路，异域游记成为研究近代思想家在社会转型时期的有力佐证。从这个角度说，异域游记的史料价值被凸显出来。郭嵩焘、王韬、薛福成、宋育仁、康有为、梁启超等人在近代思想史上的重要地位，使得他们的异域游记被反复阅读引用。近年来，文化史研究趋势方兴未艾，而研究视角逐渐向下，呼唤史学研究加强对日常的、个人的关注，尤其要细腻展现社会底层民众的历史的研究。更多异域游记被挖掘，已有游记被再阅读与再审视，"边缘人物"的思想观念被重视，承认在社会转型的时代洪流中存在个体的疑虑与倒退，时代的先行者也必然受所处环境影响，表现出复杂的精神世界。

游记作者写作的异域游记不属于"正史"范畴，正因如此，记人、记事、记风俗民情、记思虑感怀，无所不包。既能补充论证重大历史事件，又可从细节处反映现实，发现此前被忽视的问题，极

---

① 参见王德威《没有五四，何来晚清?》，《南方文坛》2019年第1期，第72—73页。

具史料价值。基于此，晚清异域游记不但在清末民初具有意义，而且在后世研究中发挥着持续影响力。

　　回顾百年来的历史发展进程，开放带来进步，封闭必然落后，是历史给出的答案。开放不是被动打开国门，走出去是保证高质量开放的必要环节。当今世界，依然存在单边主义、保护主义、民粹主义、霸凌主义、分裂主义等，引发全球发展的不确定性和风险性，这是人类社会面临的共同挑战，增进了解、增进互信、求同存异仍是国际交往中的基本原则。时至今日，交通便捷，异域旅行难度降低，普通人走出国门不再背负政治使命，旅行的凝视更加日常与平和。不过，个人的经验与记忆规范了凝视的框架，由晚清异域游记沉淀的历史记忆仍然留存在今人内心中，形塑主观的"观看模式"。对于游客个体而言，智识提高仍需亲力亲为，旅行积累的是视觉经验，游记则有理性梳理与思辨，将经验与知识代代相传，反复讲述共同的世界。

附　录

晚清异域游记目录（1840—1911）

作者	游记	版本信息
柏葰	《奉使朝鲜驿程日记》	
斌椿	《乘槎笔记》《海国胜游草》	同治七年（1868）文宝堂刻本；同治八年（1869）京都琉璃厂二酉堂刊本；同治十年（1871）醉六堂刻本；同治十二年（1873）京都琉璃厂刻本；光绪八年（1882）北京琉璃厂琳琅阁刻本；光绪十一年（1885）扫叶山房刻本；光绪十七年（1891）敬文堂刻本；日本明治五年（1872）和刻本；1891年王锡祺《小方壶斋舆地丛钞》版；1896年上海书局万选楼主人辑《各国日记汇编》本；1897年李世勋辑《铁香室丛刻》本（续集）
蔡尔康	《李鸿章历聘欧美记》	1896—1898《万国公报》连载；1899年上海广学会刊本；1897年上海石印本
蔡钧	《出使须知》《出洋琐记》	1885年王氏韬园刻本；《小方壶斋舆地丛钞》本
蔡琦	《随使随笔》	
曹廷杰	《伯利探路记》	《小方壶斋舆地丛钞》本；1897年《游记汇刊》本
陈道华	《日京竹枝词》《扶桑百八吟》	《日京竹枝词》1908年写成，刻本1919年问世，列为《憎庵丛著之一》
陈季同	《巴黎半月密记》	
陈家麟	《东槎闻见录》	光绪十三年（1887）刊行，1891年上海著易堂印本
陈嘉言	《东游考察日记》	1910年北京拓本；1918年京师第一监狱版
陈矩	《灵峰草堂集东游文稿》	1893年版

续表

作者	游记	版本信息
陈兰彬	《使美纪略》	1891年上海著易堂书局本；《小方壶斋舆地丛钞》本
陈琪	《环游日记》《东瀛观兵日记》《新大陆圣路易博览会游记》	1905年湖南学务处光绪三十一年印行
陈荣昌	《乙巳东游日记》	1905年云南官书局本
程恩培	《东瀛观兵纪事》	1901年武林铅印本
程濬	《丙午日本游记》	1907年铅印本
池仲佑	《西行日记》	1908年商务印书馆铅印版
崇礼	《奉使朝鲜日记》	1894年《小方壶斋舆地丛钞》补编
崔国因	《出使美日秘国日记》	1897年《小方壶斋舆地丛钞》再补编（上海著易堂）
戴鸿慈	《出使九国日记》	1906年农工商部设工艺局印刷排印本
单士厘	《癸卯旅行记》	1904年日本同文印刷舍本
但焘	《海外丛稿》	1909年日本东京秀英舍第一工厂印刷本
丁鸿臣	《东瀛阅操日记》	1900年长沙李宏年蓉城刻本
定朴	《东游日记》	1909年官北京日报馆
段献增	《东邻观政日记摘录稿》《三岛雪鸿》	1908年京华印书局排印活字版
恩惠	《东瀛日记》	
方燕年	《瀛洲观学记》	1903年官费
凤凌	《四国游记》《游馀仅志》	1929年铅印本
傅廷臣	《东游日记》	
傅显	《缅甸琐记》	
傅云龙	《游历日本图经馀记》	1889—1895年收入《实学丛书》，浙江德清傅氏刊本
	《游历美加等国图经馀记》	1889年印本
顾厚焜	《日本新政考》	1897年慎记书庄石印版
	《巴西地理兵要》《巴西政治考》	《小方壶斋舆地丛钞》版，17册12帙
	《对马岛考》	

续表

作者	游记	版本信息
高从望	《随轺笔记》	
关庚麟	《日本学校图论》	
管凤和	《四十日万八千里之游记》	
郭凤鸣	《意大利万国博览会纪略》	1907年南通州翰墨林印书局
郭嵩焘	《使西纪程》《伦敦与巴黎》	1877年总理衙门刊行版；1891年《小方壶斋舆地丛钞》版；1898年收入沔阳李氏勋《铁香室丛刻续集》铅印版；1902年收入席裕琨辑《星轺日记类编》丽泽学会版；1888年收入王西清、卢梯青编《西学大成》；1895年收入沈纯辑《各国时事类编》
郭啸麓	《江户竹枝词》	
郭钟秀	《东游日记》	1906年保阳提学司排印局版
韩国钧	《实业界之九十日》	1906年东京秀光社印刷版
何如璋	《使东述略》《使东杂咏》	1935年自印本
贺纶夔	《钝斋东游日记》	1909年上海商务印书馆本
洪勋	《游历闻见录》（总略）《游历意大利闻见录》《游历瑞典那威闻见录》《游西班牙闻见录》《游葡萄牙闻见录》	1897年《小方壶斋舆地丛钞》再补编版
洪钧	《洪钧使欧奏稿》	
胡景桂	《东瀛纪行》	1903年保定学校司排印活字版
胡玉缙	《甲辰东游日记》《癸卯东游日记》	1904年东京出版
花沙纳	《东使纪程》《东使吟草》	
黄超曾	《东瀛游草》	1885年铅印本
黄德铣	《丁未东游日记》	1909年贵州省调查局铅印本
黄黼	《东游日记》	1907年东华印书局版

续表

作者	游记	版本信息
黄璟	《游历日本考察农务日记》	自排石印本
	《东瀛唱和录》	1902年活字版
黄可垂	《吕宋纪略》	
黄庆澄	《东游日记》	收入《小方壶斋舆地丛钞》
黄尊三	《留学日记》	1933年湖南印书馆版
黄遵宪	《日本杂事诗》	1879年同文馆集珍版
	《日本国志》	1895年广州羊城富文斋本；1897年富文斋改刻本；1898年浙江书局本；1898年上海图书集成印书局铅印本；1898年汇文书局木刻本；1901年上海书局石印本；1902年丽泽学会石印本
黄楙才	《西輶日记》	收入1884年申报馆仿聚珍版沈纯辑《西事类编》；1895年沈纯辑《各国时事类编》；1898年陈炽辑《自强斋时务丛书》，振兴新学书局年刻本；1902年席裕琨辑《星轺日记类编》
	《印度日记》	收入1884年申报馆仿聚珍版沈纯辑《西事类编》；1897年湖南新学书局《游记汇刊》；1898年陈炽辑《自强斋时务丛书》，振兴新学书局年刻本
	《游历刍言》	收入1884年申报馆仿聚珍版沈纯辑《西事类编》；1898年陈炽辑《自强斋时务丛书》，振兴新学书局年刻本
	《西徼水道》	
江标	《江标日记》	
江慕洵（云海）	《云海东游记》	1903年刊
蒋黼	《东游日记》	1903年苏城宫巷中斐韫斋刻印版
蒋煦	《西游日记》	汉口维新中西印书馆印本
金保福	《扶桑考察笔记》	
金保权	《东游诗记》	

续表

作者	游记	版本信息
金绍城	《十八国游记》《十五国审判监狱调查记》	1914年太原监狱石印本
金鼎	《随同考察政治笔记》	
康有为	《意大利游记》《法兰西游记》《突厥游记》《游域多利》《温哥华二埠记》《游加拿大记》《印度游记》《廓尔喀记》《缅甸国记》《暹罗国记》《巫来由记》《德国游记》《丹墨游记》《挪威游记》《瑞典游记》《比利时游记》《荷兰游记》《英国游记》《满的加罗游记》《西班牙游记》《葡萄牙游记》《瑞士游记》《补奥游记》《匈牙利游记》《欧东阿连五国游记》《希腊游记》《塞尔维亚》《布加利亚游记序》《巴西游记》《罗马尼亚游记序》	《意大利游记》有1906年广智书局初版本；《法兰西游记》有1907年广智书局版；《突厥游记》见于1913《不忍》杂志第1至3册
邝其照	《航海笔记》	1884年收入申报馆仿聚珍板沈纯辑《西事类编》
魁龄	《东使纪事诗略》	1866年刻本
兰陔	《东游随笔》	1907年活字版
雷廷寿	《日本警察调查提纲》	1907渭南雷氏氅斋铅印本
黎庶昌	《西洋杂志》	1893年上海醉六堂刻本；1900年遵义黎氏刊本
	《奉使英伦记》《游盐原记》《访徐福墓记》《游扶桑本牧记》《卜来敦记》	1897年《小方壶斋舆地丛钞》再补编（上海著易堂）；钱塘汪氏《振绮堂丛书》
李宝泩	《日游琐识》	1906年铅印本
李春生	《东游六十四日随笔》	1896年福州美华书局活版
李丹麟	《游历图记》	

续表

作者	游记	版本信息
李凤苞	《使德日记》	1891年收入《小方壶斋舆地丛钞》；1897年湖南新学书局《游记汇刊》；湖南学政江标辑《灵鹣阁丛书》，元和江氏湖南使院刊本；1902年席裕琨辑《星轺日记类编》，丽泽学会
李光邺	《东游日记》	双门底开敏公司印刷
李圭	《环游地球新录》	1876年《申报》连载；1878年海关造册处印刷版；1884年收入申报馆仿聚珍版沈纯辑《西事类编》；1895年沈纯辑《各国时事类编》；1897年收入《西学十二种》，可阅山房藏版；1902年收入席裕琨辑《星轺日记类编》
李士田	《东游日记》	
李澍恩、李达春	《东瀛参观录》	
李文干	《东航纪游》	1907年京师京华书局版
李筱圃	《日本纪游》	收入《小方壶斋舆地丛钞》
李钟珏	《新加坡风土记》	1895年刻本
李宗棠	《考察学务日记》《东游纪念》《日本小学校新令》《考察日本学校记》	三协合资会社本
李濬之	《东隅琐记》	
力钧	《槟榔屿志略》	光绪年间木活字印本
梁启超	《新大陆游记》	1903年新民丛报社增刊本
	《夏威夷游记》	
	《梁卓如先生澳洲游记》	澳洲《东华新报》（1900—1901）
	《汗漫录》	收入《饮冰室文集类编》
林炳章	《癸卯东游日记》	1903年自费铅印本
林传甲	《考察日本报告》	1905年
林汝耀	《苏格兰游学指南》	1908年铅印本
林针	《西海纪游草》	
凌文渊	《籥盦东游日记》	1904年南京南洋官报总局本

续表

作者	游记	版本信息
刘凤章	《东游纪略》	武昌百寿巷口文藻斋印本
刘启彤	《法政概》《英政概》	收入《小方壶斋舆地丛钞》
刘潜（宝和）	《东游旅人琐记》	
刘瑞芬	《西轺纪略》	1896年刻本
刘瑞璘	《东游考政录》	1905年铅印本
刘绍宽	《东瀛观学记》	1905年铅印本
刘书云	《游历东洋逐日实记》	稿本
刘坦	《丁未游历日记》	1907年石印本
刘庭春	《日本各政治机关参观记》	1907年东京并木活版社刊印
刘锡鸿	《英轺私记》	1877年总理衙门本；1891年收入《小方壶斋舆地丛钞》；1895年收入沈纯辑《各国时事类编》；1895年江标辑《灵鹣阁丛书》元和江氏湖南使院刊本；1902年席裕琨辑《星轺日记类编》
刘学询	《考察商务日记》	1899年香山刘氏上海石印本
	《考察农务日记》《扶桑二月记》《扶桑再游记》	
刘枎	《蛉州游记》	
楼藜然	《蒻盒东游日记》	1907年聚珍版
陆溁	《乙巳年调查印锡茶务日记》	光绪铅印本
罗森	《日本日记》	1854年《遐迩贯珍》第11、12期，1855年《遐迩贯珍》第1期；1854年香港刊行本
罗毓祥	《东游日记》	清末民国铅印本
罗振玉	《扶桑两月记》	1902年《教育世界》社石印本
吕珮芬	《东瀛参观学校记》	1908年吕氏晚节香斋本
马建忠	《南行记》	1897年收入《小方壶斋舆地丛钞》再补编
马振宪	《东游考察政治丛录》	

续表

作者	游记	版本信息
孟传琴	《日本各政治参观详记》	1906年石印本
缪荃孙	《日游汇编》《日游笔记》《东瀛小识》	1903年高等学堂刊本
缪祐孙	《俄游汇编》	1889年上海秀文书局石印出版；1895年上海江左书林石印再版
欧矩甲	《环球日记》	
潘飞声	《柏林竹枝词》《海山词》《西海纪行卷》《天外归槎录》	收入1897年王锡祺辑《小方壶斋舆地丛钞》再补编
潘学祖、张福谦	《考察东瀛农工日记》	1903年石印本
逄恩承	《日本最近政学调查记》	1907年东京并木活版社刊印
钱德培	《欧游随笔》	1884年收入申报馆仿聚珍版沈纯辑《西事类编》；《小方壶斋舆地丛钞》
钱文选	《游英日记》《环球日记》	
钱恂	《钱恂日记》《五洲各国政治考》	
祁兆熙	《游美洲日记》	
容闳	《西学东渐记》	1909年出版；1915年商务印书馆印本
邵友濂	《邵友濂日记》	抄本
沈敦和	《英法俄德四国志略》	
沈严	《江户游记》	1906年八月刊行
沈翊清	《东游日记》	1900年福州石印本
盛宣怀	《愚斋东游日记》	1908年北京大学图书馆思补楼藏版
双寿	《东瀛小识》	抄本
舒鸿仪、章兰孙	《考察东瀛警察笔记》	1906年上海乐群图书编译局出版

附录 晚清异域游记目录（1840—1911） / 245

续表

作者	游记	版本信息
宋育仁	《泰西各国采风记》	1896年上海袖海山房石印本；收入1897年王锡祺辑《小方壶斋舆地丛钞》再补编；1902年席裕琨辑《星轺日记类编》
孙点	《东游日本诗》	
孙家毂	《使西书略》	收入王锡祺辑《小方壶斋舆地丛钞》
谭国恩	《海东新咏》	
谭乾初	《古巴杂记》	1887年刻本；收入1891年王锡祺辑《小方壶斋舆地丛钞》
谭祖伦	《倭都景物志》	1898年铅印本
唐文治	《东瀛日记》	
唐演	《日本地方自治制度调查记》	
陶森甲	《东瀛阅操日记》《日本学校章程汇编》	
田鸿文	《乙巳东游日记》	1905年活字版
涂福田	《东瀛见知录》	
王承传	《钦尧日记》	
王丰镐	《丁未年警察日记》	1908年铅印
王鸿年	《日本陆军军制提要》《宪法法理要义》	
王锦文	《乙巳东游日记》	
王景禧	《日游笔记》	1904年直隶省学务处排印局本
王三让	《游东日记》	1908年石印本
王韬	《扶桑游记》	1879年东京报知社印行上卷，1880年中下卷；1891年收入王锡祺辑《小方壶斋舆地丛钞》
	《漫游随录》	
王惕斋	《独臂翁闻见随录》	20世纪初东京三协印刷株式会社本
王仪通	《调查日本裁判监狱报告书》	1906年北京农工商部印刷科铅印本
王以宣	《法京纪事诗》	1894年收入《湘渌馆丛书》
王咏霓	《道西斋日记》	1887年石印本

续表

作者	游记	版本信息
王用先	《游东笔记》	1905 年刊
王宰善	《学校管理法问答》	三协合资会社本
王肇鋐	《日本环海险要图志》	
王之春	《谈瀛录》	1880 年上海文艺斋刻本
	《使俄草》	
王芝	《海客日谭》	1876 年石城刻本；束都红杏山房本
王治本	《舟江杂诗》	
文恺	《东游日记》	万宝斋本；1907 年甘肃公报局铅印本
吴广霈	《南行日记》	1897 年收入《小方壶斋舆地丛钞》再补编
吴烈	《丙午东游日记》	
吴庆坻	《日本东京各学校参观笔记》	1906 年手写本
吴汝纶	《东游丛录》	1903 年东京三省堂书店本；1903 年商务印书馆本
吴荫培	《岳云盦扶桑游记》	
吴增甲	《日本调查纪略》	
吴稚晖	《东游日记》	
吴宗濂	《随轺笔记》	1902 年著易堂铅印寿萱室藏版
伍廷芳	《美国观察记》	1915 年中华书局刊本
吴庭芝	《东游日记》	
熙桢	《调查东瀛监狱记》	
项文瑞	《游日本学校笔记》	1903 年敬业学堂本
萧瑞麟	《日本留学参观记》	1910 年北京华盛印书局本
谢清高	《海录》	1820 年粤刻本；1842 年本；1842 年收入王蕴香辑《域外丛书》；1843 年收入郑光祖辑印《舟车所至》；1849 年收入潘仕成辑《海山仙馆丛书》；1897 年收入《小方壶斋舆地丛钞》
谢绍伋	《东游分类志要》	
谢西傅	《归槎丛刻》	1898 年东山草堂铅印本；1933 年湖南印书馆版
徐建寅	《欧游杂录》	收入《小方壶斋舆地丛钞》；1902 年席裕琨辑《星轺日记类编》
徐兆玮	《徐兆玮日记》	

续表

作者	游记	版本信息
徐宗培	《瑞典国记略》	
许炳榛	《甲辰考察日本商务日记》	1904 年铅印本
	《乙巳考察日本矿务日记》	
薛福成	《出使英法义比四国日记》《出使日记续刻》	1891 年传经楼家刻本；1892 年上海鸿宝斋石印本；1892 年醉六堂石印本；1894 年校经堂刻本；吴俊书斋石印本；收入《小方壶斋舆地丛钞》
严璩	《越南游历记》	1905 年铅印
严修	《壬寅东游日记》《甲辰第二次东游日记》	抄本
晏宗慈	《随槎日记》	
杨沣	《日本普通学务录》	1904 年石印本
杨芾	《扶桑十旬记》	
杨守敬	《日本访书志》	
杨泰阶	《东游日记》	抄本
杨宜治	《俄程日记》《交轺随笔》	1896 年铅印本
杨缵绪	《六日旅行记》	《伊犁白话报》刊载
姚鹏图	《扶桑百八吟》	1926 年无锡杨寿枏（味云）排印本
姚文栋	《日本地理兵要》	1879 年总理衙门版；1884 同文馆聚珍版
姚锡光	《东瀛学校举概》	1898 年浙江书局版；1899 年高等学堂版
姚永概	《东游自治译闻》	
叶羌镛	《吕宋记略》《苏禄记略》	1897 年收入《小方壶斋舆地丛钞》再补编
叶庆颐	《策鳌杂摭》	
由云龙	《东游日记》	
于振宗	《旅东吟草》	1920 年铅印本
余思诒	《楼船日记》	1904 年商务印书馆本
袁祖志	《谈瀛录》	1884 年上海同文书局本；1884 年收入申报馆仿聚珍版沈纯辑《西事类编》；1895 年沈纯辑《各国时事编》；1897 年可阅山房藏版《西学十二种》

续表

作者	游记	版本信息
载泽	《考察政治日记》	1909年上海商务印书馆标点排印版
载振	《英轺日记》	1903年上海文明书局铅印本
曾纪泽	《出使英法俄国日记》	1893年江南制造局本；1884年收入申报馆仿聚珍版沈纯辑《西事类编》；1897年湖南新学书局《游记汇刊》；1902年席裕琨辑《星轺日记类编》
	《使西日记》	1897年《小方壶斋舆地丛钞》再补编
张大镛	《日本各校纪略》《日本武学兵队纪略》	1899年浙江书局本
张德彝	《航海述奇》	1880年申报聚珍版；收入《小方壶斋舆地丛钞》
	《欧美环游记》（再述奇）	1899年张氏本宅藏稿本
	《随使法国记》（三述奇）	1883年总理衙门版；收入《小方壶斋舆地丛钞》
	《四述奇》《随使德国记》（五述奇）《英轺参赞记》（六述奇）《七述奇》《八述奇》《使还日记》	收入《小方壶斋舆地丛钞》
张贵祚	《日新集》	1906年石印
张謇	《癸卯东游日记》	1903年江苏南通州瀚墨林书局刊本
张溥泉	《游巴黎日记》《游瑞士日记》	
张斯桂	《使东诗录》	收入《小方壶斋舆地丛钞》
张维兰	《乙巳东游日记》	光绪京华印书局铅印本
张荫桓	《三洲日记》	1896年京都刻本；1906年上海石印本
张煜南	《海国公余辑录》《海国公余杂录》	
张元济	《环游谈荟》	1911年载于《东方杂志》《少年杂志》
张祖翼	《伦敦竹枝词》《伦敦风土记》	1888年观自得斋藏版；1897年收入《小方壶斋舆地丛钞》再补编

续表

作者	游记	版本信息
章宗祥	《日本游学指南》	1901 年铅印本
赵咏清	《东游纪略》	1907 年活字版
郑世璜	《乙巳考察印锡茶土日记》	1905 年活字本
郑崧生	《瀛洲客谈》	1908 年北洋官报总局本
郑孝胥	《郑孝胥日记》《辛卯东行记》	
郑元濬	《东游日记》	1914 年石印本
志刚	《初使泰西记》	1872 年避热主人恒寿之本；1877 年宜垦编次本；同治末年，京都琉璃厂路南林华斋书坊排印本；1890 年且园主人编次，妙莲居士参订本；收入《小方壶斋舆地丛钞》
钟天纬	《随轺载笔》	
周采真	《扶桑考察工业日记》	稿本
周学熙	《东游日记》	1903 年活字版
朱绶	《东游纪程》	1899 年江西鸿宝堂刻本
庄介祎	《日本纪游诗》《日本杂事诗》	1884 年刻本
濯足扶桑客	《增注东洋诗史》	
邹代钧	《西征纪程》	收入《小方壶斋舆地丛钞》；1897 年湖南新学书局《游记汇刊》；1902 年席裕琨辑《星轺日记类编》
左湘钟	《东游日记》	抄本

参考文献

著作类

白新良：《中国古代书院发展史》，天津大学出版社1995年版。

陈室如：《近代域外游记研究》，台北：文津出版社有限公司2008年版。

费孝通：《乡土中国》，人民出版社2011年版。

高波：《薛福成论中西文明盛衰——以〈出使英法义比四国日记〉为中心的探讨》，章清主编：《新史学》第十一卷，《近代中国的旅行写作》，中华书局2019年版。

龚鹏程：《游的精神文化史论》，河北教育出版社2001年版。

郭少棠：《旅行：文化的想象》，北京大学出版社2005年版。

郭延礼：《中国近代文学发展史》，山东教育出版社1990年版。

贾鸿雁：《中国游记文献研究》，东南大学出版社2005年版。

李书纬：《少年行：晚清留学生历史现场》，广东人民出版社2016年版。

李文杰：《中国近代外交官群体的形成（1861—1911）》，生活·读书·新知三联书店2017年版。

李喜所：《中国留学史论稿》，中华书局2007年版。

李扬帆：《走出晚清：涉外人物及中国的世界观念之研究》，北京大学出版社2005年版。

闾小波：《近代中国民主观念之生成与流变：一项观念史的考察》，江苏人民出版社2011年版。

马昌华：《淮系人物列传》，黄山书社 1995 年版。

梅新林、俞樟华主编：《中国游记文学史》，学林出版社 2004 年版。

闵锐武：《蒲安臣使团研究》，中国文史出版社 2002 年版。

潘光哲：《晚清士人的西学阅读史》，台北"中央"研究院近代史研究所 2014 年版。

钱锺书：《七缀集》，上海古籍出版社 1994 年版。

苏精：《铸以代刻：19 世纪中文印刷变局》，中华书局 2018 年版。

苏明：《域外行旅与文学想象：以近代域外游记文学为考察中心》，中国社会科学出版社 2016 年版。

汪荣祖：《走向世界的挫折：郭嵩焘与道咸同光时代》，岳麓书社 2000 年版。

汪文娟：《跨文化视野下晚清中国人欧美游记研究》，广陵书社 2016 年版。

王汎森：《思想是生活的一种方式：中国近代思想史的再思考》，北京大学出版社 2018 年版。

王兴国：《郭嵩焘评传》，南京大学出版社 1998 年版。

吴宝晓：《初出国门：中国早期外交官在英国和美国的经历》，武汉大学出版社 2000 年版。

萧俊明：《文化转向的由来：关于当代西方文化概念、文化理论和文化研究的考察》，社会科学文献出版社 2004 年版。

熊月之：《西学东渐与晚清社会》，上海人民出版社 1994 年版。

杨丽莹：《清末民初的石印术与石印本研究：以上海地区为中心》，上海古籍从出版社 2018 年版。

尹德翔：《东海西海之间：晚清使西日记中的文化观察、认证与选择》，北京大学出版社 2009 年版。

虞坤林：《二十世纪日记知见录》，国家图书馆出版社 2014 年版。

张静：《郭嵩焘思想文化研究》，南开大学出版社 2001 年版。

张治：《异域与新学：晚清海外旅行写作研究》，北京大学出版社 2014 年版。

张仲民：《种瓜得豆：清末民初的阅读文化与接受政治》，社会科学文献出版社 2016 年版。

章清主编：《新史学：近代中国的旅行写作》，中华书局 2019 年版。

钟叔河：《从东方到西方：走向世界丛书叙论集》，岳麓书社 2002 年版。

钟叔河：《走向世界：近代中国知识分子考察西方的历史》，中华书局 2000 年版。

[德] 马克思：《资本论》，人民出版社 1975 年版。

[法] 福柯等：《激进的美学锋芒》，周宪译，中国人民大学出版社 2003 年版。

[美] 阿瑟·O. 洛夫乔伊：《存在巨链》，张传有、高秉江译，商务印书馆 2015 年版。

[美] 柯文：《在传统与现代性之间：王韬与晚清改革》，江苏人民出版社 1994 年版。

[日] 实藤惠秀：《中国人留学日本史》，生活·读书·新知三联书店 1983 年版。

[日] 松浦章、[日] 内田庆市、[日] 沈国威编：《遐迩贯珍——附解题·索引》，上海辞书出版社 2005 年版。

[英] 约翰·厄里、乔纳斯·拉森：《游客的凝视》，黄宛瑜译，格致出版社 2016 年版。

论文类

毕坤：《睡狮新解：兼论梁启超 1898—1903 年间的革命倾向》，《学术探索》2018 年第 10 期。

蔡少卿：《梁启超访问澳洲述论》，《江苏社会科学》2018 年第 2 期。

陈荣阳：《黎庶昌〈西洋杂志〉的中心文化比较观》，《文教资料》2016 年第 8 期。

陈晓兰：《面海的经验与世界的想象：以晚清与民国时期海外游记

为中心》，《中国比较文学》2020 年第 1 期。

陈义华：《晚清粤人出洋游记中的异域书写与中国现代性的发生》，《广东社会科学》2016 年第 3 期。

代祥、葛维春：《清末赴日考察官绅的教育思想述略：以"东游日记"为中心》，《江西社会科学》2012 年第 7 期。

郭恩强：《从文本想象到社会网络：传播研究视域下中国阅读史研究的路径反思》，《现代传播》2019 年第 12 期。

黄继刚：《晚清域外游记中的空间体验和现代性想象》，《内蒙古社会科学》（汉文版）2015 年第 6 期。

李长莉：《黄遵宪〈日本国志〉延迟行世原因解析》，《近代史研究》2006 年第 2 期。

李飞：《再论汉语"博物院"一词的产生与流传——兼谈 E 考据的某些问题》，《东南文化》2017 年第 2 期。

李喜所、贾菁菁：《李凤苞贪污案考析》，《历史研究》2010 年第 7 期。

梅新林、崔小敬：《游记文体之辨》，《文学评论》2005 年第 6 期。

唐海江、丁捷：《中国近代新闻思想史上的"泰晤士报"》，《国际新闻界》2017 年第 10 期。

王立群：《游记的文体要素与游记文体的形成》，《文学评论》2005 年第 3 期。

王铭铭：《升平之境：从〈意大利游记〉看康有为欧亚文明论》，《社会》2019 年第 3 期。

王小伦：《文化批评与西方游记研究》，《国外文学》2007 年第 2 期。

温泉：《洋务运动时期游记中的世界观念》，《兰州教育学院学报》2019 年第 9 期。

辛德勇：《从晚清北欧行记看中国人对北欧各国的认识》，《中华文史论丛》2013 年第 2 期。

杨波：《晚清域外游记中的巴黎大剧院》，《寻根》2010 年第 6 期。

杨念群：《近百年来清代思想文化研究范式的形成与转换》，《上海交通大学学报（哲学社会科学版）》2019年第8期。

杨汤琛：《晚清域外游记现代性研究的逻辑基点》，《中国现代文学研究丛刊》2017年第9期。

杨汤琛：《文化符号与想象空间：晚清域外游记中的西方博物馆》，《江西社会科学》2012年第3期。

杨锡贵：《郭嵩焘〈使西纪程〉毁版述评》，《船山学刊》2013年第4期。

尹德翔：《郭嵩焘使西日记中的西方形象及其意义》，《社会科学战线》2009年第1期。

张涛：《晚清东游官绅的警察观浅析》，《江苏警官学院学报》2013年第9期。

张一纬：《清末中国人欧美游记中的灯光书写及其文化意义》，《武陵学刊》2019年第6期。

张治：《西洋器物文明中的感觉修辞：钱钟书阅读视野中的近代"游记新学"》，《上海文化》2020年第6期。

钟叔河：《论郭嵩焘》，《历史研究》1984年第2期。

周鸿承：《清代首任驻日公使何如璋与日本士宦食事交流研究：以新史料〈袖海楼诗草〉中饮食记录为基础》，《楚雄师范学院学报》2013年第8期。

周立英：《晚清中国边吏眼中的日本：陈荣昌〈乙巳东游日记〉评介》，《史学月刊》2008年第9期。

周荃：《论康有为〈意大利游记〉中的博物馆学思想》，《中国博物》1988年第9期。

周宪：《旅行者的眼光与现代性体验：从近代游记文学看现代性体验的形成》，《社会科学战线》2000年第6期。

朱东安：《关于曾国藩的幕府和幕僚》，《近代史研究》1991年第5期。

朱维铮：《晚清的六种使西记》，《复旦学报（社会科学版）》1996年第1期。

史料文献

《蔡元培全集》，浙江教育出版社 1997 年版。

《春秋左传正义》，北京大学出版社 2000 年版。

《傅云龙日记》，浙江古籍出版社 2005 年版。

《顾炎武全集》，上海古籍出版社 2011 年版。

《郭嵩焘全集》，岳麓书社 2018 年版。

《贺葆真日记》，凤凰出版社 2014 年版。

《胡适全集》，安徽教育出版社 2003 年版。

《江标日记》，凤凰出版社 2019 年版。

《李鸿章全集》，安徽教育出版社 2008 年版。

《林则徐集·奏稿》，中华书局 1956 年版。

《清代日记汇抄》，上海人民出版社 1982 年版。

《王韬日记》，中华书局 1987 年版。

《王文韶日记》，中华书局 1989 年版。

《吴汝纶全集》，黄山书社 2002 年版。

《徐兆玮日记》，黄山书社 2013 年版。

《续修四库全书》上海古籍出版社 2019 年版。

《曾纪泽集》，岳麓书社 2005 年版。

《张枬日记》，上海社会科学院出版社 2003 年版。

爱汉者编，黄时鉴整理：《东西洋考每月统记传》，中华书局 1997 年版。

斌椿：《乘槎笔记》，岳麓书社 1985 年版。

蔡钧：《出洋琐记》，岳麓书社 2016 年版。

陈翰笙：《华工出国史料》，中华书局 1981 年版。

陈康祺：《郎潜纪闻二笔》，中华书局 1984 年版。

陈元晖编：《洋务运动时期教育》，上海教育出版社 2007 年版。

陈元晖主编：《中国近代教育史资料汇编》，上海教育出版社 2007 年版。

陈左高编：《晚清二十五种日记辑录》，上海人民出版社1990年版。
池仲祐：《西行日记》，岳麓书社2016年版。
戴鸿慈：《出使九国日记》，岳麓书社1986年版。
邓洪波主编：《中国书院学规集成》，中西书局2011年版。
邓洪波编著：《中国书院章程》，湖南大学出版社2000年版。
方浚师：《蕉轩随录》，中华书局1995年版。
本社编：《清代日记汇抄》，上海人民出版社1982年版。
凤凌：《游余仅志》，岳麓书社2016年版。
傅云龙：《游历美加等国图经余纪》，岳麓书社2016年版。
高平叔编：《蔡元培全集》，中华书局1984年版。
葛元煦：《沪游杂记》，上海古籍出版社1989年版。
顾廷龙校阅：《艺风堂友朋书札》，上海古籍出版社1980年版。
郭嵩焘：《伦敦与巴黎日记》，岳麓书社1984年版。
何荫枏：《锄月馆日记》，《清代日记汇抄》，上海人民出版社1982年版。
黄遵宪：《日本国志》，岳麓书社2016年版。
姜义华、张荣华编校：《康有为全集》，中国人民大学出版社2007年版。
蒋煦：《西游日记》，岳麓书社2016年版。
金鼎：《随同考察政治笔记》，岳麓书社2016年版。
康有为：《不忍杂志汇编》，上海书局1914年版。
康有为：《共和平议》，长兴书局1918年版。
康有为：《欧洲十一国游记二种》，岳麓书社1985年版。
康有为：《我史》，中国人民大学出版社2010年版。
黎翔凤：《管子校注》，中华书局2004年版。
李春辉、杨生茂：《美洲华侨华人史》，东方出版社1990年版。
李慈铭：《越缦堂读书记》，上海书店出版社2000年版。
李慈铭：《越缦堂日记》，广陵书社2004年版。
李德龙、俞冰：《历代日记丛钞》，学苑出版社2006年版。

李凤苞：《使德日记》，岳麓书社 2016 年版。

李圭：《环游地球新录》，岳麓书社 1985 年版。

李书源整理：《筹办夷务始末》，中华书局 2008 年版。

梁启超：《新大陆游记》，岳麓书社 1985 年版。

林针：《西海纪游草》，岳麓书社 1985 年版。

刘锡鸿：《英轺私记》，岳麓书社 1986 年版。

罗森：《日本日记》，岳麓书社 1985 年版。

罗振玉：《扶桑两月记》，岳麓书社 2016 年版。

罗振玉：《罗雪堂先生全集续编》，台北：文华出版公司 1968 年版。

缪荃孙：《日游汇编》，岳麓书社 2016 年版。

潘飞声：《天外归槎录》，岳麓书社 2016 年版。

祁兆熙：《游美洲日记》，岳麓书社 1985 年版。

钱单士厘：《癸卯东游记　归潜记》，岳麓书社 1985 年版。

容闳：《西学东渐记》，中国人民大学出版社 2011 年版。

[日] 沈国威编：《六合丛谈：附解题·索引》，上海辞书出版社 2006 年版。

宋育仁：《泰西各国采风记》，岳麓书社 2016 年版。

孙宝瑄：《忘山庐日记》，《清代日记汇抄》，上海人民出版社 1982 年版。

王闿运：《湘绮楼日记》，岳麓书社 1997 年版。

王韬：《扶桑游记》，岳麓书社 1985 年版。

王韬：《漫游随录》，岳麓书社 1985 年版。

王韬：《韬园文录外编》，辽宁人民出版社 1994 年版。

王同愈：《栩缘日记》，上海人民出版社 1982 年版。

王锡祺辑：《小方壶斋舆地丛钞》，杭州古籍书店 2004 年版。

王彦威纂辑，王亮编：《清季外交史料》，台北：文海出版社 1985 年版。

王以宣：《法京纪事诗》，岳麓书社 2016 年版。

王应麟：《困学纪闻》，上海古籍出版社 2015 年版。

王咏霓：《道西斋日记》，岳麓书社2016年版。
王之春：《谈瀛录》，岳麓书社2016年版。
魏源：《海国图志》，岳麓书社1998年版。
文恺：《东游日记》，岳麓书社2016年版。
吴宗濂：《随轺笔记》，岳麓书社2016年版。
薛福成：《出使英法义比四国日记》，岳麓书社1985年版。
薛福成：《薛福成日记》，吉林文史出版社2004年版。
严修：《东游日记》，岳麓书社2016年版。
杨家骆编：《戊戌变法文献汇编》，台北：鼎文书局1973年版。
袁祖志：《瀛海采问纪实》，岳麓书社2016年版。
苑书义等主编：《张之洞全集》，河北人民出版社1998年版。
曾纪泽：《出使英法俄国日记》，岳麓书社1985年版。
张德彝：《航海述奇》，岳麓书社1985年版。
张德彝：《欧美环游记》，岳麓书社1985年版。
张謇：《癸卯东游日记》，岳麓书社2016年版。
张斯桂：《使东诗录》，岳麓书社1985年版。
张荫桓：《三洲日记》，岳麓书社2016年版。
张元济：《环球归来之一夕谈》，岳麓书社2016年版。
张祖翼：《伦敦竹枝词》，岳麓书社2016年版。
志刚：《初使泰西记》，岳麓书社1985年版。
朱寿朋编：《光绪朝东华录》，中华书局1958年版。
邹代钧：《西征纪程》，岳麓书社2016年版。

报刊类

《不忍杂志汇编》
《大公报》
《教会新报》
《清议报》
《申报》

《盛京时报》
《学部官报》
《循环日报》
《中外新闻七日报》

后　　记

当这本小书即将付印时，我的内心兴奋又忐忑。虽然，在大学已度过二十多个年头，但自认为于学术之路乃是半路出家，驾驭一个跨学科选题更是如履薄冰。从传播角度研究"晚清异域游记"的想法源自我的博士论文写作，在与导师程丽红教授和学位点各位教授的反复讨论下最终敲定。"异域游记"这一研究对象其实是我在翻阅晚清时期的近代报刊时偶然发现的。因为从小就对"旅行"特别感兴趣，此类文字总是会自动映入眼帘。早期报刊多为外国人主办，迫切"推销"异域也是常情，不过，中国文人反应之热情也打破了之前的刻板成见。寻着报刊中的游记、游踪、图书广告等线索，隐约感觉异域游记在建立社会关系、折射思想观念变迁上当有重要的媒介作用。

对于异域游记文本，前辈学者已有相当雄厚的研究基础，但从整体层面考察其"媒介性"尚不多见。人的思想观念并不生成于真空，而在真实世界中生发、演进。晚清时期，个体在思想观念上受到冲击后反应不一，在态度和行为层面自然显现差异，而这种差异可在异域游记、文人日记中寻找到真实的例证。异域游记成为古今、中西知识、文化思想交流的介质，同时也是人员、城市、国家沟通的桥梁。作为媒介的晚清异域游记在物质（技术）化、制度化（价值观形成）、社会影响、历史记忆等方面都有值得探索和研究的地方。

自确定选题到博士毕业再到增删修改，回忆写作前后的七年，每当思路枯竭，无法进展之际，总有校内外各位师友的无私帮助，值此成书之际，无数的感谢涌上心头。首先要感谢的是我的导师程丽红教授，程老师在清代新闻史领域深耕多年，成果斐然，设计了清代新闻传播史料整理与研究的整体框架。在研究中，每每遇到困境，老师总会悉心指导并给予我无限信任，永远鼓励我，永远相信我，推动我去钻研思考。能够进入师门，在老师的教导下明确研究方向，寻找读书与思考的乐趣，幸甚至哉！

自19岁迈进辽宁大学的校门，从求学到工作，至今已28年时间，每念及此，总有无限感慨。这座校园教我成长，伴我生活，承载着我所有的悲喜，是真正的精神家园，也是我坚实的依靠。感谢辽宁大学文学院、历史学院、新闻与传播学院诸位师长的关怀教导，在论文写作过程中，很多老师都给我建议和鼓励，谢谢他们的无私奉献；感谢新闻与传播学院的各位领导，没有他们的支持和帮助，我无法完成博士阶段的学业；感谢从本科时代就在一起的同学，谢谢他们分我忧愁，助我筹谋，伴我喜乐，少年相伴至今就是最浪漫的事。

本书写作过程中，我得到了南京师范大学倪延年教授、张晓峰教授；兰州大学樊亚平教授；吉林大学蒋蕾教授；辽宁大学胡胜教授、吉国秀教授、文然教授、焦润明教授、庚钟银教授、沈国华教授、刘熠教授，以及外审专家的热心指导，专家们指出了论文中存在的各种问题并提出新的研究思路，承蒙赐教，感激不尽！所提意见已做了对应修改与增补。本书亦为辽宁省社会科学规划基金项目"晚清域外游记传播研究"（L20AXW006）的成果，感谢项目基金、辽宁大学科研配套基金对研究的支持。

本书能够出版还要特别感谢中国社会科学出版社宋燕鹏编审的支持与帮助，宋编审专业精纯，高效务实给我留下深刻印象，感谢他的辛苦付出！本书在资料收集过程中，还受到各图书馆、资料室的老师以及互联网中不知名网友上传资料的帮助，在此一并感谢。

时至今日，能够乘槎泛海，环游世界仍是很多人的美好梦想。

媒介技术虽已能够呈现场景的全息影像，但我们知道包括异域游记书写在内的媒介内容都是被选择过的，了解全面而真实的世界仍任重道远，愿世界和平、国泰民安，愿理性之光照耀文明之路。

叶璐
二〇二四年三月于沈阳